Stella Cameron

La huérfana

Editado por Harlequin Ibérica.
Una división de HarperCollins Ibérica, S.A.
Núñez de Balboa, 56
28001 Madrid

© 2002 Stella Cameron. Todos los derechos reservados.
LA HUÉRFANA, Nº 19
Título original: The Orphan
Publicada originalmente por Mira Books, Ontario, Canadá.
Traducido por Rocío Salamanca Garay.
Este título fue publicado originalmente en español en 2002.

Todos los derechos están reservados incluidos los de reproducción, total o parcial. Esta edición ha sido publicada con permiso de Harlequin Enterprises II BV.
Todos los personajes de este libro son ficticios. Cualquier parecido con alguna persona, viva o muerta, es pura coincidencia.
™ TOP NOVEL es marca registrada por Harlequin Enterprises Ltd.

®™ son marcas registradas por Harlequin Enterprises Limited y sus filiales, utilizadas con licencia. Las marcas que lleven ™ están registradas en la Oficina Española de Patentes y Marcas y en otros países.

I.S.B.N.: 84-671-3592-1

Prólogo

Número 7 de Mayfair Square, Londres, 1823

Quiero orientaros, proporcionaros la descripción más nítida posible de este magnífico entorno. Y, digo yo, ¿quién puede ser la persona más indicada para ello que este célebre fantasma?

Permitidme que me presente. Soy el difunto sir Septimus Spivey, renombrado arquitecto. Gracias a mis extraordinarias creaciones e ingeniosas contribuciones al aspecto de esta hermosa ciudad y a mi búsqueda desinteresada de perfección para el rey y mi patria, ostento un título nobiliario. También fui yo quien, adelantándome a las ideas de mi época, tracé los planos del número 7 de Mayfair Square. Construí esta bellísima mansión inglesa para mis descendientes y no, jamás, para, para...

Perdonadme si balbuceo. Incluso cuando a uno no le queda sangre en las venas susceptible de hervir, puede ser preso de una agitación extrema. Es inadmisible que mi bisnieta, lady Hester Bingham, siga aceptando inquilinos, esos supuestos «protegidos», en *mi* casa.

Aunque divague, no he olvidado mi promesa inicial. Cuesta trabajo mantener la concentración cuando hay tanto barullo a tu alrededor. Ah, y que no se me olvide contaros la última ocurrencia de mi torturador, Shakespeare. Si su nombre no os resulta familiar, no os molestéis en buscarlo en los libros, no merece la pena. Lleva aquí... ya sabéis, en el Más Allá, mucho más tiempo que yo; y temo que empieza a chochear. Intento ser comprensivo, a pesar de sus pullas, pero... Ya estoy divagando otra vez. Luego seguimos con Shakespeare.

Mi lugar de reposo es una de las magníficas pilastras talladas en madera de las que parte la escalera del número 7, y en las ocasiones en que debo abandonarla para viajar, mejor dicho, *deslizarme*, a alguna otra parte, no lo hago de buen grado. Por desgracia, además de soportar las molestias de estar aquí abajo, debo seguir formándome como un miembro de las Ánimas, aprendiendo a deslizarme, a volar, a entrar sin romper ni abrir puertas o paredes, y demás. Asistir a la Escuela de Ángeles me resulta especialmente cansado, pero creo haber impresionado a alguno de mis maestros. Pero lo más tedioso de todo es que no puedo evitar cruzarme con otras ánimas que se consideran importantes, incluso superiores. Por eso Shakespeare se desliza a mi lado de vez en cuando. ¿Sabéis que me llama «fantasma en una pilastra»? ¡Será insolente!

Pero volvamos al número 7. Me hallo justo enfrente de la puerta principal, de la que me separa un amplio rectángulo de baldosas de mármol negras, blancas y perfectas. Es el lugar ideal para ver quién entra y sale.

A mi derecha, a la izquierda si entráis en el edificio, al que dudo que os inviten a pasar, se encuentra el apartamento 7A. Aquí es donde vive quien en estos momentos acapara toda mi atención, un tal Latimer More, próspero importador de Rarezas y Curiosidades, lo cual significa que no es más que un proveedor de baratijas extranjeras. A decir verdad, y me estremezco sólo de pensarlo, es el hijo desheredado de un comerciante de arcilla china de Cornualles. Sí, en efecto, es un vástago de un mercader. No importa cuántos cuartos haya logrado sacar a clientes inocentes de bolsas repletas y cabezas huecas, sin una circunstancia extraordinaria que lo favorezca, Latimer no es ni será nunca un hombre eminente. A pesar de su pretendida generosidad y ese físico agradable que hace estremecerse a las mujeres, lo cierto es que la nobleza queda fuera de su alcance y ¿qué puede ser más importante que eso, me pregunto yo? ¿Qué?

Debo mencionar que la hermana de Latimer, Finch, fue el centro de una de mis misiones más exitosas. Solía vivir aquí con su hermano, pero logré casarla con un vecino, Ross, vizconde Kilrood. Aunque de tarde en tarde regresan de Escocia al número 8 de la plaza y hacen uso de esta casa como les place, no es probable que la vizcondesa vuelva a alojarse en el número 7. Lástima que la segunda parte de mi plan no diera resultado, pues esperaba que Latimer se fuera a vivir con los Kilrood. ¿Acaso era pedir mucho?

Luego seguimos con Latimer More. A mi izquierda, a la derecha si seguís en el mismo lugar, hay habitaciones que llevaban años olvidadas. Las han reformado sin escatimar en lujos, aunque han quedado un poco insípidas para mi gusto. El sobrino de Hester, sir Hunter Lloyd, y su esposa Sibyl, junto con su bebé chillón, hacen uso de ellas cuando viajan a Londres. También han requisado gran parte del segundo piso, incluyendo una hermosa biblioteca y una salita de música que, aunque pequeña, es exquisita. El apartamento 7B, donde vivían Sibyl Smiles y su hermana Meg antes de casarse, sigue prácticamente igual.

¿Cómo he podido mencionar el 7B con tanta calma cuando estoy a punto de embarcarme en una agotadora misión para cerciorarme de que permanezca desocupado? La fuerza de carácter y de voluntad serán lo que prevalezca.

Hester ocupa la mitad del tercer piso, el apartamento número 7. No os quejéis a mí por la confusión. Debo confesar que se me enternece el corazón o, mejor dicho, la región donde antes se hallaba mi corazón cuando pienso en la dama. Claro que, a fin de cuentas, llevamos la misma sangre y, a pesar de ser un tanto lunática, es un alma generosa. El resto de la planta pertenece, mejor dicho, es utilizada, por Hunter, Sibyl y, ¡Dios nos asista!, una niña abandonada de siete años de edad, Birdie. Hester quiere adoptarla, pero yo tengo otros planes.

Fijaos que, aunque Sibyl se casó, tal como yo había planeado, y ya no vive en el 7B, no he logrado echarla de la casa.

¡Ay!, me agota el esfuerzo de informaros... y de instaros a que me ayudéis. Amigos míos, me aguarda un camino exasperante y os ruego que seáis mis ojos y mis oídos. No necesitaré vuestras bocas a no ser que os pida que habléis.

Olvidaba las habitaciones de los criados, en el ala posterior de la casa. Bajo la escalera, se encuentran las cocinas, la alacena, la fresquera y demás instalaciones necesarias. Resguardado por la «ele» que forma el edificio por detrás, hay un huerto a la par decorativo y productivo. En los prados que se extienden más allá de la verja posterior están los establos, con las habitaciones de los cocheros sobre aquellos.

La servidumbre del número 7 es una deshonra y debería ser despedida de inmediato. No diré ni una palabra más sobre este tema.

Ahora, hablemos de mi aprieto. Ya os he hablado de esos «protegidos» de Hester y sabéis que llevo varios años intentando deshacerme de ellos. Mi alma bondadosa no puede dejar de procurarles felicidad al mismo tiempo, pero empiezo a pensar que mi blandura me perjudica. No he logrado desalojarlos de forma definitiva, y se multiplican en lugar de dividirse. O se dividen, después se multiplican y, por último, se quedan... o se van y luego vuelven... ¡Diantre! Estoy fuera de mí.

Será mejor que os cuente la verdad: estos intrusos son *inquilinos* y mi célebre creación no es más que una casa de huéspedes de clase alta. Me moriría de vergüenza si no lo hubiera hecho ya.

Pero dejaré de compadecerme de mí mismo, aunque

tenga todo el derecho del mundo a hacerlo. Pese a la falta de consideración hacia la dignidad de mi hogar, y a los repetidos intentos frustrados de corregir la ofensa, estoy dispuesto a seguir esforzándome hasta que se haga mi voluntad. Con este fin, he urdido otro plan. Al igual que en mis anteriores tentativas, habrá una boda, posiblemente dos, y gracias a la brillantez de mis ardides, en esta ocasión vaciaré esta casa de intrusos indeseables. He decidido tolerar a Hunter y a su familia; después de todo, son parientes lejanos.

Pero vayamos por orden. Cuando Meg Smiles se casó con el conde Etranger, este también tuvo que acoger en su casa a la princesa Desirée, la atrevida hermanastra del conde. Esta impúdica figura de la realeza europea ha puesto sus miras nada más y nada menos que en Adam Chillworth, el ocupante de la buhardilla. Incluso me avergüenza deciros que su alojamiento es el 7C. Chillworth es un hombre alto y corpulento de semblante borrascoso, un norteño que se jacta de ser artista. El hecho de que el hermanastro de la princesa, el conde Etranger, le haya dado permiso a Chillworth para retratarla en varias ocasiones no ha servido más que para acrecentar la atracción que la princesa siente por él. A mí jamás se me ocurriría alentar una boda entre esos dos.

Hay que decir que, pese a sus comienzos burgueses, Latimer More tiene cualidades de caballero, el porte y demás. Yo creo que podría pulirse hasta parecer refinado. Etranger se sentirá abrumado de alivio si alguien salvara a su hermana de las manazas sucias de un pintamonas sin modales en particular, si parte de esa intervención de la que os he hablado la protagoniza la nobleza.

¿Maravilloso, decís? ¿A acometerlo, creo oír?

Pues no me deis órdenes. Lo que no os he dicho es que Latimer ha perdido el seso por una de las amigas extravagantes de Sibyl, una tal Jenny McBride. Es escocesa, naturalmente, y aprendiza en una sombrerería de Bond Street.

¿Que no os parece tan terrible? Pues yo tiemblo sólo de pensar en las posibles repercusiones.

Jenny McBride no tiene dónde caerse muerta y, para colmo, es huérfana. Va hecha una harapienta, y tiene una mirada impúdica. Y esa mirada de ojos verdes y su expresión cálida hacen que Latimer recorra todos los días Bond Street y se haga el encontradizo. Y su insomnio, la contracción de su mandíbula, la determinación con que la persigue me resultan demasiado familiares. Piensa hacerla suya. Y sé cuál será su primer paso, sólo que no podrá darlo.

¿Os hacéis idea de la proeza que supone para un fantasma dar un pisotón?

Jenny McBride no se instalará en el número 7. O, al menos, no por mucho tiempo.

He hecho algunas pesquisas por mi cuenta y he descubierto las condiciones miserables en las que vive. Lo lamento porque es una buena chica y se merece algo mejor, pero la caridad empieza por uno mismo y así será. Si Latimer la sigue al cuchitril en el que vive, recurrirá a Hester y, sin escrúpulo alguno, se aprovechará de su corazón compasivo. Tal vez no pueda detenerlo antes de que cometa tamaña insensatez, pero ya he localizado el cuerpo perfecto, quiero decir, el ayudante perfecto, para llevar a cabo lo que a mí, por mis propios medios, me resulta imposible. Sé que aplaudiréis a Larch Lumpit, coadjutor de pocas luces y, por tanto, el hombre idóneo para ejecutar mis planes.

Lo único que debo hacer es convencer a Jenny McBride de que sería la mujer más afortunada de todo Londres si se casara con un coadjutor simplón de un pequeño pueblo. Eso y lograr que Latimer llame la atención de la princesa Desirée. Su hermanastro se sentirá tan aliviado por esta elección que dará su bendición al matrimonio.

Jenny y Lumpit podrán llevarse a la niña, Birdie, con ellos. Jenny tiene mucho en común con ella: la pobreza y su condición de huérfana; no resultará difícil crear un vínculo entre ellas.

¿Lo veis? Un plan perfecto. Pero ¿acaso esperabais menos de mí?

No me iré sin contaros la última necedad de Shakespeare. Se trata de su insufrible tragedia malograda, *El sueño de una noche de verano*. ¡El muy cretino pretende convencerme de que su intención original era escribir una comedia!

1

—Buenos días, señorita McBride.
—Buenos días, señor More.
—Hace una mañana espléndida, ¿no le parece?
—Sí, muy hermosa.

El día anterior también había sido espléndido, y el otro, recordó Latimer. De hecho, hacía quince días que el tiempo no había variado, y agradecería algún cambio para hacérselo notar a la dama. «Qué molesta es esta llovizna», por ejemplo. Sería un grato cambio de conversación. Había un número limitado de expresiones para alabar un buen día y Latimer creía haberlas usado todas. Empezaba a repetirse.

Ya se había quitado el sombrero. Jenny McBride, que regresaba a Bond Street tras su recado diario de comprar pastelillos recién hechos a su patrona, *madame* Sophie de La Sombrerería de Madame Sophie, elevó los hombros y sus cejas cobrizas y miró alrededor. Era una criatura tan nerviosa... Latimer posó su mirada en la caja que llevaba en las manos.

—¿Pastelillos para *madame* Sophie? —podría haber dicho: «como de costumbre», pero no lo hizo.

—Sí, para el té que ofrece a sus clientas por la tarde —Jenny estaba sin resuello y se balanceaba sobre las puntas de los pies.

Latimer asintió y sonrió, y ella le devolvió la sonrisa... con el inevitable resultado: los ojos verdes se entornaron y destellaron, y a Latimer le dio un pequeño vuelco el corazón. En la toca marrón llevaba una airosa rosa de seda naranja. La toca era de terciopelo, a juego con su sobretodo, y ambos parecían demasiado abrigados para aquella época del año. Latimer reparaba en ello cada vez que la veía desde la llegada del verano. Su atuendo exterior no variaba apenas; siempre gastaba el mismo sobretodo y una de sus tres tocas. La rosa era nueva.

Sí, debía de estar asándose. A aquel lado de la calle, los edificios arrojaban sombras estrechas sobre la acera. El sol caía a plomo sobre las ventanas y refulgía en los elegantes carruajes de los compradores acaudalados. Entre los varales de los coches, los caballos, con las cabezas gachas, se arrastraban como si el herrero los hubiese herrado dos veces, y con plomo.

—Discúlpeme, señor More. ¿Se encuentra bien?

Contempló cómo la boca de Jenny pronunciaba las palabras y sólo se sobresaltó cuando un dandi tambaleante con pantalones a rayas y chaqueta amarilla chocó contra él.

—Nunca había estado mejor —le sonrió de oreja a oreja. Salvo cuando estaba con ella y su mente despierta se embotaba—. ¿Y usted, señorita McBride? ¿Se encuentra bien?

—Sí, gracias.

La piel blanca de Jenny enrojeció bajo una ligera capa de pecas del mismo color que su vibrante pelo rojizo. No le extrañaba que se hubiera sonrojado, ya que se había inclinado hacia ella para examinarla mejor y tomar nota de cada detalle. Pero la joven permaneció donde estaba. Sí, la señorita McBride sostuvo el escrutinio de Latimer. Éste se enderezó.

—¿Sabía que nuestra amiga común, lady Lloyd, se encuentra en el número 7 de Mayfair Square?

—Sibyl... quiero decir, lady Lloyd, vino a la tienda y dejó un mensaje para mí —la joven volvió la cabeza y apretó la caja con tanta fuerza contra su cuerpo que los costados de ésta se hundieron–. Bueno, es muy amable por interesarse por mi salud, pero no debo retenerlo más tiempo.

–No me está reteniendo usted a mí, sino yo a usted –repuso Latimer en un tono que pretendía resultar tranquilizador. Antes de que Sibyl se casara con sir Hunter Lloyd, ésta y Jenny habían formado parte de un club pequeño y singular cuya razón de ser seguía siendo imprecisa para Latimer. A decir verdad, Sibyl había dejado el mensaje en la sombrerería hacía una semana a petición del propio Latimer. Muy pronto, tras una breve visita a la mansión de Windsor de su hermana Meg y su marido, regresaría a Minver, la propiedad que los Lloyd tenían en Cornualles, para reunirse con Hunter–. Me alegro de que haya recibido noticias de Sibyl. La habrá invitado al número 7, imagino.

–Sí –murmuró la señorita McBride, con la mirada fija en las puntas de sus polvorientas botas negras, pero Sibyl aún no había recibido una respuesta.

Muy bien, ya era suficiente. Por muy poco que supiera sobre cortejar a una mujer inexperta y sin malicia, ya no tenía excusas para proseguir con aquellos ridículos encuentros matutinos. Debía dar pasos magistrales para lograr su propósito.

Los hombres se marcaban objetivos, los perseguían y los alcanzaban. No se demoraban intercambiando palabras de cortesía, ni en los negocios ni en los asuntos del corazón... y del cuerpo. Jenny McBride era el objetivo de Latimer.

¡Dios!, si tenía la camisa empapada por la espalda... Hacía calor, pero no lo bastante para hacer sudar a un hombre inmóvil en la calle. En cambio, Jenny, la señorita McBride, parecía incómoda, pero no por exceso de calor, pensó Latimer. Era él quien la turbaba. Ella no sabía si debía quedarse o irse, hablar o callar.

Lo necesitaba; necesitaba la protección y los cuidados de Latimer, y los tendría. Era lo bastante hombre para reconocer que su propia vacilación estaba alargando la cacería.

Pero eso había terminado. Atraparía a la muchacha que muy pronto compartiría su casa y su cama.

Desposarla supondría un reto, al principio. Habría entre sus amigos quienes le harían la vida imposible, pero se casaría con ella de todas formas. Le haría olvidar las horas de arduo trabajo por las que sin duda cobraba una miseria. La enseñaría a apreciar las exquisiteces, a acudir a él en busca de lo que pudiera necesitar. Le proporcionaría todo lo que ansiara, y mil antojos con los que ella rebosaría de felicidad cuando se los regalara. Una baratija por aquí, un vestido nuevo por allá... muchos vestidos nuevos. Y bonitas manoletinas con las que sustituir aquellas botas negras más prácticas. Las mujeres, a excepción de su hermana Finch, Sibyl y, posiblemente, la hermana de ésta, Meg, carecían de la fortaleza de carácter propia de los hombres. Debían ser atendidas, y recibir concesiones.

Jenny McBride se convertiría en su esposa, en su amante, en su apoyo incuestionable en todas las decisiones, en todas las tentativas. El hecho de que en ciertos círculos le hubieran puesto el apodo de «el amante más osado de Inglaterra», y de que aún lo consideraran como tal, lo aburría. Había llegado a detestar aquel título. Con Jenny McBride templaría sus habilidades, la inventiva por la que era célebre. Jenny sería demasiado sensible para llevar a cabo un ejercicio tan agotador. Sí, sería un compañero de cama suave y contenido, y se satisfaría contemplando la tierna adoración de Jenny.

Aquél era el día señalado y lo aprovecharía.

—Está muy callada, querida.

Jenny volvió a ponerse de puntillas.

—Discúlpeme. Lo veía absorto en sus pensamientos.

—¿Qué hace últimamente en su tiempo libre, desde que no se reúne con el grupo de Sibyl?

—Nada.

—¿No hace *nada* en sus ratos de ocio? —Latimer inclinó la cabeza y esperó a que ella lo mirara—. Tiene ratos de ocio, ¿verdad?

—No. Quiero decir que tengo una vida muy ajetreada.

—Pero no hace nada cuando no está trabajando —enseguida se percató de su torpeza—. Ay, querida niña, no me diga que cuando termina de trabajar apenas tiene tiempo para dormir antes de volver aquí —empezaba a prodigar apelativos cariñosos pero, a fin de cuentas, volvía a ser un hombre de acción y debía conquistarla—. Mi querida señorita McBride, sea sincera conmigo. Me preocupa su bienestar.

—Sí. Es usted muy amable, sí. Mmm... Bueno...

Latimer frunció el ceño. Ni siquiera lo estaba mirando y había empezado a apartarse de una forma muy extraña.

—¿Jenny? Quiero decir, señorita McBride. ¿Qué la preocupa?

—Nada, gracias, señor.

¿Nada? Se había quedado rígida, el rubor había desaparecido de su rostro y el miedo ensombrecía su mirada. Tenía la vista dirigida hacia un punto por encima del hombro de Latimer y éste empezó a darse la vuelta. Jenny lo agarró de la manga con fuerza y le dijo en un fiero susurro:

—No. Perdone que sea tan brusca, pero sería mejor que no nos vieran hablando así.

—¿Por qué no? No parece ni habla como acostumbra. Y está asustada. Dígame enseguida qué le ocurre y yo me ocuparé del problema. No consentiré que la alteren de esta manera.

Jenny bajó la mirada al brazo de Latimer y retiró la mano.

—No es porque no quiera hablar con usted —dijo con voz tan débil y jadeante que Latimer tuvo que concentrarse para oírla—. Es usted un caballero muy educado y encantador. Sí, encantador —Latimer sabía que no debía interrumpirla, pero llegaría al fondo de aquellas incoherencias. Jenny volvió a mirarlo—. Gracias por dedicar un poco de su tiempo a una chica como yo. No volveremos a vernos.

Acto seguido, se alejó corriendo y desapareció por un callejón contiguo a la sombrerería. Cuando abrió una puerta del costado del edificio, la toca resbaló hacia atrás y quedó colgando de los lazos. Jenny desapareció y Latimer oyó el portazo. La joven se había limitado a anunciar que no volverían a verse y lo había dejado de pie en medio de la acera.

−Ajá, Jenny McBride. Esas palabras son un reto para un hombre como yo. Sólo consigues reforzar mi determinación. Empieza la cacería.

Jenny se estaba lamiendo la yema del dedo corazón de la mano izquierda. Nunca se clavaba la aguja, al menos, desde hacía años. Se inclinó sobre el revestimiento de encaje blanco del casquete de una toca y sintió una inmensa gratitud al no ver ninguna mancha. A *madame* Sophie no le pasaría desapercibida una mota de sangre, pues utilizaba una enorme lupa para examinar cada centímetro de sus famosos sombreros.

Estaba atrapada, pensó Jenny.

En el preciso momento, el único momento, en el que había sentido un inmenso júbilo, su temible casero había logrado lo que se había propuesto desde que, dos años atrás, le alquiló una habitación. Morley Bucket la había acorralado y Jenny no tenía escapatoria. El señor Latimer More, el hombre más bondadoso, más excitante, más apuesto de todos, había hecho algo increíble: se había fijado en ella y la trataba con amabilidad. Pero a Jenny se le había complicado tanto la vida que no se atrevía a disfrutar ni una vez más de sus encuentros, por muy insignificantes que fueran, sin duda, para el señor More. No sabía muy bien en qué consistía su negocio pero debía de llevarlo a Bond Street todos los días aproximadamente a la misma hora. En el futuro tendría que ir a la panadería un poco más tarde.

El dedo dejó de sangrar. Encontró una tira de lino blanco en la bolsa de retales y se lo vendó para resguardar la labor de otra posible mancha.

Había visto a Bucket aquella mañana en Bond Street, observando su encuentro con Latimer More. Se había cerciorado de que ella viera su mueca burlona y su nariz larga y delgada elevada en señal de desprecio. Era un hombre perverso, y se burlaba de Jenny en lugar de fruncir el ceño porque estaba convencido de que la poseía. No pasaba un día sin que se dejara ver, sólo para recordarle quién podía arrebatarle la libertad si no acataba sus órdenes.

Jenny apoyó la barbilla sobre el pecho. Más que un hombre era un roedor, y mordisqueaba la determinación de Jenny de conservar su independencia. Debido a ciertas circunstancias imprevistas, le debía renta atrasada por un valor superior a su salario de todo un año, y Bucket lo sabía, tenía la certeza de que Jenny no podría saldar su deuda en las seis semanas que le había concedido a regañadientes. A no ser que ocurriera un milagro, Bucket tenía razón. Pasaban las horas y los días y Jenny tenía la creciente sensación de estar encerrada en una caja que empequeñecía a cada instante.

¿Y si le pedía a su patrona que la ayudara? No, no era buena idea. *Madame* Sophie le había confiado que su familia había huido de Francia con los bolsillos vacíos y que ella había logrado abrir la tienda gracias a la generosidad de una amistad. La dama contaba cada cuarto de penique, aunque hacía tiempo que ya no necesitaba preocuparse por el dinero.

—Jenny, Jenny, Jenny, sueñas despierta cuando deberías estar trabajando —el rostro redondo y empolvado de *madame* Sophie apareció entre las cortinas azules que separaban el taller de una minúscula antesala que comunicaba con la tienda. Por fortuna, Jenny se había vuelto a sentar y estaba sosteniendo la aguja y el revestimiento de encaje.

—Sí, *madame*, soy un pelín soñadora, pero a veces, cuando mi imaginación vuela, recibe ideas inspiradoras sobre una nueva puntada o la forma de lograr que una preciada pluma cumpla la función de dos.

Tarareando, haciendo crujir las faldas de su vestido amarillo, *madame* Sophie entró en el taller y cruzó sus brazos regordetes. Era una mujer elegante, de pelo casi negro, luminosos ojos azules y de estatura tan corta que en la penumbra podría pasar por una niña. Dijo:

—Si se precisan dos plumas, hay que poner dos plumas. Puede que tu imaginación no haya regresado de uno de tus «vuelos».

—Lo siento —dijo Jenny. La señora era amable, pero sería imposible pedirle dinero.

—Vamos, vamos... Es una tontería que me pidas perdón, niña. Eres mi pequeño tesoro, una maestra sombrerera en ciernes —hizo un gesto amplio y una sonrisa arrugó su bonito rostro. No era joven, pero tampoco parecía vieja... su edad era un misterio para quien quisiera debatir sobre ello—. Algún día tendrás tu propio negocio y las damas más distinguidas de Londres se pelearán por tus creaciones.

—No se pelearán por las mías si pueden comprar los sombreros de *madame* Sophie. Claro que nunca tendré un negocio propio —no le gustaba compadecerse de sí misma y no pensaba tolerarlo—. De todas formas, no tengo intención de abrir mi propia tienda. Prefiero seguir aprendiendo de usted.

—Me halagas. ¿Cómo se dice? Me das coba.

Aquella sugerencia irritó a Jenny.

—En absoluto, *madame* Sophie. Cuando me dio este empleo sabía coser bastante bien, es cierto, pero no sabía nada sobre sombreros. Podría no haberme tomado como ayudanta, pero lo hizo, y nunca habría aprendido cómo hacer un sombrero.

Madame Sophie dio unas palmadas con sus manos pequeñas y moldeadas y rió

—Tienes carácter, Jenny, lo supe nada más verte. Qué audaz fuiste. Me dijiste lo buena que llegarías a ser en tu trabajo.

Jenny utilizó una mano para ocultar una sonrisa.

—Tenía miedo de que no me ofreciera el puesto. Y estaba desesperada por trabajar.

—Y yo me alegro, casi siempre, de haber sabido ver tu potencial. Ahora, veamos la toca de paseo de *lady* Beckwith.

Jenny tocó la pieza que tenía delante.

—El revestimiento ya está casi terminado.

—Sí —dijo *madame* Sophie, y torció sus pequeños labios—. Acaba de llegar un mensaje. Al final, habrá que revestirla de satén rosa.

—Bien —Jenny empezó a deshacer las pequeñas puntadas que había dado para prender la banda de encaje—. Quedará bonito —las señoras cambiaban de parecer todos los días, no era nada nuevo.

Madame Sophie extrajo su lupa de armadura y empuñadura de plata y nácar de la cintura y estudió el trabajo de Jenny.

—Mmm... Mmm... —daba vueltas a la toca, e intercalaba ruiditos de aprobación en una tonadilla que tarareaba con frecuencia. Después, volvió a enfundarse la lupa en la cintura y miró a Jenny—. ¿Dónde está la bolsa de retales?

Jenny sintió una oleada de incomodidad y calor.

—Está... Iré por ella —se incorporó con sobresalto y corrió a recogerla de la mesa de cortar, donde la había dejado abierta y con trozos de tela desperdigados. Jenny se dio la vuelta y vio a *madame* Sophie estudiando su toca marrón.

—La rosa da el toque definitivo —declaró—. Eres una muchacha muy ingeniosa. Y tienes muy buen ojo. Yo misma metí los trozos de seda en la bolsa de retales.

—Debería haberle preguntado si podía utilizar unos cuantos para mí —dijo Jenny, con la vista clavada en el suelo.

—Te doy todo lo que se desecha, ¿recuerdas? —repuso *madame* Sophie—. Me pediste permiso para usar los retales para los nidos de los pájaros. Si quieres usar algo para ti, ¿por qué iba a importarme? Vamos, vamos... Me alegro de que los uses —extrajo una pieza de gro de Nápoles de color verde claro y un trozo de lazo de color más oscuro y los metió en la bolsa que Jenny sostenía–. Puede que les encuentres alguna utilidad.

Jenny le dio las gracias y se sentó para seguir descosiendo el encaje de la toca de *lady* Beckwith. *Madame* permanecía junto a su hombro, tarareando. Sintiéndose incómoda ante aquel escrutinio, Jenny extremó la atención al deshacer las puntadas. *Madame* Sophie no se movió. Jenny dejó la toca y las tijeras y se volvió hacia su patrona.

–¿Quería algo más, *madame*?

–No, no. Bueno, puede que sí, una cosita más –dio una palmadita a Jenny en el brazo y suspiró. Sonó la campanilla de la tienda–. No es nada. Ya ni me acuerdo. Ah, llaman a la puerta. Iré a ver de quién se trata. El sol hace que las damas piensen en sombreros nuevos y bonitos.

Se fue con manos nerviosas y Jenny se alegró al ver que las cortinas se cerraban tras ella.

Volvió a empuñar las tijeras, pero una leve inquietud turbaba su concentración. En varias ocasiones durante los últimos días, *madame* Sophie había rondado el taller, acercándose a ella y observando de cerca su trabajo. Y en todas y cada una de esas ocasiones había empezado a decir que quería hablar con ella de algo para luego insistir en que había cambiado de idea. ¿Y si *madame* Sophie estaba pensando en despedirla?

Jenny sintió un escozor en los ojos y los cerró. Sin su trabajo, no tendría esperanza alguna de mantener alejado a Morley Bucket.

La tienda prosperaba y, como Jenny era una costurera rápida y consumada, cuando la anciana que solía trabajar con ella decidió retirarse, *madame* Sophie sugirió que no había necesidad de reemplazarla. Jenny accedió y recibió un pequeño aumento. Rezaba para tener seguro su puesto de trabajo.

Se sobresaltó al oír un golpe de nudillos en la puerta que daba al callejón y empezó a incorporarse. Debía de tratarse de un envío. Antes de poder levantarse por completo de la silla, la puerta se abrió y el señor Latimer More entró en el taller, con el sombrero en la mano, el pelo moreno alborotado y sus ojos casi negros centelleando mientras la buscaba con la mirada. Ni la más leve de las sonrisas suavizaba sus... bueno, sus interesantes labios.

Jenny se dejó caer en la silla y lanzó una mirada a las cortinas azules que separaban la tienda del taller. El señor More cerró la puerta del callejón y se acercó, con mirada ominosa y vigilante, a la mesa donde ella trabajaba.

—Señor More —dijo Jenny cuando recobró un poco la compostura—. Aquí es donde trabajo.

—Ya lo veo —contestó en voz baja—. Y es un cuartucho minúsculo. En absoluto saludable, diría yo.

Jenny se cubrió las mejillas con las manos y lo hizo callar.

—*Madame* Sophie no debe oírle decir esas cosas. Le dolería mucho. Hasta podría enfadarse conmigo. De todas formas, como soy la única que trabaja en esta habitación, es saludable y amplia para mí. Y agradable. En invierno tengo un fuego que me mantiene en calor y en verano las paredes son lo bastante gruesas para conservar el fresco.

Latimer volvió la cabeza para observar el taller con más atención y Jenny, que todavía trataba de contener su irritación por aquel áspero comentario, se deleitó con mirarlo sin ser observada. Latimer tenía el pelo rizado, más aún desde que la brisa había jugado con él. La nariz era agradable y la boca era amplia, con el labio inferior más grueso que el superior y ambos claramente definidos. Los hombres no solían tener bocas atrayentes, pero el señor More...

La estaba mirando fijamente. Jenny le dirigió una rápida sonrisa y arrugó la nariz.

—Bien —dijo Latimer. Ella frunció el ceño sin comprender—. Bien. Ya me has perdonado por decir cosas que no te agradaban —le dijo—. ¿Dónde vives?

—En una habitación alquilada —contestó, y apretó los labios con firmeza. No le diría nada que prefiriera mantener en secreto. Después de todo, mientras él no supiera dónde vivía ni ninguna otra circunstancia sobre su penosa situación, podría conservar cierta dignidad.

—Estoy preocupado por ti. Desde que has salido corriendo esta mañana, he estado pensando en qué podía hacer para ayudarte. ¿Querrías decirme lo que te ha asustado cuando estábamos hablando?

Jenny volvió a ocuparse del revestimiento.

—Tenía prisa por volver. *Madame* Sophie es muy buena conmigo pero no entendería que estuviera perdiendo el tiempo cuando hago recados —ya estaba, eso sonaba bastante sincero.

—Me haría muy feliz que me llamara por mi nombre de pila.

Jenny estuvo a punto de cortar no sólo hilo, sino encaje.

—Si no se siente cómoda tuteándome delante de otras personas, ¿podría hacerlo cuando estemos solos?

—Pero no... —¿Latimer quería que lo tuteara? No podía hacerle el desaire de negarse... aunque no fuera probable que se encontraran solos en ninguna parte—. Sí, y gracias por ese honor.

—Se trata de algo normal, y no de un honor, entre amigos, Jenny. ¿Estás conforme con que te llame Jenny?

Aunque Jenny McBride no tuviera familia que recordara y no se sintiera merecedora de la atención de una persona elegante y desahogada como Latimer, no había nacido ayer. No estaba muy segura de la motivación de Latimer, pero estaba interesado en ella.

—¿Jenny? —se había colocado detrás de ella, tan cerca que Jenny casi creía sentir su cuerpo y, aunque hablaba en voz baja, el tono era distinto. No sabía muy bien por qué.

—Ah. Sí, claro que puedes llamarme Jenny.

—Gracias —le tocó la nuca con suavidad—. Tienes un botón suelto; permíteme que te lo abroche.

Jenny enderezó los hombros y contuvo el aliento. Los dedos de Latimer estaban frescos pero la piel que rozaban abrasaba. Se inclinó sobre ella para dejar el sombrero sobre la mesa y Jenny sintió su calor y olió el jabón sencillo que usaba. No pudo evitar alzar la vista hacia él y Latimer, tras soltar el sombrero, se quedó inmóvil y la miró. A aquella distancia, Jenny distinguió una pequeña cicatriz blanca por debajo del ojo izquierdo, hoyuelos en las comisuras de su boca y leves arrugas verticales por debajo de los pómulos. Las cejas se arqueaban limpiamente y se separaban un poco en los extremos. Y, cuando entreabrió los labios, dejó al descubierto unos dientes regulares y fuertes.

«Dios mío», pensó Jenny. Bajó las manos al regazo y se las miró.

—Ahora podré hacerlo bien —anunció Latimer y, después de abrocharle el botón, deslizó los dedos hacia abajo, comprobándolos todos uno a uno.

Jenny cerró los ojos y respiró por la boca. Las manos de Latimer se detuvieron sobre sus hombros. No dijo nada, permaneció de pie, detrás de ella, con los dedos desplegados de una manera que resultaba demasiado íntima y, al mismo tiempo, natural. ¿Por qué iba a querer intimar con ella?

Latimer se apartó y la sensación de pérdida fue como una sacudida. Con pasos medidos avanzó hasta colocarse junto a ella y, en aquella ocasión, Jenny reparó en que la miraba con las cejas fruncidas y los labios apretados. Ojalá pudiera esconderse de aquel análisis, porque se miró el vestido y se quedó helada. Latimer estaba percatándose de lo andrajosa que iba. Cuando salía, el sobretodo de terciopelo, aunque resultara demasiado abrigado para aquella época del año, ocultaba sus harapos. En el taller, se ponía un delantal que la cubría bastante. *Madame* Sophie centraba toda su atención en los sombreros y no en los vestidos raídos de Jenny, pero Latimer More tenía la vista clavada en un puño deshilachado sobre el que ella había cosido un trozo de encaje que no lograba camuflar del todo el remiendo.

Latimer entornó los ojos. Debía de estar horrorizado al descubrir que lo que parecía agradable a cierta distancia o, mejor aún, bien tapado, era una prenda limpia, bien hecha pero barata. Cuando lo miró a los ojos, Latimer bajó la vista. Sentía lástima por ella. Nadie tenía por qué compadecerse de Jenny McBride. Llevaba toda la vida sola y había logrado valerse por sí misma. Y no era por descuido por lo que en aquellos momentos se encontraba en un aprieto.

—¿Estaba interesado en alguna creación de *madame* Sophie? —preguntó. Latimer ya no querría insinuar que había ido a verla a ella—. Claro que no, ¡qué cosas digo! Se ha equivocado de puerta. ¿Qué si no podría haberlo traído a una sombrerería de señoras?

—He venido a verte, como bien sabes.

Jenny se puso en pie.

—Nada más salir por la puerta camine hacia la izquierda y saldrá a Bond Street.

—He venido porque me necesitas y no pienso permitir que me despaches, jovencita.

Jenny oyó a *madame* Sophie acercándose y profirió una exclamación. ¿Qué pensaría cuando la viera a solas con un hombre?

Madame Sophie apareció como acostumbraba: apartó las cortinas y bajó con paso alegre el peldaño. Retrocedió de inmediato.

—¿Qué está haciendo aquí este hombre? —inquirió, con la vista clavada en Latimer—. Muy indecoroso, Jenny. Muy indecoroso.

—Lo siento.

—No es preciso —dijo Latimer, y saludó a *madame* Sophie con una inclinación—. Temo haberme equivocado de puerta. No sé mucho sobre tiendas y me he despistado. Perdóneme, querida señora. Había estado buscando a esta joven sin lograrlo, pero tuve la suerte de verla entrar por aquí hace un rato. He venido en cuanto he dispuesto de un rato libre.

Jenny no era dada a los desmayos pero quizá eso crease la distracción que ansiaba. Para horror suyo, vio a Latimer agarrar a *madame* del codo y conducirla hacia la tienda.

—Debería haber entrado por la puerta principal para hablar con usted. Discúlpeme por mi torpeza, ¿quiere?
—Por supuesto —dijo *madame* Sophie con una sonrisa.
—¿Cree que la joven podría acompañarnos?
—Eh... Jenny, síguenos, por favor.
Arrastrando los pies, sin saber qué la deparía el destino a continuación, Jenny los siguió.
Cuando se detuvieron en el centro del local azul y dorado, entre los expositores con las maravillosas creaciones de *madame* Sophie, Latimer inspeccionó la estancia, se fijó en los querubines que daban forma a las patas doradas de las sillas y de las mesas y que retozaban por el techo y dijo:
—Increíble. Jamás había visto nada igual.
Jenny sonrió y se entretuvo recolocando los soportes de los sombreros.
—Verá —le dijo Latimer a *madame* Sophie—, fue la rosa lo que atrajo mi atención. Era de color naranja, y supe que debía hacerme con una.
Jenny se quedó boquiabierta.
—Entiendo —dijo *madame* Sophie en voz baja—. Quiere algo así para una persona en particular, claro.
—Para mí.
—¿Desea una toca de terciopelo marrón con una rosa de seda de color... naranja?
—Sólo la rosa —respondió Latimer, y Jenny oyó la risa en su voz—. Estoy cansado de la molestia y el gasto de comprar una rosa natural todos los días para mi ojal. Además, se desperdician muchas flores que lucirían mucho más en el jardín de una persona. He decidido crear una nueva moda: rosas de seda para los ojales de los caballeros. Quisiera varias de color naranja, capullos apenas abiertos. ¿Estarían listas para mañana?
Jenny miró por el escaparate y fue incapaz de arrancar la mirada de Morley Bucket. Estaba en la calle, observándola.
—Estarán listas mañana por la tarde, señor...
—More, Latimer More. Gracias. Me gustaría que me las

enviaran a la dirección que consta en mi tarjeta. Buenos días.

Latimer pasó demasiado cerca de Jenny, tanto que tropezó y le pasó una mano por la cintura para sujetarla.

—Le ruego que me disculpe —le dijo—. Ha sido una torpeza por mi parte —y salió a la calle.

Todavía petrificada por la mirada entornada e insolente de Morley Bucket, Jenny notó un peso en el bolsillo del delantal y metió la mano. Le dio la espalda a Bucket, se cercioró de que *madame* Sophie no la estaba mirando y contempló lo que Latimer le había dado. No había duda de que lo había dejado caer cuando había cometido su «torpeza».

El soberano de oro que descansaba en la palma de su mano le llenó los ojos de lágrimas. Lágrimas de gratitud por aquel acto de bondad y generosidad; lágrimas de vergüenza por haber recibido caridad.

—Termina la toca de *lady* Beckwith esta tarde, antes de irte —le indicó *madame* Sophie—. Mañana por la mañana podrás hacer los capullos del caballero. No vive muy lejos, podrás llevárselos mañana mismo.

-Lo peor que puede hacer un hombre, a no ser que quiera salir malparado de su relación con una mujer, es hacerle creer que la está persiguiendo –le dijo Adam Chillworth a Latimer. Adam vivía en el 7C de la plaza, en la buhardilla, mientras que Latimer ocupaba el apartamento de la planta baja, el 7A.

Latimer cruzó los brazos y empezó a dar vueltas por su salón repleto de librerías, que también hacía las veces de despacho, y tuvo que morderse la lengua para no decirle a Adam dónde podía meterse sus opiniones. La visión pragmática del norteño podía resultar irritante algunas veces.

-¿Entiendes a lo que voy?

-No –respondió Latimer–. No lo entiendo porque es cierto que la estoy persiguiendo y porque voy a hacerla mía. Me necesita –las carcajadas de Adam sólo sirvieron para agudizar la irritación de Latimer–. Te gusta mi jerez, ¿verdad? –preguntó al gigantesco bufón, demasiado apuesto para su propio bien.

-Sí, está bastante bueno. Y creo que ya te he dado las gracias.

Por supuesto que sí, pero Latimer no sentía remordimiento alguno.

-Estás cómodo en mi mejor sillón, ¿verdad?

Adam deslizó el trasero hacia delante, estiró las piernas, apoyó los codos en los brazos del sillón dorado tapizado en verde y acomodó su cuerpo varias veces.

—Sí, bastante cómodo.

—Entonces, te agradecería que me explicaras por qué te has reído.

Adam solía ser un hombre silencioso. Era reservado, pero desde que Sibyl se había casado con Hunter hacía cosa de un año, tanto éstos como Adam y Latimer habían estrechado su amistad y el pintor solía buscar la compañía del importador. Seguía racionando sus sonrisas y era célebre por su semblante adusto... aunque no había duda de que en aquellos instantes sonreía de oreja a oreja.

—¿Por qué te has reído de mí? —insistió Latimer.

Adam llevaba el pelo negro largo y rizado a la altura del cuello, en contra de los dictados de la moda. Cuando mostraba sus dientes blancos, parecía un pirata malo. Carraspeó y elevó una mano grande y moldeada para restar importancia a la cuestión.

—¿Que me he reído de ti? —repitió, y rió—. Supongo que sí. Estás acosando a la pequeña pelirroja porque la deseas y pretendes hacerla tuya. Pero ¿que ella te necesita? Puede que haya hecho mal al reírme, pero si buscara el motivo por el que estás haciendo el idiota por una mujer, no pensaría en lo que *ella* necesita como respuesta. No sabes qué ni a quién puede necesitar. Eres tú quien la desea, así de sencillo. Ha acelerado tu instinto y no descansarás hasta que no te acuestes con ella.

La tentación de echar a Adam de su casa pasó fugaz por su mente, a Dios gracias. Latimer se acercó a la ventana y siguió vigilando la calle a la espera del envío de las condenadas rosas de seda... y de Jenny.

—No tienes garantías de que sea ella quien te entregue las flores para tu sombrero —señaló Adam, y estalló en carcajadas—. No ha sido mala idea lo de las rosas —logró decir, medio asfixiado por la risa. Latimer no pudo evitar sonreír, pero no quería que aquel canalla supiera que le resultaba gracioso.

—Serás bandido... Hace todos los recados para su patrona —contestó, y enseguida perdió la batalla con su propia risa. Adam se reunió con él junto a la ventana y le dio una palmada en la espalda.

—Claro que sí —afirmó, y le ofreció a Latimer su copa de jerez—. Bebe un poco, lo necesitarás. ¿Seguro que no quieres suspender tu pequeña maquinación? Ya sabes que la casa entera está... Bueno, iba a decir que se están riendo de ti, pero es mucho peor. Sibyl tenía lágrimas en los ojos al hablar de ti y de Jenny McBride, y no lloraba porque pensara que fuera divertido. La preocupa que estés solo y... —Latimer interceptó la mirada de Adam y éste se encogió de hombros. No completó su informe.

—¿Por qué te haría una confidencia, Chillworth? Tienes el cerebro impregnado de aceite de linaza; no deberían dejarte salir de la buhardilla. ¿Por qué no subes? Cierra la puerta con llave y ponte a pintar. No te preocupes, pronto te sentirás mejor.

Adam no lo estaba escuchando. Se había movido un poco para ver mejor la plaza. En concreto, estaba observando a una figura que atravesaba los jardines centrales a paso rápido. La princesa Desirée, la hermanastra del conde Etranger, esto es, del marido de Meg y cuñado de Sibyl, avanzaba casi corriendo por una senda bordeada de flores. Sostenía en el brazo a Halibut, su enorme gato atigrado, que se sentía como en casa tanto en el número 7 como en el 17, la residencia londinense del conde. La princesa solía encontrar excusas para vivir en el número 17 y no se encontraba del todo a gusto en Riverside, la residencia que Etranger tenía en Windsor.

—Ahora sí que tomaré un poco de jerez —dijo Latimer, y retiró la copa de los dedos de Adam para beber un buen trago. Al contrario que su amigo, no cometía la bajeza de reírse de los sentimientos amorosos de un hombre. Claro que no lograría arrancarle ninguna confesión a Adam, quien insistía en que Desirée era demasiado joven para él *aunque estuviera interesado*. Una niña, decía, aunque no tardaría en cumplir veinte años.

—Jean Marc no debería permitir que una muchacha encantadora, una princesa, anduviera corriendo por ahí —declaró Adam—. Es peligroso, muchos podrían reconocerla. Podría sufrir algún percance. Claro que no habría ninguna diferencia si no fuera una princesa. Con lo bonita que es... No es una buena idea.

Adam no agradecería que nadie se compadeciera de él, pero eso era lo que Latimer sentía. Su amigo conocía a Desirée desde que era una adolescente larguirucha y malhumorada de ojos grises, y ya por aquel entonces la princesa le agradaba. Adam podía protestar cuanto quisiera, pero Latimer lo había estado observando mientras Desirée se encariñaba con él y había presenciado cómo Adam le daba la espalda al afecto que él mismo sentía. Si sacara a colación aquel afecto, Adam lo tacharía de estúpido, le recordaría las diferencias entre la posición social de Desirée y la suya y se enclaustraría en su buhardilla durante días, si no semanas.

La princesa subió los peldaños del número 7 y se inclinó para dejar en el suelo a su grueso felino de rayas grises y blancas. Era una joven preciosa, y su mal genio había desembocado en una inteligencia vivaz y encantadora, aunque a veces un poco traviesa.

—Mira —dijo Adam—. Ni siquiera es lo bastante fuerte para acarrear a un gato obeso y desagradecido. ¿Dónde se ha metido el viejo Coot? Tarda demasiado en abrir la puerta. ¿Por qué no deja que lo haga Evans, o como se llame el nuevo mayordomo segundo? La princesa no debería estar esperando fuera tanto tiempo.

Se oyó un portazo y murmullos de voces en el vestíbulo que se elevaron cuando Desirée pasó por delante del 7A sin dejar de hablar con el mayordomo. Reía mientras subía las escaleras para ver a Sibyl y a su bebé.

—Fase uno completada —anunció Latimer, y miró a través de las cortinas de encaje, estirando el cuello hacia la derecha—. Desirée está sana y salva en casa y, además, ha llegado justo a tiempo. Creo que... Sí, por ahí viene Jenny McBride.

—Si te das prisa, todavía puedes darle otras instrucciones al viejo Coot.

—¿Y decepcionar a Sibyl y a la princesa?

—¿Estás seguro de que la invitación que Sibyl dejó en la tienda era para hoy? —Adam se colocó para poder ver a Jenny en cuanto se acercara.

La copa vacía resbalaba en la mano de Latimer. La dejó a un lado y se frotó las palmas de las manos. Un hombre maduro y de mundo no debería mirar a ninguna mujer y sentirse como un joven inexperto ante la primera fémina que despertaba su virilidad.

—Sé muy bien lo que hago —contestó—. Deja que yo me ocupe de mis propios asuntos. ¡Y deja de apoyarte en mí para ver mejor a Jenny! Ya la has visto antes.

—No desde la boda de Sibyl y Hunter.

—No ha cambiado. Sírvete otro jerez —allí estaba ella, y el martilleo del corazón y la falta de resuello se apoderaron de él, como siempre que la veía.

—Puede que se eche atrás, ¿sabes? Quizá alegue que no tiene tiempo para ver al bebé de Sibyl, o para cualquier ardid que hayáis urdido. De todas formas, no podrás quedarte a solas con ella, así que no tendrás oportunidad de lograr lo que te propones.

—Deja de especular sobre lo que me propongo.

Arrimándose a la barandilla que impedía que los transeúntes se cayeran a la escalera que conducía a la puerta de servicio del sótano, Jenny caminaba delante de la casa con paso lento. De vez en cuando alzaba la vista, pero volvía a ocultar su rostro bajo el ala de su toca marrón.

—Es una criatura encantadora —comentó Adam—. ¿Qué sabes de su gente? ¿Quién es ella en realidad? No digo que esas cosas deban importar, ya me conoces. Lo que quiero hacerte ver es que no la conoces muy bien. Te has encaprichado de ella, nada más, y...

—Cierra la boca —lo interrumpió Latimer—. Sírvenos otra copa, siéntate e intenta darle ánimos a un amigo.

Jenny se detuvo ante los peldaños de la puerta principal y alzó la vista. Aquel día estaba más pálida que de costumbre. Latimer pensó en la tela gastada de su vestido, en la facilidad con que se le palpaban los huesos... Pensó en cómo se sentía al tocarla.

—¿Jerez, o algo más fuerte? —preguntó Adam.

En el taller, cuando le puso la mano en la nuca, ella bajó la cabeza como si, inconscientemente, se estuviera sometiendo a él. Lo que en el leve y grato acento norteño de Adam era el *instinto* de Latimer reaccionó al recuerdo y se irguió hasta dejarse notar. Exigía atención.

—Eh... Algo más fuerte, por favor —tocarle la piel, recorrerle la espalda con los dedos sobre el vestido y retirar las manos había sido una tortura.

—¿Qué te gustaría?

—No retirar las manos.

—Eso son tonterías, More. ¿Te apetece un coñac?

Latimer hizo una mueca y dijo:

—Sí, coñac.

Sosteniendo una pequeña sombrerera, Jenny subió los peldaños. Cuando Latimer la perdió de vista, corrió a la puerta de su apartamento para pegar la oreja a la madera. Jenny usó la aldaba y, en aquella ocasión, el viejo Coot, que sin duda no andaba lejos, la dejó pasar enseguida. Al contrario que la princesa Desirée, Jenny hablaba en voz baja. Oyó sus susurros y la voz cascada del mayordomo, y ambos estuvieron hablando tanto tiempo que Latimer creyó que su plan fracasaría y que Jenny se marcharía.

—¿Jenny? ¿Es esa...? ¿Eres Jenny? —dijo Sibyl desde el segundo piso—. Sube enseguida. Me alegro tanto de que Latimer me dijera que te había encontrado... —Sibyl parecía encantada de ver a su amiga—. Vamos, o Sean volverá a quedarse dormido.

Lo que Jenny respondió seguía siendo ininteligible, pero por los ruidos que se oyeron a continuación, Latimer dedujo que Jenny había obedecido.

—Excelente —hundió el puño en la palma de la otra mano y giró en redondo hacia la habitación. Adam sostenía dos copas de coñac.

—Será mejor que te sientes antes de que te dé una apoplejía —declaró—. Y así no serías de ninguna utilidad para una joven necesitada.

Sibyl tomó el sombrero y el sobretodo de Jenny, la acomodó en un mullido sofá de color rojizo y tomó al inquieto bebé de los brazos de la princesa Desirée de Mont Nuages. Jenny daba gracias por haber hecho la reverencia cuando aún llevaba puesto el sobretodo. Aquel día había decidido ponerse su mejor vestido por si acaso Latimer se presentaba otra vez en la tienda, pero no estaba en muy buen estado.

—Te encantará —dijo la princesa, que parloteaba como una muchacha cualquiera—. Es el bebé más hermoso del mundo y, si Sibyl y Hunter no tienen cuidado, me fugaré con él.

—No harás nada semejante, Desirée —la regañó Sibyl, mientras se acercaba a Jenny con su hijo—. Te presento a Sean Lloyd, un bebé de seis meses realmente adorable. A no ser que tenga hambre o quiera que le cambien los pañales; entonces, ya no lo es tanto.

Jenny abrió los brazos y tomó al pequeño en su regazo.

—Vaya, es un niño precioso —besó una mejilla sonrosada y acercó el rostro al cuello frágil y dulce—. Hola, pequeño Sean. Quiero abrazarte con fuerza porque me llenas el corazón. Es un cielo, Sibyl, y creo que tiene la nariz y la boca de Hunter... quiero decir, de *sir* Hunter. El pelo rubio y los ojos azules son tuyos. Ay, es tan suave y tiene el pelo tan rizado... —lo abrazó y cerró los ojos.

—Hace tiempo que quería preguntarte una cosa, Jenny —dijo la princesa Desirée—. No, no te levantes, tonta. Y debes llamarme Desirée. Asistí a algunas de las reuniones del club contigo y con Sibyl el año pasado, ¿recuerdas? Hemos compartido muchas experiencias.

Jenny asintió; lo recordaba perfectamente.

—Así que lo que quería preguntarte era: ¿quién deseabas que fuera el padre de tu hijo?

—*Desirée* —la regañó Sibyl—. No deberíamos volver a hablar de eso.

Habían formado un atrevido club destinado a facilitar que las mujeres que no desearan casarse pudieran disfrutar del placer de tener un hijo propio. O, al menos, esa había sido la excusa para explorar cuestiones que algunas personas, o casi todas, considerarían inapropiadas para jóvenes casaderas. Jenny se sonrojó al recordarlo.

—Seré sincera —afirmó Jenny, mientras acomodaba a Sean en una rodilla—. Conocí a Phyllis Smart en la tienda. Os acordaréis de ella, imagino. Y le gustó mi trabajo. Empezó a venir a verme y a charlar conmigo y luego me invitó a unirme al grupo. Así tuve la suerte de conocer a Sibyl —le sonrió, pensando que estaba más hermosa que nunca—. Y a Su Alteza... quiero decir, a Desirée, por supuesto. Pero sólo quería disfrutar de la compañía de personas interesantes y de un bonito lugar en el que reunirme con ellas. No tenía intención de tener un hijo. ¿Cómo podría cuando no tengo bastante para... bueno, para cuidar a un bebé? Así que ni siquiera pensé en qué hombre podría hacer el trabajo.

La princesa y Sibyl rieron al unísono. No hacía falta comentar la desafortunada elección de palabras de Jenny.

—Ojalá pudiera quedarme —dijo con sinceridad—. Pero tengo que volver o *madame* Sophie se enfadará conmigo.

—¿No recibió el mensaje antes de que salieras de la tienda? —preguntó Sibyl—. Enviamos a Foster, una de las nuevas doncellas, con una nota para tu patrona.

—Entiendo —a Jenny se le contrajo el vientre; no debía correr el riesgo de perder su empleo–. He venido aquí directamente, es posible que me haya cruzado con Foster. ¿Cómo es?

–Agradable, y con mucha iniciativa... Ah, pero fue en carruaje. Ha debido de llegar a Bond Street al poco de salir tú. Pero no importa. Le dije a *madame* Sophie que debías de haber olvidado que te había invitado a tomar el té, pero que pretendía retenerte en cuanto llegaras. Le dije que me gustaría disfrutar de tu compañía el resto de la tarde, así que no volverías a la tienda hasta mañana.

Jenny había olvidado que la invitación era para aquel día y se sentía avergonzada de no haber tenido el valor de contestar por escrito.

–Perdóname por no haberte enviado una nota, pero no puedo hacerle eso a *madame*. Tengo un trabajo pendiente que terminar antes de volver a casa esta noche.

–Bueno –dijo Sibyl con calma–. Lo mejor será esperar a que Foster nos traiga la respuesta de *madame* Sophie. Si tienes que marcharte, lo harás en carruaje y llegarás enseguida. Pero, hasta que no llegue Foster, ¿por qué no disfrutamos? Pediré que traigan el té.

Oyeron un golpe de nudillos en la puerta.

–Adelante –dijo Sibyl. La doncella que entró no era joven, pero tenía un porte sereno y agradable.

–*Madame* Sophie me ha dado una nota para *milady* –le dijo a Sibyl–. Y me pidió que le dijera que le encantará verla antes de que parta para Cornualles. Cuando vaya a encargar varios sombreros nuevos a la tienda.

–Gracias, Foster –dijo Sibyl–. Por favor, dile a la cocinera que queremos un té y una fuente de sus deliciosos pastelillos variados. Y unos cuantos sándwiches de berros y de paté. Y de huevo, también.

A Jenny se le estaba haciendo la boca agua, pero no desvió la mirada de la nota que Sibyl sostenía en la mano. En cuanto la doncella se fue, Sibyl abrió el sobre, la leyó deprisa y se la pasó a Jenny.

–¿Lo ves? –dijo, sonriente–. Tu *madame* Sophie insiste en

que te tomes el resto del día libre y dice que deberías haberle pedido permiso para venir aquí cuando te envié la invitación. Se alegra de que Latimer me dijera que te había visto.

La querida Sibyl, recurriendo a un pequeño soborno, había concedido a Jenny unas horas de libertad. Jenny leyó las palabras de *madame* Sophie; eran las mismas que Sibyl había pronunciado. Además, *madame* Sophie le recordaba a Jenny que entregara las rosas al señor Latimer More. Jenny lo haría sin falta antes de abandonar el número 7; no era lo bastante fuerte para dejar la caja sin intentar ver a Latimer otra vez.

Seguramente, sólo estaba imaginando que Latimer estaba un poco interesado en ella. Era un caballero en el mejor sentido de la palabra y, como tal, cortés por naturaleza. Ella, en cambio, era un patito feo y pobre. Latimer estaba rodeado de mujeres hermosas y refinadas, mientras que ella no era más que una aprendiza de sombrerera pobre y sin familia, sin pasado. Quizá Latimer pudiera pasar por alto algunas carencias, pero no que la habían abandonado de pequeña, que se había criado en un orfanato y que la habían puesto en la calle a los trece años con una muda y unos pocos cuartos en el bolsillo.

Morley Bucket desconocía los detalles de su vida, pero con su delgada nariz olfateaba a las personas vulnerables. Sólo se aprovechaba de los indefensos. Había pasado otro día: ¡qué contento debía de sentirse al tacharlo porque cada vez se acercaba más al logro de su deseo! Al menos, eso creía él. Jenny McBride no cedería fácilmente a los deseos del dueño de varias casas de citas, esos lugares en los que los hombres pagaban por ciertos servicios, y del que se decía que amasaba una gran fortuna realizando todo tipo de trabajos despreciables.

Meció a Sean mientras éste se chupaba el pulgar y se reclinaba tranquilamente en su hombro. La habitación estaba en silencio y, cuando alzó la vista, sorprendió las sonrisas benignas de Sibyl y de la princesa. Jenny les sonrió a su vez y apoyó sobre su pecho la cabeza del bebé.

—Es tan dulce... —susurró—. Tan inocente...

Como si lo hubiera pellizcado, Sean se incorporó y empezó a berrear. Abrió la boca de par en par, dejando al descubierto dos dientes perfectos en las encías inferiores. Las lágrimas resbalaban por sus ojos y trazaban una curva sobre sus mejillas regordetas. Sibyl lo levantó en brazos.

—Ha comido y le han cambiado los pañales, pero ahora está cansado. Le diré a la niñera que lo lleve a la cuna y que le cante una nana. Se queda dormido intentando seguirla.

Cuando la niñera se presentó en busca de Sean, ya habían servido el té y Jenny se sentó sobre las manos por temor a que se percataran de lo hambrienta que estaba. Sibyl amontonó bonitos pastelillos y sándwiches con forma de estrella en un plato y se lo pasó a Jenny, que se lo puso en el regazo. Se mordió el labio e hizo un esfuerzo por esperar. Para gran alivio suyo, Sibyl repartió la misma cantidad de comida en otros dos platos, sirvió el té y empezó a comer con avidez, al igual que la princesa.

Jenny hincó el diente en una tartaleta de limón y se esforzó por saborearla. Después, tomó un sorbo de té e hizo una pausa por si acaso su estómago se rebelaba ante tanta ingestión de comida nutritiva.

—Dinos, ¿sigues contenta con tu trabajo? —le preguntó Sibyl.

—Me encanta —respondió Jenny de inmediato. La princesa estaba sentada en el borde de un sofá de terciopelo de color burdeos.

—Cuando Sibyl vaya a encargar sombreros, la acompañaré. Hace tiempo que necesito nuevas creaciones. Lo que más me urge es un tocado para vestidos de fiesta. ¿Has visto alguno de esos nuevos turbantes franceses?

—Sí —dijo Jenny con entusiasmo—. Acabo de hacer uno de crespón púrpura, con una única pluma de pavo real sujeta con un broche de diamante... el broche de diamante de la clienta. Estaba encantada con él.

La princesa Desirée frunció los labios y las cejas.

—Eso era exactamente lo que yo quería hacerme.

—Y te sentará bien —dijo Jenny—. Haremos unos retoques para que no parezca el mismo. No será difícil. Con ribetes dorados y un ámbar para sujetar la pluma. Podría recortar una pluma de avestruz para que no quede tan ancha y pintarle unos trazos dorados.

La princesa sonrió con deleite y Sibyl enarcó las cejas.

—Puede que tengas que hacer dos turbantes —afirmó—. Pero a mí el púrpura no me sienta bien. Ya hablaremos de eso.

—Mientras tanto, tengo una cuestión muy importante que resolver —anunció la princesa Desirée—. Adam va a hacerme un retrato.

—¿Otra vez? —inquirió Sibyl con evidente incredulidad—. Ya te ha hecho dos.

—Pues éste será el tercero —respondió Desirée con calma—. Esta vez, encargaré yo misma la obra porque quiero regalársela a alguien a quien admiro.

—¿A quién? —preguntaron Sibyl y Jenny al unísono. La princesa movió la cabeza.

—No puedo decíroslo. Por favor, no volváis a preguntármelo. Cuando llegue el momento, os lo diré.

Jenny daba botes en su asiento.

—Eso no es justo. Nos estás tomando el pelo.

—Déjala que se divierta —dijo Sibyl—. No tardaremos en perder el interés.

—Bah. No vas a pincharme para que te lo diga con ese truco tan evidente. Ahora, mi dilema: la pose.

—Adam será quien te coloque —dijo Sibyl—. No creo que le haga gracia que interfieras.

—Adam es el mejor pintor del mundo y un buen amigo mío. Pero tengo un propósito muy claro para este encargo y la elección será mía.

Jenny, que no había visto nunca a nadie posando para un retrato, no entendía por qué la princesa estaba tan alterada.

—Estarás sentada en una silla, o en una banqueta, supongo. Con un bonito vestido... o envuelta en una preciosa tela. Y con una flor en la mano. Si quieres, te peinaré; me han dicho que se me da bien. Querrás ponerte algún collar, y algún adorno en el pelo.

—O quizá decida ponerme mi nuevo sombrero de ópera... con la tela que sugieres. Una gasa de color lavanda, creo. Un toque griego y dramático.

—¿Gasa de color lavanda? —Sibyl parecía horrorizada—. A no ser que sea un vestido, no. Jean-Marc y Meg no tolerarían que te retrataran envuelta en *gasa*.

—Bah —fue la respuesta de Desirée—. Ahora, ayudadme a idear una pose sensual.

Jenny tuvo que sujetar la taza para que no se le cayera. Sibyl se cubrió los ojos con el dorso de la mano y murmuró:

—¿Sensual?

—Sensual pero natural. No quiero una postura forzada e incómoda. Posaré sobre una hermosa cama.

Sin dejar de comer sándwiches y pastelillos, Jenny miraba alternativamente a Sibyl y a la princesa.

—Me niego a dejarme enojar —afirmó Sibyl, y se levantó para rellenar la taza y el plato de Jenny—. A veces, dices unos disparates...

—Jenny me ayudará. Imaginemos que ese diván de ahí es una cama. Puede que hasta use un diván si logro el efecto que persigo —se puso en pie y se sacudió las faldas de su vestido de seda de color melocotón con enaguas bordeadas de encaje de color limón. Una vez sentada en el diván, se quitó las manoletinas y metió la mano por debajo del vestido para despojarse de las medias con bordados. Fascinada, Jenny observaba todos sus movimientos.

—La piel es sensual —declaró la princesa Desirée con voz deliberadamente ronca—. Los dedos de los pies, desnudos, pueden hacer enloquecer a un hombre.

—¿Y dónde has aprendido esas cosas? —dijo Jenny—. ¿O es que has encontrado otro de esos libros tan útiles? ¿Los de la biblioteca del conde, los que no tienes permiso para leer?

—Ahora sólo leo historias románticas —afirmó la princesa—. Pero, tienes razón, porque aprendo muchas cosas sobre el mundo y sobre cuestiones de amor y atracción —hizo una pausa—. Ahora, decidme. ¿Qué os parece esta postura?

Desirée se recostó sobre el diván con la cabeza apoyada en los pies del mueble y se deslizó hacia el borde para dejar caer el rostro hacia abajo. Echó hacia atrás un esbelto brazo, con lo cual la mano quedó suspendida a media altura, y la otra la apoyó en el vientre. Había plantado los pies desnudos en la cabecera del diván y el vestido había resbalado hasta dejar al descubierto las pantorrillas.

Jenny se tapó la boca con ambas manos pero sus risitas no dejaban de oírse. Sibyl no intentó disimular sus carcajadas.

−¿Qué pasa? −preguntó la princesa Desirée con voz ahogada por el esfuerzo de hablar boca abajo−. ¿No se ve suficiente piel?

−Estás ridícula −dijo Sibyl−, como si estuvieras sufriendo.

−Tu compañía, Sibyl, podría hacer que cualquier persona cuerda y sensata acabara sufriendo.

−En ese caso −dijo Sibyl−, es imposible que *tú* sufrieras lo más mínimo −se volvió hacia Jenny con semblante suplicante−. ¿Te das cuenta? Me hace parecer la niña desobediente que ella es.

Desirée se sentó a duras penas sobre el diván.

−Ya no es divertido estar contigo, Sibyl. Te has convertido en una matrona aburrida que disfruta empañando el entusiasmo de los demás.

Sibyl se miró las uñas, y Jenny vio cómo apretaba los dientes y enderezaba la espalda.

−Tienes un poco de razón. Soy aburrida y haré algo para remediarlo... aunque no eres muy amable al mencionarlo.

De inmediato, la princesa corrió a rodearle el cuello con los brazos.

−No tienes que cambiar nada, Sibyl, eres perfecta tal como eres y soy una arpía al insinuar lo contrario. Es que llevo mucho tiempo planeando esto y, cuando oigo tus críticas, empiezo a dudar de mí misma. Y no debería, tengo que confiar en mis propias decisiones. No sabes lo que es fingir felicidad todo el tiempo cuando por dentro eres la persona más triste del mundo −movió la cabeza−. Pero, por favor, no me pidas que te explique por qué estoy triste. Lo estoy, nada más, pero con el tiempo pienso ser muy dichosa. De momento, sólo os pido que me ayudéis a idear una pose.

—Entonces, te ayudaremos, ¿verdad, Sibyl? —sugirió Jenny, y no esperó a oír una respuesta—. La postura que has probado no era atractiva. Estabas un poco rígida. Entre las tres pensaremos en una pose mejor —miró a Sibyl.

—Por supuesto —corroboró Sibyl, pero no hizo ademán de moverse.

Jenny se levantó de la silla, se acercó a la princesa y la apremió para que se sentara sobre los cojines del diván.

—Ahora, apoya los pies en el asiento. Dobla un poco las rodillas para que parezcas cómoda y relajada. Así —le colocó los pliegues del maravilloso vestido de manera que realzaran sus piernas sin que resultara indecoroso—. Los pies desnudos me gustan. Coloca uno debajo del tobillo del otro, para que sólo se vean los dedos.

—Esos dedos enloquecedores —dijo Sibyl, y rió. Jenny no le hizo caso.

—Toma, sostén este libro. Te dará aire de erudita. Y apoya la cabeza en los cojines. ¿Qué te parece, Sibyl?

—Mmm. Muy bonita. Contenida pero suave. Una pose muy decorosa.

—Muy aburrida —le espetó la princesa Desirée. Acto seguido, bajó la cabeza—. Perdóname, Jenny. Parezco desagradecida cuando no lo soy. Sibyl, posa tú para mí. Así podré ver qué aspecto tengo.

—Soy una mujer casada y una madre —dijo Sibyl, aunque estaba conteniendo una sonrisa—. No sería correcto que anduviera retozando en esas poses.

—¡Qué vergüenza! Te estás volviendo rígida —Desirée se volvió hacia Jenny con mirada suplicante—. ¿Tendrías el valor de ayudarme?

¿Valor? Sí, pensó Jenny, tenía valor. Sin él ya habría caído en garras de algún desaprensivo... o estaría muerta.

—Yo te ayudaré —afirmó—. Pero no pienso descalzarme,

tendrás que usar tu imaginación. No me hace gracia hacer y deshacer los lazos de las botas —en las medias tenía agujeros que ya no podían remendarse.

—No importa —se apresuró a decir Desirée, entusiasmada—. A ver, súbete al diván de cara al respaldo.

Jenny puso los ojos en blanco y no se movió.

—Quiero decir, que te sientes en él, te tumbes de costado mirando el respaldo y cruces los tobillos sobre el brazo del asiento.

Ciñéndose las faldas para conservar la modestia, Jenny decidió no ser aguafiestas y seguir las instrucciones de la princesa. Cuando estaba tendida con los tobillos en lo alto del único brazo del diván, se quedó inmóvil.

—Entonces, lo que quieres es que te pinten por detrás.

—No... —resopló la princesa, exasperada—. No, no es eso lo que quiero. No te muevas, yo te colocaré. Se situó detrás del diván y agarró a Jenny de los tobillos. Los levantó y tiró de ellos hasta que Jenny se quedó con las rodillas dobladas sobre el respaldo del diván y los pies colgando por detrás. La princesa Desirée dio una palmada.

—Nos estamos acercando.

Las risas cada vez más incontrolables de Sibyl ahogaron su entusiasmo.

—No pienso hacerle caso —susurró la princesa al oído de Jenny. Ésta profirió una risita.

—Aun en esta postura, seguirá pintándote la espalda.

—No, no, no. No estás atenta. Vuelve la cabeza hacia el artista —aquella contorsión era insoportable, pero Jenny obedeció y profirió otra risita—. Deja que el brazo izquierdo caiga hacia la alfombra. ¡Así! Muy bien, Jenny. ¿No estás de acuerdo, Sibyl?

—Pero —balbució Jenny— tendrás que posar así durante bastante tiempo, ¿no? No lo conseguirás.

La princesa exhaló un hondo suspiro.

—Hay que sufrir por el arte, eso siempre se ha sabido —apoyándose en los codos, se tumbó junto a Jenny y contempló su rostro–. Pero no pongas esa cara, no es nada sensual. Frunce los labios. Di «puro púrpura» y deja los labios como queden. Así –le hizo la demostración–. Deja que la vista se te ponga borrosa para que parezca que estás mirando hacia una distancia misteriosa.

–No sabía que los puros fueran púrpura –comentó Sibyl–. Cuidado, no bizquees, Jenny.

Jenny hizo caso omiso de la referencia a sus ojos y dijo:

–Puro púrpura –pero no tuvo la sensación de parecer distinta.

–Dilo otra vez y vuelve un poco más el rostro hacia el centro de la habitación –insistió la princesa Desirée, y la ayudó a corregir la postura. Pero las últimas maniobras de la princesa dejaron el hombro de Jenny fuera del asiento del diván y ésta se sintió insegura, como si estuviera a punto de resbalar al suelo. Aun así, obedeció.

–Puro púrpura.

–Lámete los labios para que brillen.

–¿Por qué hago todo esto? –dijo Jenny, tras buscar a Sibyl con la mirada.

–Porque eres demasiado buena –respondió Sibyl, pero a Jenny no la complació su expresión de deleite–. A decir verdad, estás bastante sensual. O quizá voluptuosa sea la palabra adecuada.

–Jamás podría parecer voluptuosa.

–Di «puro púrpura» –insistió la princesa Desirée.

Sibyl estalló en agudas carcajadas y Jenny también oyó que se daba palmadas sobre los muslos.

–Está bien –dijo en voz alta–. Acabemos de una vez –se lamió los labios, dijo «puro púrpura» y sus hombros resbalaron de modo que dejaron de apoyarse por completo en el asiento. La risa de Sibyl alcanzó cotas de histerismo.

–Por favor, dilo una vez más –le rogó la princesa Desirée–. Creo que será la postura ideal si logramos perfeccionarla.

–Puro púrpura –repitió Jenny entre dientes, un instante

antes de que su coronilla entrara en contacto con la alegre alfombra de tonos verdes–. ¡Ay! –se quejó–. Ahora te toca a ti.

–¿Qué es lo que andas tramando, princesa? –inquirió una sonora voz masculina–. Esto es cosa de tu ágil mente, lo sé.

–¡Vaya! –gimió la princesa–. Siempre lo hecho todo a perder. ¿Qué hacéis aquí? No os he oído llamar.

–Hemos dado varios toques –dijo otro hombre–, pero no me extraña que no nos hayáis oído. Menudo alboroto estabais armando.

«Latimer», pensó Jenny. Cerró los ojos con fuerza y, con frenesí, intentó idear la manera de salir de aquel apuro conservando un mínimo de dignidad.

–Maldita sea, Adam, quítate de en medio. Jenny acabará lesionándose si sigue así mucho tiempo.

Oyó un golpe seco y, al abrir los ojos, vio a la princesa sentada en el suelo, donde sin duda había aterrizado después de algún infortunio. Ante sus ojos había un par de botas altas inmaculadas y, por encima de estas, pantalones ceñidos a unos muslos poderosos. Jenny alzó la vista y contempló el rostro de Latimer desde abajo.

Se relajó, desistiendo del esfuerzo de mantenerse en la pose que agradaba a la princesa, y se dejó ir. Le dolía la cabeza, y se sentía débil y con náuseas. Resbaló del diván y se preparó para afrontar su propia muerte.

Unos brazos poderosos la levantaron de la alfombra antes de que hubiese caído por completo sobre ella. Jenny volvió a cerrar los ojos, pero ya había visto la mirada preocupada de Latimer. Su melena se liberó de las horquillas y dos trenzas gruesas y holgadas resbalaron sobre sus hombros.

Aquello era el colmo. Jamás se recuperaría de aquel horrible bochorno.

–Eso sí que es sensual –afirmó la princesa Desirée–. ¿No diríais que se parece a la Julieta de Romeo? Hermosa y muerta... pero sin el sepulcro.

4

Latimer había disfrutado viendo a Desirée colocando a Jenny en aquella pose e instándola a decir «puro púrpura», pero en aquellos momentos deseaba que Adam y él se hubieran presentado después del experimento.

Coincidía con Desirée en que Jenny estaba sensual en sus brazos, con el rostro entornado, los ojos cerrados y los labios todavía brillantes de la orden de Desirée de humedecérselos. Al ver que se le deshacía la diadema de trenzas se había quedado atónito. Jamás había visto unos cabellos tan gruesos, largos y cobrizos.

Pero Jenny no tenía los ojos cerrados para parecer sensual, y tampoco se había desmayado. Latimer la conocía lo bastante para imaginar que se sentía humillada.

—Has sufrido una conmoción, Jenny —le dijo en voz baja—. Te dejaré sobre el sofá para que puedas descansar.

Jenny abrió los ojos al instante.

—Gracias, pero tengo que irme. Haga el favor de dejarme de pie.

Latimer obedeció enseguida, pero lamentaba tener que soltarla. Por otro lado, la había sostenido demasiado tiempo, con lo que había acrecentado la vergüenza de Jenny.

Sujetándose las trenzas medio deshechas con una mano, Jenny clavó la mirada en el suelo.

—Por favor, discúlpenme por dar esta escena —dijo—. Ahora mismo me voy.

—No me castigues, Jenny —dijo Desirée—. He sido un monstruo al pedirte que me obedecieras.

—En absoluto —respondió Jenny—. Si no hubiera querido hacerlo, me habría negado. Pero ya es hora de que vuelva a casa —y se inclinó para recoger un par de horquillas de la alfombra.

Sibyl parecía atormentada; se estaba mordiendo el labio inferior. Miró a Latimer y éste le sonrió. Sibyl no era responsable de las ocurrencias de Desirée ni de la disposición de Jenny a participar en el juego.

—Está oscureciendo —le dijo Latimer a Jenny—. Te acompañaré a casa.

Jenny parecía no haberlo oído. Cuando se cercioró de que las trenzas no volverían a deshacerse y caer tan fácilmente, se puso el sobretodo antes de que Adam o Latimer pudieran adelantarse a ayudarla. Se ató los lazos de la toca, tomó el bolso que llevaba al trabajo y le entregó a Latimer la pequeña sombrerera con los capullos de seda.

—Muchas gracias por este té tan delicioso —dijo a continuación—. Sibyl, Sean es adorable. Espero poder verte a ti y a la princesa Desirée en la sombrerería de *madame* Sophie. Os haremos unos sombreros preciosos. Pensaré en algo para los tocados de fiesta. Buenas noches a todos. Ya conozco la salida —se encontraba fuera de lugar en aquella casa y no debería haberse quedado a tomar el té.

Despidiéndose por última vez con la mano, abrió la puerta y bajó corriendo las escaleras. Oyó decir a Sibyl:

—Te veré dentro de unos días...

—¡Espera! —Latimer la alcanzó en el vestíbulo—. Permíteme que te acompañe a casa.

—No, gracias —respondió Jenny, aunque deseaba que lo hiciera—. No está muy lejos y me gusta caminar sola.

—¿Ah, sí? —Latimer se acercó, retiró hacia atrás un lado de su levita y se metió la mano en el bolsillo de los pantalones—. Mírame, Jenny.

«Valor», se dijo Jenny. El valor la había llevado hasta donde estaba y no podía prescindir de él. Elevó la barbilla y lo miró a la cara. ¡Qué doloroso le resultaba contemplar aquellos ojos y su expresión inquisitiva!

—¿Qué ves en mí? —preguntó—. ¿Nada?

—Veo muchas cosas —respondió Jenny, y tragó saliva—. Veo a un hombre bueno y honorable.

—¿Bueno y honorable? —Latimer apretó los labios—. ¿Sientes algo por mí? Cualquier cosa. Sé que te parecerá una pregunta injusta e improcedente dado que apenas nos conocemos... me refiero a que casi no hemos conversado. Pero me gustaría saber si te gusto. Si te gusta lo que conoces de mí, quiero decir.

¿Qué diría Latimer si supiera que él dominaba sus sueños y pensamientos?

—Me gustas —afirmó—. Me agrada que me saludes cuando me ves —no debía seguir hablando o revelaría los anhelos de su corazón y, después, la sensación de pérdida sería más honda.

—Me alegro —dijo Latimer—. El día que no te veo me satisface menos.

Jenny giró sobre sus talones y se alejó deprisa hacia la puerta principal. Tenía el pecho y la garganta contraídos.

—Los capullos son preciosos —dijo Latimer—. Empezaré esa moda de la que te hablé. Quizá quieras ponerme uno en el ojal; soy bastante torpe con estas cosas.

Había abierto la sombrerera.

—Será un placer —dijo Jenny. Y después, huiría antes de que Latimer descubriera otro motivo para retenerla.

Tomó uno de los capullos que había confeccionado para él, se puso de puntillas y deslizó el tallo por la solapa.

—Es un bonito color. Y casi todos pensarán que es natural. Vaya, cualquiera diría que estoy presumiendo de mis creaciones —al ver que Latimer no contestaba ni se movía, se quedó quieta, todavía de puntillas, con una mano apoyada en su pecho, debajo de la solapa—. ¿Así está bien? —preguntó. Bajo sus dedos, la carne de Latimer no cedía lo más mínimo. Era cálida y firme... viril.

—Jenny —dijo Latimer en voz baja. Jenny apoyó los talones en el suelo—. ¿Qué voy a hacer contigo? —suspiró.

—No lo sé.

—¿Qué es esto? —ante ella sostuvo el soberano que había colocado en el fondo de la pequeña sombrerera—. Debe de habérsete caído aquí dentro.

—No, no —replicó Jenny—. Te lo ruego, no me hagas llorar, porque lloraré si intentas dármelo otra vez. Lloraría porque eres el hombre más generoso que he conocido nunca y porque no necesito caridad. Me avergonzarías si me la dieras. Pero me conmueve que hayas querido ayudarme.

—Mi querida niña —Latimer atrapó la mano que todavía descansaba sobre su pecho—. No te avergonzaría por nada del mundo. Te ruego que me perdones por mi insistencia, pero creo que no estás sobrada de dinero. No te di esto por compasión, sino porque estoy preocupado por ti.

—Gracias —dijo Jenny, que parpadeaba con todas sus fuerzas para mantener los ojos secos—. Buenas noches.

Salió de la casa y cerró la puerta sin volver la cabeza, dejando a Latimer de pie en el vestíbulo.

El sol no se había ocultado por completo y Jenny caminó con paso raudo por las calles en dirección este. Pensó con melancolía en el calor y las comodidades del número 7, y casi deseaba poder regresar a su taller de Bond Street. Cualquier cosa menos poner el pie en la casa que la aguardaba.

Durante unos minutos, estuvo al acecho por si acaso a Latimer se le había ocurrido seguirla, pero se sintió absurda por pensar que podía haber abandonado su hogar para callejear tras ella a aquella hora tan tardía. A los hombres no les agradaba que los contradijeran. Daban mucha importancia a las atenciones que prodigaban y esperaban que las tomaran en serio: no persistían sin recibir muestras de aliento.

Un vendedor ambulante que acarreaba una bandeja de pescado en escabeche le colocó la mercancía delante de las narices.

—Unas anguilas suculentas, pequeña. Para ti, a un precio especial.

—No, gracias —sintió náuseas y volvió la cabeza. Un precio especial por un pescado incomible. El hedor era insoportable.

Atravesando callejones y calles estrechas e inhóspitas que conocía bien, ganaba terreno deprisa. Tanto mejor, pues la luz había quedado reducida a un gris violáceo y los contornos empezaban a difuminarse.

—Por fin te encuentro, Jenny McBride —Morley Bucket apareció ante su vista; estaba recostado en una ruinosa columna de piedra a la entrada de una antigua casa señorial reducida a una casa de huéspedes en ruinas. Por las ventanas se oían chillidos y gemidos y una tenue luz amarilla traspasaba las sucias cortinas—. Menos mal que sé que vienes por aquí; así me resulta más fácil tropezar contigo. ¿Estás admirando mi casa? Sí, poseo muchas buenas propiedades. Te sorprendería. Soy un hombre rico.

Jenny hizo ademán de seguir su camino, pero Morley le interceptó el paso.

—Tengo que volver a casa —dijo Jenny.

—¿A la casa de quién, querida? Vives ahí porque yo te dejo. Me debes dinero. Estás a un paso del asilo de pobres. Si no tuviera tan buen corazón, ya estarías allí.

—Ya le he dicho que reuniría el dinero para pagarle.

—¡Bah! No lo harás. Pero te seguiré el juego hasta que se te agote el tiempo. Y no sería mala idea que te alejaras de ese elegante caballero. Te hará sufrir, lo sé. Seguramente, quiere conseguir gratis aquello por lo que yo estoy dispuesto a recompensarte.

—¡Basta! —gritó Jenny—. Apártese de mi camino.

—Al instante, *milady* —se mofó Bucket, y se hizo a un lado—. Pero no olvides lo que te he dicho. Se te acaba el tiempo y has puesto tus esperanzas en un caballero que no se fijaría en ti si no te imaginara en su cama.

Jenny le lanzó una mirada furibunda.

—Cree que todo el mundo es tan horrible como usted.

—¡Ja! —abrió la boca para proferir una carcajada, y dejó al descubierto un buen número de muelas de oro—. Sé cómo son los hombres. Me han ayudado a hacerme rico y todos están cortados por el mismo patrón. Lo que buscan es lo que tienes bajo las faldas. Quieren el derecho de hundirse entre un par de muslos pálidos y suaves durante tanto tiempo como estén interesados. Y pagan bien por ese privilegio. Pero sabes que tengo algo especial para ti. Deberías aprovechar la oportunidad antes de que te quedes sin alternativas.

—Si me disculpa —dijo Jenny, y se alejó tan deprisa como se lo permitían sus trémulas piernas. Bucket se echó a reír y el sonido le heló la sangre.

—Hay un mozalbete, ¿verdad? Te estará esperando y se preocupará si llegas tarde. Se quedará en la calle, al igual que tú, Jenny. A no ser que hagas lo que sabes que debes hacer.

—Ya le he dicho que le pagaré.

—Qué va, no puedes. Desiste. Ya hay un caballero interesado en ti, y eso no suele ocurrirles a las de tu clase. Ríndete y deja que ese hombre te compre y salde tus deudas.

—¡Cállese!

Podía seguirla sin necesidad de apretar mucho el paso.

—Me callaré cuando entres en razón. Ese caballero te comprará vestidos bonitos y todos los caprichos que desees. Es viudo, un hombre solitario.

—Déjeme en paz.

—No puedo. Mi cliente empieza a impacientarse. Quiere que seas su compañera y no es tan viejo como para no enseñarte algunos trucos. Conoce muchos o, al menos, eso me han dicho algunas de mis chicas.

Sus «chicas». Las mujeres por cuyos servicios los hombres vaciaban la bolsa. Bucket quería venderla para divertimento de un hombre rico. Jenny echó a correr tan rápido como pudo y Bucket le lanzó un último grito.

—El bueno de Bucket te ayudará a prepararte para el viejo ricachón. No sabrá que le he quitado un poco de lustre a la mercancía. Hasta puede que te dé un chelín o dos, para que tengas algo en el bolsillo y te acicales para complacer a tu protector.

Las calles se estrechaban, pero Latimer sabía dónde estaba y por fin comprendía por qué Jenny había mantenido con tanto celo el secreto de su paradero. Debía de creer que se horrorizaría al saber que vivía en los tugurios de Whitechapel. Lo había tomado por un esnob frívolo que, al percatarse de su pobreza, sería incapaz de separar a la muchacha de su desgracia y le daría la espalda. Estaba furioso, y aún más al imaginarla en aquel lugar, atravesando calles miserables y peligrosas.

Había visto al tipo detenerla y había estado a punto de apalearlo... hasta que reparó en la reacción de Jenny. Ésta lo conocía y lo temía. Sería mejor tantear primero el terreno antes de ocuparse del señor Morley Bucket. En cualquier otra circunstancia, Latimer habría deseado no saber quién era, pero aquel contacto de años atrás estaba demostrando ser muy útil.

La muchacha doblaba las esquinas tan deprisa que Latimer debía mantener los sentidos alerta. No quería que lo descubriera antes de averiguar exactamente dónde vivía, pero no podía seguirla muy de lejos o la perdería de vista.

No le hacía falta fijarse en los nombres de las calles. Aun sin estar dotado de un sentido de la orientación infalible, hacía años que tenía sus almacenes en Whitechapel y podría haber encontrado el camino incluso en la oscuridad. Lo había hecho en más de una ocasión.

Dobló otra esquina y dio gracias por su buena fortuna. Justo a tiempo, vio cómo Jenny entraba en un edificio de ladrillo ennegrecido por el hollín. Alzó la vista y comprobó que se encontraba en Lardy Lane. El edificio de Jenny no tenía número, pero no importaba. Lo que más lo preocupaba era descubrir cuál de los cuchitriles del edificio era el de ella. Unas luces tenues brillaban a través de las ventanas mugrientas de los cinco pisos. Si no andaba muy descaminado, los inquilinos de la casa sin número de Lardy Lane podían darse por satisfechos si contaban con una sola habitación propia.

Un chico salió por la puerta por la que Jenny había desaparecido y se recostó en el muro apoyando un pie en los ladrillos. Sostenía algo comestible en la mano y parecía ansioso por devorarlo lo antes posible. Latimer se acercó a paso lento hacia él.

—Bonita noche —dijo cuando estuvo a su lado—. ¿Crees que seguirá despejada?

—Qué va —el muchacho estudió la franja de cielo púrpura que se avistaba entre los tejados de la calle—. Lloverá antes del amanecer. Pero no hará frío, así que no será tan terrible.

—¿Vives aquí? —preguntó Latimer, y señaló la puerta abierta del edificio; confiaba en parecer sólo medianamente interesado—. Tengo una propiedad no muy lejos de esta calle.

El muchacho plantó los dos pies en la acera y miró a Latimer de arriba abajo.

—Es usted demasiado fino para estos lugares, ¿no cree?

—Mi almacén está a sólo unos cientos de metros de distancia. Importaciones More. Puede que lo hayas visto.

—No sabría decírselo.

Aquel tema de conversación parecía agotado.

—Estoy buscando a una amiga mía, pero he perdido su dirección. Sé que vive en Lardy Lane, y creo que es ésta su casa, pero no estoy seguro. Si no la encuentro, creerá que no he querido venir.

—¿Seguro que es ésta la calle? —una vez más, Latimer fue sometido a un escrutinio—. Aquí vive gente pobre. No da la impresión de conocer a muchas personas humildes, señor.

¿Qué podía decir a eso? ¿Algo que se interpretaría como un tópico?

—Ojalá pudiera encontrar a Jenny McBride.

El muchacho, que debía de rondar los diez años de edad, se atragantó con el último trozo de pan que se había metido en la boca e intentó golpearse su propia espalda. Latimer lo ayudó dándole una palmada firme entre los omóplatos, y luego otra, hasta que ante él se elevó un rostro delgado, de ojos llorosos, coronado con greñas de color estopa.

—¿Puedes respirar? —le preguntó Latimer.

—Claro que puedo.

—No conocerás, por casualidad, a Jenny McBride, ¿no? ¿Cómo te llamas, por cierto?

—Toby —y Toby recelaba demasiado de un desconocido que le preguntaba por Jenny McBride, a quien el chico, sin duda, conocía.

—Yo soy Latimer —le dijo.

—¿Latimer?

—Sí.

—¿Está seguro?

Latimer sacó una de sus tarjetas y se la entregó al muchacho antes de maldecir por su propia estupidez. El chico no sabría leer y creería que lo estaban humillando.

Con el ceño fruncido, sumamente concentrado, Toby leyó:

—La... ti... mer More.

Latimer se maravilló de que aquel jovenzuelo supiera leer.

—Eso es. Y Jenny es amiga mía. Toma, un chelín por tu ayuda.

El muchacho miró la moneda con ojos abiertos como

platos. La frotó con una manga y murmuró algo para sí. Pero, poco a poco, dejó caer los hombros y se la devolvió a Latimer.

—A Jenny no le haría gracia —declaró. El muchacho acababa de delatarse.

—El dinero es para ti —señaló Latimer—. Pero debes cerciorarte de que a Jenny no le importa, claro —tuvo una inspiración—. ¿Ves el capullo que llevo en el ojal?

—Sí. Parece todo un dandi.

No era el momento para poner al muchacho en su sitio.

—Me lo hizo Jenny. Con la misma seda de las rosas que lleva en su toca marrón.

Toby observó el capullo con atención antes de entrar corriendo en el edificio, con la moneda aún en la mano, y desaparecer sin decir palabra.

Vestido como estaba, no era aconsejable que Latimer merodeara por aquel barrio; podría llamar la atención de alguien a quien Jenny quizá quisiera esquivar. Entró en el portal y avanzó en la penumbra hasta el pie de las escaleras. En algún piso lloraba un bebé, pero eran los sonidos de terror y enojo los que turbaban a Latimer. Mujeres suplicando, hombres gritando. Y olía a rancio. ¿Era allí donde vivía Jenny? Se preguntó qué podría haberla llevado a aquella penuria.

Pero no seguiría viviendo en aquellas circunstancias. El orgullo de Jenny, su espíritu resuelto, se opondrían a él, pero tendría que dejarse proteger por él.

Por las escaleras bajaba Toby; sus pisadas resonaban como los cascos de un poni.

—Estoy aquí, Toby —dijo Latimer, y el muchacho se sobresaltó y bajó a trompicones los últimos peldaños—. Siento haberte asustado.

—No me ha asustado. Nadie asusta a Toby. He resbalado, nada más.

—Claro. ¿Le has dado a Jenny mi tarjeta?

Toby enderezó la espalda.

—No le he dicho que conociera a ninguna Jenny.
—Lo dijiste. Y la conoces. Y le has dado mi tarjeta. ¿Podrías conducirme a ella? —sin previo aviso, Toby se sentó en el primer peldaño de la escalera y encorvó la espalda—. ¿Qué te ocurre, chico? —dijo Latimer; se inclinó y le puso una mano en el hombro—. Soy un buen tipo, creo que Jenny te lo habrá dicho. Déjame ayudar.

Toby movió la cabeza en señal de negativa.

—¿Ha dicho que no quería verme?

—Sí.

Latimer exhaló un largo suspiro.

—¿Te ha dicho por qué?

—Se supone que no debo contárselo. Ha dicho que lo considera el hombre más bueno del mundo, pero que debería marcharse —abrió una de sus pequeñas manos y le ofreció el chelín—. No puedo quedármelo.

Latimer cerró los dedos de Toby en torno a la moneda.

—Puedes aceptar un regalo, hijo, y con mi bendición. Y que no se hable más de esto —empezaba a perder los estribos—. Así que Jenny se ha tomado la libertad de decirme lo que es mejor para mí. Escúchame, Toby. Es amiga tuya, ¿verdad?

—La mejor amiga que he tenido. La única que cuida de mí. Y yo cuido de ella.

—¿Está metida en algún lío?

—Bueno... No, yo cuido de ella, así que no le pasa nada.

A Latimer no le pasó desapercibida la pequeña vacilación del muchacho. Se sentó junto a él.

—¿Mantiene Jenny algún contacto con su familia? —Toby se sostenía la cabeza con las manos—. Dime.

—No hablo de asuntos ajenos. Sobre todo, de los de Jenny.

Latimer tuvo una idea.

—¿Podrías volver a preguntarle si quiere recibirme? Dile que no me inmiscuiré en sus asuntos siempre que sepa que no corre ningún peligro. Después, me iré —que Dios lo perdonara por distorsionar la verdad.

—No es tonta —dijo Toby con aspereza, y miró a su alrededor—. ¿Cómo puede estar libre de peligros en un lugar como éste? Sólo intenta engañarla para que lo vea.

—Entonces, tú también crees que debería irme.

Toby guardó silencio durante un largo momento cargado de tensión. Después, dijo:

—Tengo miedo por ella —y a Latimer se le encogió el estómago—. Se trata del casero, ¿sabe? Quiere obligarla a hacer algo que ella aborrece, y todo porque le debe varios meses de alquiler. Se endeudó con él porque ayudó a Ruby cuando tuvo el bebé y se puso enfermo. Cuesta dinero traer a un matasanos, pero el pequeño habría muerto si no hubiese venido. También hubo que pagar por la medicina. Y después Ruby se puso enferma, y el matasanos tuvo que venir otra vez. Y como Ruby no estaba trabajando, no tenía dinero para comer. Bucket dijo que no le importaba que Jenny le debiera unos meses, pero después negó haber dicho tal cosa. Ahora, no hace más que rondarla.

Latimer ya sabía quién era Bucket pero, de todas formas, preguntó:

—¿Y Bucket es el casero?

—Sí. No hace más que vigilar a Jenny. A Jenny la pone enferma, y a mí también.

La sola idea de que Morley Bucket estuviera rondando a Jenny, y a aquel muchacho, también ponía enfermo a Latimer. Aquel hombre estaba metido en toda clase de asuntos sucios e ilegales.

Latimer lo conocía de los días en que frecuentaba las casas de juego de baja reputación. Allí había creído menos probable toparse con personas conocidas. Bucket era una celebridad en las casas de juego, apostaba fuerte, bebía con exceso, reía con estrépito y siempre iba rodeado de aprovechados, tanto hombres como mujeres, que le daban coba.

—Jenny está en peligro —dijo Latimer, sorprendiéndose incluso a sí mismo. No había pretendido decir nada que pudiera aterrorizar al muchacho–. Quiero decir, que podría estarlo. Por eso le fallaría si no intentara ayudarla.

Toby lo miró entre las lúgubres sombras de las escaleras.

–Jenny cree que puede arreglárselas sola pero no puede, ¿verdad?

Latimer se sintió abrumado de alivio. Se había abierto una grieta en el escudo de Toby.

–No lo sé –dijo con cautela–, pero lo dudo. Si ese tal Bucket está decidido a atraparla, Jenny no tiene las armas necesarias para luchar contra él y salir victoriosa. Ella sola, no.

–¿Pero usted podría ayudarla?

–Creo que puedo ponerla a salvo –respondió Latimer con triunfo prematuro.

–A Jenny no le hará gracia.

–¿Que me lleves a donde está, quieres decir?

–Sí, se enfadará conmigo.

Latimer lo meditó un poco.

–Podrías subir hasta su habitación y dejarme ver qué puerta es la suya. Luego yo podría decir que te seguí por mi cuenta.

–Pero eso sería un embuste –dijo Toby, con un ceño borrascoso–. Hay que aprender a no mentir. Solía meterme en muchos líos por eso antes de conocer a Jenny.

–¿Espera que vuelvas con ella enseguida? –Latimer no estaba dispuesto a desistir.

Toby se puso en pie. Se guardó el chelín en el bolsillo y dijo:

–Gracias, señor. Ahora, acompáñeme. Lo llevaré a ver a Jenny y rezaré para no estar equivocándome.

Era imposible no quedarse impresionado de aquel niño andrajoso cuyas mejillas hundidas proclamaban su hambruna pero que hablaba con soltura e inteligencia, y que hacía gala de un sentido del honor.

Subieron hasta el último piso, donde el techo era tan bajo que Latimer tuvo que inclinar la cabeza. Toby se adelantó, dio un golpe de nudillos a la puerta y la abrió cuando una voz procedente del interior le indicó que pasara.

—Tengo algo para ti —dijo Jenny con voz alta y clara—. Se me olvidó dártelo cuando vine. Mira.

—Jenny, te he traído a un caballero que quiere verte.

Latimer admiró el valor y la franqueza del muchacho y lo siguió. Jenny, que debía de haberse erguido con precipitación, estaba de pie delante de una silla de madera, rodeada de retales y de materiales de costura que habían resbalado a los tablones de madera del suelo. Sostenía su bolso abierto en una mano y varias pastas en la otra.

—¿Te importa? —preguntó Toby con nerviosismo—. Dijiste que era bueno y creo que lo es.

—Jenny miró a Toby y sonrió.

—Has hecho lo que considerabas mejor. ¿Te importaría salir un rato? Toma, llévate esto. Sobraron en la tienda y *madame* Sophie me las dio a mí.

—Ya he comido un poco de pan. Tómatelas tú.

—Necesitas más que un mendrugo —dijo Jenny. Miró a Latimer con ojos demasiado brillantes—. Toma, Toby. Hazlo por mí.

Con expresión triste, Toby aceptó las pastas y se marchó enseguida. Latimer hizo ademán de recoger los retales que se le habían caído a Jenny del regazo.

—No —la firmeza de su voz no daba pie a una discusión.

Latimer paseó la mirada por la habitación con disimulo. Nunca había dudado que Jenny fuera pobre, pero el nivel de esa pobreza lo llenó de furia y perplejidad por la persona y las circunstancias que la habían llevado a aquella penuria.

La única luz de la habitación la proporcionaba una vela colocada sobre una cesta invertida. Sobre la silla arañada y astillada de la que Jenny se había levantado descansaba un cojín hecho de retales. Arrimada a una pared había una estrecha cama de metal cubierta con una manta gris; la almohada tenía una funda de ganchillo marrón. En un cajón colocado en vertical y con la abertura hacia fuera, había atrancado varias tablas dispuestas en horizontal que hacían las veces de estantes, y sobre ellas descansaban varias tazas y platos, cuchillos y tenedores y dos sartenes. Sobre la caja reposaban una palangana y una jarra de metal. Latimer no vio rastro de comida, y el resto de objetos de la habitación se encontraban arrinconados junto al hogar. Había un catre en el suelo, con varias prendas viejas de niño dispuestas por encima, y varios libros amontonados en un extremo. La ropa de Jenny estaba colgada de una barra que se apoyaba en unos ganchos de la pared. Latimer era incapaz de mirarla a los ojos.

–¿Satisfecho? –inquirió Jenny de improviso, dejando los labios entreabiertos para respirar–. ¿Querías ver cómo viven los pobres? Pues te doy la bienvenida a mi castillo. Toma –hurgó en su bolso y sacó otra pasta–. Para ti. Todavía no he ido por agua; si no, te ofrecería un vaso.

–Gracias –Latimer aceptó la pasta seca que, sin duda, Jenny se había guardado para cenar y la masticó despacio–. Muy buena. No me había dado cuenta del hambre que tenía.

–Me alegro. Ahora, si me disculpas, tengo muchas cosas que hacer antes de acostarme y ésta es la única vela de que dispongo hasta que pueda comprar más.

Era valiente, pero también estaba encolerizada.

–Latimer –apretó las manos sobre sus faldas–. Tú también tendrás cosas de qué ocuparte. Gracias por asegurarte de que volvía a casa sana y salva. Perdóname por mi brusquedad, pero dudo que entiendas cómo me siento.

–Estás avergonzada y furiosa –dijo Latimer–. Será mejor que sea franco. ¿Cómo no iba a comprender cómo te sientes cuando te has esforzado tanto por mantener en secreto tu vida privada? Ahí es donde duerme Toby, ¿verdad? –señaló el catre.

–Sí. Era un deshollinador, pero cuando lo obligaban a subir por la chimenea, no soportaba sentirse encerrado en la oscuridad. Chillaba tanto que los señores de la casa se enojaban, porque temían que los gritos asustaran a sus hijos. Al final, el hombre que lo tenía lo abandonó. Es un muchacho bueno e inteligente. Le gusta que le enseñe y aprende deprisa. No sé cómo, pero me aseguraré de que se abra camino en el mundo.

Latimer estuvo a punto de gemir. La situación se complicaba cada vez más, pero no tendría por qué seguir complicándose si Jenny dejaba de intentar ser fuerte y aceptaba su ayuda.

—Buenas noches, Latimer.

—Podría pedirle a *lady* Hester que te alquilara un apartamento del número 7.

—Me gusta mi casa —repuso Jenny, y las comisuras de sus labios descendieron—. Tengo amigos aquí.

—No digas tonterías. Ven conmigo ahora mismo.

Ella se mantuvo firme.

—Sé que tienes buenas intenciones, pero eres grosero y dominante, y no necesito a un hombre así... no necesito a ningún hombre.

Ya debería haber aprendido a comunicarse con las mujeres, se lamentó Latimer. Eran tan emotivas...

—No soy dominante, nadie dice que lo sea. Y, desde luego, tampoco grosero. Recoge tus cosas y ven conmigo.

—No pienso ir contigo a ninguna parte.

—Claro que sí —le rodeó la cintura con un brazo, pasó el otro por detrás de sus rodillas y la levantó—. Debes comer y ponerte cómoda enseguida. Uno de los criados del número 7 vendrá a recoger tus cosas mañana. Esta noche, Sibyl se ocupará de que tengas lo que necesites.

Pesaba como una pluma y sus pataleos sólo producían el efecto de irritarlo cada vez más.

—No puedes tomar decisiones por otras personas —le dijo Jenny—. Suéltame o...

—¿O qué?

—O... O te pegaré.

Por divertida que resultara la idea, Latimer logró no reír. Con rostro solemne dijo:

—Por favor, no me pegues. Podrías hacerme daño.

A Jenny le temblaban los labios.

—No querría hacértelo, pero tú te lo has buscado —e hizo otro intento de desasirse.

Latimer la besó; no pudo evitarlo. Al principio, sintió los labios de Jenny rígidos bajo los de él, y su cuerpo como si se hubiera vuelto de piedra. Pero después, Jenny le tocó la mandíbula y respondió al beso como si estuviera experimentando. Latimer procedió despacio, con suavidad. La inexperiencia de Jenny era evidente, pero sus labios se suavizaron y los apretó con ansia contra los de él. Aunque el sentido común lo instaba a parar, a hacer una pausa y volverla a besar, su voluntad no recibió el mensaje y separó los labios de Jenny para deslizar la lengua por los bordes afilados de sus dientes. Entreabrió aún más sus labios y, cuando hundió la lengua en su boca, ella profirió pequeños gemidos de excitación, se retorció en sus brazos e imitó cada movimiento. Sus rostros se mecían; los ladearon para profundizar el contacto y siguieron besándose hasta que a Latimer empezaron a flaquearle las piernas. Durante un instante de enardecimiento, pensó en la estrecha cama y anheló sentir la manta gris bajo sus cuerpos desnudos.

Un aullido, el aullido de Toby, los interrumpió un momento antes de que la puerta se abriera de par en par. Toby, sujetándose la oreja con una mano, entró como una flecha, tropezó, y cayó desplomado sobre la chimenea de hierro.

En el umbral se encontraba Morley Bucket.

Jenny advirtió que estaba aferrándose a Latimer y relajó los dedos.

—Déjame en el suelo —susurró. Latimer la complació pero la mantuvo detrás de él y se enfrentó con Bucket.

—¿Estás herido, hijo? —le preguntó a Toby, pero éste se incorporó y lo negó con la cabeza—. Buen chico. Hace falta más que un manotazo de un matón para lastimar a un hombre de honor.

Jenny hizo ademán de acercarse a Toby pero Latimer la retuvo con el brazo.

—Enseguida, Jenny. Ten la amabilidad de quedarte donde estás.

Los hombres podían ser tan imperiosos... Sin embargo, en aquellos instantes la complacía tener a un hombre imperioso entre ella y Morley Bucket.

—Vaya, vaya, vaya —dijo Bucket, mientras daba dos pasos hacia ellos. Su cuerpo alto y estrecho parecía más encorvado que de costumbre—. ¿Qué es esto? ¿Conque entreteniendo a caballeros en mi casa, pequeña Jenny? Sabes que eso no está permitido. Alquilo alojamientos decentes para personas decentes.

—Cuidado —le advirtió Latimer, y la mano con la que aún retenía a Jenny se cerró en un puño.

—Que no haya pelea —suplicó Jenny, estremeciéndose, y no porque tuviera frío.

—Vaya con doña Perfecta —se burló Bucket con una mueca despectiva—. Menos mal que he venido, aunque sólo fuera para ver si necesitabas algo. Soy un hombre generoso, Jenny McBride, pero no me quedaré de brazos cruzados viendo cómo una muchacha rastrera con aires de gran señora empaña la reputación de mi propiedad... y se ríe de mí. No olvides que tienes una cuantiosa deuda conmigo y que he sido paciente... hasta ahora.

—Salga de aquí —dijo Latimer, que se moría por hundir el puño en la mandíbula de Bucket—. Márchese ahora mismo y no vuelva a acercarse a la señorita McBride.

El estilo de vida que había llevado había hecho mella en él, pero Morley Bucket seguía estando en la plenitud de sus facultades físicas. No reflejaba temor, aunque debía de imaginar que era posible llegar a las manos.

—Vaya, cuánto engreimiento teniendo en cuenta que lo he pillado in fraganti —declaró. La luz de la vela brillaba en su pelo descolorido y untado de grasa. Tenía las cejas tan delgadas que apenas se distinguían, y las contadas pestañas blancas delimitaban el borde rosado de sus ojos—. ¿Qué se disponía a hacer cuando irrumpí aquí? ¿Jugar a la peonza? Sé lo que he visto, y la *señorita* McBride no es libre de vender su mercancía por donde le plazca. Pero no hablemos de eso. Márchese, señor, y nos olvidaremos de que alguna vez ha puesto el pie en esta casa.

Hasta que no recordó lo ebrio que siempre había estado Bucket, Latimer no dejaba de extrañarse de que no lo reconociera.

—No pienso irme —declaró.

—Oiga —dijo Bucket en tono razonable—. Comprendo las necesidades de la carne; sí, las comprendo muy bien. Así que, en lugar de interferir en un asunto personal entre Jenny y yo, ¿por qué no se reúne conmigo en otro lugar? —se sacó una tarjeta del bolsillo—. Venga a verme a esta dirección. Obtendrá lo que quiera en la casa de citas más elegante de toda Inglaterra.

Jenny echaba humo y temblaba al mismo tiempo. Bucket la acusaba de ser una mujer de poca moralidad y, acto seguido, hacía publicidad de aquella horrible casa suya. Contempló la espalda alargada y recta de Latimer, sus hombros anchos y la forma en que se sostenía con las piernas separadas. No lamentaba el beso; conservaría aquel recuerdo toda su vida. Pero un hombre como él no se enredaba voluntariamente con mujeres que no tenían dónde caerse muertas. No tardaría en marcharse y ya no habría más saludos corteses en Bond Street.

—¿No le he pedido que se fuera? —dijo Latimer.

—Sí —intervino Toby. Se acercó con valentía hasta Bucket, se plantó los puños en sus estrechas caderas y se dirigió a él—. Lárguese.

—Hijo de perra —rugió Bucket, y asestó un manotazo a Toby en la cabeza—. Estoy harto de verte por aquí. Voy a acabar contigo de una vez por todas. ¿Crees que no sé quién la previene cuando me acerco? —agarró a Toby del cuello y lo levantó del suelo—. ¿Cuántas veces vigilas fuera mientras ella entretiene aquí a sus distinguidos amiguitos?

Toby se llenó las manos con los cabellos de Bucket y tiró de ellos mientras le asestaba patadas en el vientre como si Bucket fuera una cama de plumas sobre la que saltar.

—No te muevas, Jenny —dijo Latimer, en voz baja e irreconocible, y separó al muchacho de Bucket. Con el rostro enrojecido y dispuesto a seguir la pelea, Toby jadeaba y mantenía los puños en alto como un púgil diminuto, pero se mantuvo apartado de Latimer. Jenny cerró los ojos, pero no pudo mantenerlos así porque temía por Latimer.

—¿Seguro que no quiere pensárselo mejor? —dijo Bucket—. Los señoritingos blandengues como usted son los que más ruido hacen al caer.

El primer puñetazo de Latimer golpeó a Bucket por debajo de la barbilla y lo levantó del suelo. Bucket le asestó un manotazo en la garganta mientras agitaba los brazos, pero Latimer no perdió de vista a su rival. Le hundió el puño en el estómago y le arrancó un gemido de dolor. Bucket se inclinó hacia delante, agarrándose el vientre, y Latimer le asestó otro golpe en la nuca. Bucket se desmoronó despacio y aterrizó de rodillas, con la frente apoyada en los tablones de madera. Resoplaba, gemía y mascullaba advertencias sobre la pena por asesinato.

—¿Ha tenido bastante? —preguntó Latimer.

—Pelea sucio —dijo Bucket.

—Le he preguntado si ya ha tenido bastante.

—La ley se ocupará de ajustar las cuentas —repuso Bucket, tosiendo.

—La ley —balbució Latimer, que no daba crédito a sus oídos—. Debe de estar bromeando.

Bucket se levantó tambaleándose y sujetándose la mandíbula.

—Ya veremos quién bromea, listillo. Existe más de una ley.

—Márchese —le dijo Latimer—. Y no vuelva a amenazar a la señorita McBride.

—No sabe lo que hay entre ella y yo —Bucket clavó su mirada azul pálida en Jenny. Entrecerró los párpados, como si estuviera cansado... o como si la estuviera imaginando desnuda—. Tenemos unas cuentas que ajustar y no es asunto suyo, ¿verdad, Jenny, pequeña? Dile que lo deje.

Tomando a Latimer por sorpresa, Jenny se adelantó y se plantó en jarras justo delante de Bucket. Lo miró a la cara con fijeza.

—Es usted un hombre maligno —lo señaló con el dedo—. No nació, lo escupió una puerca. Tiene las entrañas de lodo y el cerebro de... de... Tiene un cerebro horrible. Y tengo ganas de aplastarle esa huesuda nariz. Así no podrá mirar a nadie levantándola con desprecio.

—¿Has terminado? —preguntó Bucket.

—Está descolorido. Parece una rata blanca. Una rata blanca con verrugas, dientes de oro y aliento podrido.

Huele a lo que la puerca estaba comiendo antes de escupirlo.

Toby se miraba los zapatos y le temblaba la espalda. Latimer sentía deseos de reír, pero no podía correr el riesgo de distraerse.

—Ya continuaremos con esta conversación en otro momento, pequeño —dijo Bucket, y taladró a Jenny con una mirada malévola cargada de amenaza—. Tenemos asuntos urgentes que tratar. Hay oportunidades que no pueden desperdiciarse. Creo que ya sabes a qué me refiero.

Giró el pomo y abrió la puerta antes de salir y bajar dando zancadas por las escaleras. Se oyó el aullido de un gato y Latimer adivinó que Bucket le había dado una patada al pasar a su lado.

Jenny giró en redondo hacia Toby y lo estrechó entre sus brazos.

—Te ha herido. Ese puerco te ha pegado fuerte.

—Ese hijo de puerca —señaló Toby con una sonrisa.

—Sí, eso también —Jenny ladeó la cabeza del muchacho y le examinó la oreja—. ¿A qué hombre se le ocurre golpear a un niño? Sólo los cobardes lastiman a las criaturas más pequeñas que ellos.

—Pues yo pensaba que estabas a punto de lastimar a Bucket —dijo Latimer con voz suave. Jenny se encaró con él.

—No te rías de mí cuando acaban de darme un buen susto. Si se hubiera quedado aquí un segundo más le habría puesto los ojos morados y le habría aplastado la nariz; y eso sólo habría sido el principio.

—Te creo —afirmó Latimer.

—¡Si le da miedo aplastar a un escarabajo! —exclamó Toby, y cedió por completo a la risa. Pero Jenny no se reía.

—Gracias por venir a ayudarnos. De no ser por ti, Bucket habría lastimado a Toby de verdad. Y a mí también, quizá.

—Bucket no volverá a hacerte ningún daño —afirmó Latimer—. Ya no vives aquí. Voy a llevarte a Mayfair Square, donde estarás cómoda y segura. Y saldaré tu deuda con ese hombre para que no tenga excusa alguna para seguirte.

—Ni hablar —Jenny sabía fruncir el ceño y torcer los labios con desaprobación—. No puedes tomar decisiones por mí, ni esperar que acepte caridad sin avergonzarme. Gracias, pero no, resolveré por mí misma mis problemas.

Latimer consultó su reloj de bolsillo y tuvo una insólita ocurrencia. Deseó que su hermana Finch estuviera allí. Finch sabía decir las cosas adecuadas en el momento adecuado, mientras que él era un metepatas rimbombante. Pero Jenny *debía* obedecerlo. Latimer sabía lo que era mejor para ella y sólo pensaba en su bienestar.

—Estás mirando la hora, debes de llegar tarde a alguna parte. Buenas noches. Saluda a Sibyl y a la princesa de mi parte, si no te importa.

—No dudes que lo haré. En cuanto las vea. He mirado la hora porque sé que tienes que trabajar temprano y necesitas dormir. ¿Te agrada Bucket?

La pregunta de Latimer la sobresaltó.

—No, ya sabes que detesto a esa horrible criatura. Pero no me da miedo.

—Pues debería dártelo, no tiene conciencia. Los tipos como él son los más peligrosos. Jenny, sé razonable, por favor. Intentaré no darte órdenes, pero déjame que te ayude cuando me necesitas. Y ahora necesitas mi ayuda. Hay sitio para ti en Mayfair Square.

Cuando Jenny recuperó la voz, dijo:

—Te lo agradezco, pero no puedo ir —ya no se sentía tan segura.

—Por favor —dijo Latimer, y la mirada y voz suplicantes de éste debilitaron su resolución—. Déjame que te lleve. El 7B es confortable y femenino, lo decoraron Meg y Sibyl, y está vacío.

—Tengo que quedarme con Toby, pero te agradezco tu amabilidad.

—No hace falta que te preocupes por mí —intervino Toby

en voz alta pero poco convincente–. Ya es hora de que me defienda solo. Sólo estaba contigo por si acaso me necesitabas, Jenny. Puedo cuidar de mí.

–No –se opuso Jenny, abatida ante la idea de dejarlo ir–. Tu sitio está conmigo.

–No es cierto, ya soy libre de hacer lo que me apetezca. Intentaba encontrar la manera de decirte que quería marcharme. Será lo mejor –se levantó del catre, escogió un viejo abrigo del montón de ropa y se dirigió a la puerta. Latimer miraba alternativamente a Jenny y al chico.

–No deberías salir esta noche –le dijo Latimer.

–No es asunto suyo. Ni tuyo, Jenny. Ya he pasado demasiado tiempo contigo. Soy un chico y quiero estar con chicos de mi edad. Tengo amigos que me reclaman. Déjeme ir, señor –sin saber qué hacer, Latimer guardó silencio. Acto seguido, Toby abrió la puerta–. Nunca te olvidaré, Jenny. Puede que volvamos a vernos algún día –y salió de la habitación.

Jenny lo oyó bajar las escaleras. La garganta se le cerró de tal modo que no podía tragar saliva.

–Es un muchacho muy valiente –dijo Latimer.

–Sufro al imaginarlo saliendo adelante él solo. ¿Qué hará? ¿Mezclarse con ladrones y aprender a robar carteras? Puede que tenga que hacerlo para no morirse de hambre.

–¿Vendrás conmigo ahora? –preguntó Latimer–. *Lady* Hester está despierta hasta muy tarde, hablaré con ella. Sé que accederá a lo que le pido.

Jenny se frotó la cara. No tenía a quién acudir... salvo a aquel hombre a quien apenas conocía pero por el que ya sentía un sincero afecto. No había una solución más sensata que la que él sugería.

–Está bien. Gracias. Iré contigo, pero sólo me quedaré a pasar la noche, si *lady* Hester accede. Me iré mañana por la mañana –iría a la tienda, como todos los días, aunque no sabía lo que haría cuando terminara su jornada.

Latimer descolgó el sobretodo y se lo ofreció; Jenny se lo

puso y se abrochó los botones. Cuando alzó la cabeza, vio que él le ofrecía la toca, pero se la ajustó sobre la cabeza él mismo. Después, le ató los lazos y la dejó nuevamente sin aliento.

—No necesitas nada más —afirmó Latimer.

Pero no era cierto. Jenny le dio la espalda, sacó su camisón de debajo de la almohada e hizo un atado con otros artículos que necesitaría de inmediato. No tenía intención de hacer uso de las pertenencias de *lady* Lloyd.

Apenas hablaron mientras salían del edificio y atravesaban Lardy Lane. Jenny preguntó:

—¿Cómo conoces tan bien el camino?

—Tengo negocios en esta zona desde hace años.

Jenny se preguntó qué clase de negocios serían, pero no indagó más. Buscaba a Toby en los portales en sombras, pero no había ni rastro de él. Doblaron una esquina, y luego otra, y otra, y alcanzaron el arco de entrada de la pequeña plaza adoquinada en la que los vendedores ambulantes ofrecían sus mercancías todos los días.

—En cuanto estemos en una calle respetable, detendré a un cochero —dijo Latimer. La llevaba agarrada del brazo y cubrió su pálida mano con la suya, enguantada—. Ya has andado bastante por hoy.

La sujetaba tan cerca que Jenny no podía evitar tocarlo mientras caminaban. Parecía sólido y se sentía a salvo con él. Enderezó la espalda y se dijo que era una mujer independiente, no una frágil violeta necesitada de protección. Lo detuvo y se desasió.

—No puedo hacerlo —le dijo. Latimer la asió por los hombros y la colocó delante de él.

—Ya no podemos dar marcha atrás. Es demasiado tarde, y éste no es lugar para ti a estas horas de la noche.

—Pero no puedo hacerlo —Jenny movió la cabeza—. No puedo dejar a Toby. Por favor, déjame ir. Tengo que encontrarlo.

Apenas había corrido una docena de pasos cuando Latimer la alcanzó y la volvió a agarrar del brazo.

—Muy bien —dijo, y ni siquiera parecía molesto—. Ya me lo esperaba. Pero lo buscaremos juntos.

No tuvieron que mirar mucho. En cuanto volvieron a entrar en Lardy Lane, una sombra se separó de las casas de la otra acera y corrió hacia donde estaban. Toby se detuvo ante ellos, jadeante, pero recobró un poco el aliento antes de hablar.

—¿Has olvidado algo, Jenny? Dime lo que es y subiré a buscarlo. Puedes esperarme aquí, con él.

Latimer le puso una mano a Toby en el hombro y le dijo:
—Ha vuelto por algo que no logra olvidar. Ahora que vuelve a tenerte, se sentirá bien.

Ah, no. No, no, no. Ni siquiera lo penséis porque no ocurrirá.

Ya me había mentalizado para ver cómo Jenny McBride se colaba en el número 7. Ya tengo un plan para eso. No se quedará mucho tiempo en el 7B porque el coadjutor del que os hablé la enamorará y se la llevará lejos de aquí. Pero ese desarrapado no pondrá el pie en mi casa, ni siquiera para franquear el umbral. Es un golfillo callejero.

¡Dadme paciencia! Por ahí viene Shakespeare. ¿Acaso no sufro ya bastante para que ese zoquete pomposo y jactancioso quiera atormentarme?

—¿Cómo dice, señor? Bueno, yo diría que ha estado escuchando lo que no debía. Quizá deba pensárselo dos veces antes de hacerlo otra vez. En esa horrible tragedia suya... ¿Cómo? Ya sabe a cuál me refiero: *El sueño de una noche de verano*, o una sandez parecida. ¿Qué? Por supuesto que es una tragedia. Metió la pata y ahora no puede dar marcha atrás.

Maldición, no se va.

—Mire, Will... ¿No es así como lo llamaban sus colegas, Will? —enseguida me deshago de él—. El otro día conocí a un tipo interesante en la escuela. En la Escuela de Ángeles, idiota, ¿a qué otra escuela iba a asistir yo? Lástima que ya nadie tenga nada que enseñarle, se aburrirá con esos aires que se da entre los recién llegados; pero aquí es donde se quedará hasta que se humille y ruegue a los Más Elevados que lo acepten en el programa.

Mirad con qué desprecio eleva la nariz. ¡Ja!

—Me refería a John Fletcher. ¿Cómo, que no quiere saber nada de él? ¿No fue el hombre generoso y maravilloso que lo ayudó a escribir *Enrique VIII*? ¡Pues claro que no escribió *Enrique VIII* usted solo! Y no suba la voz o Enrique aparecerá arrastrándose con partes de... Quiero decir, que vendrá rodeado de sus esposas para irritarnos. Pero volvamos a hablar de John Fletcher. ¿De verdad? ¿Tiene que irse ya? Qué pena, lo echaré de menos.

Por ahí se aleja, con las posaderas por encima de la cabeza y la nariz veloz como un meteorito. No está haciendo ningún progreso en sus lecciones de vuelo. Pero ya os había dicho que me desharía de él.

Ahora, escuchadme: tengo dos quebraderos de cabeza. ¿Cómo me cercioro de que ese golfo, Toby, no entre en el número 7? ¿Y qué excusa emplearé para presentar al señor Larch Lumpit a Jenny McBride... y para que ronde la casa hasta que se la lleve?

El chico es la gota que colma el vaso. ¡Qué destino más cruel! Me pregunto si... ¿Es posible que el reverendo Smiles haya movido algunos hilos? Es el difunto padre de Meg y de Sibyl, y un pez gordo aquí arriba. Cursó en un pispás los estudios de la Escuela de Ángeles y ya tiene las alas. Unas alas completamente desarrolladas, lo reconozco. Se enfadó conmigo al creer que yo podía tener algo que ver con el comportamiento menos que admirable de sus hijas, pero todo eso es agua pasada y ahora es mi mayor valedor. No hace más que felicitarme por mis progresos en la escuela y dice que cualquier día de estos me darán los brotes de alas. Entonces me llamarán «algodoncito». Aquí a los que tienen brotes alados los llaman «algodoncitos» porque... Bueno, comparad los brotes de alas con unas bolas de algodón y lo entenderéis.

Ya estoy divagando otra vez. Se me había ocurrido pensar que el reverendo Smiles podía estar complicando mi ya de por sí compleja tarea metiendo a ese tal Toby en escena... pero la culpa la tiene Latimer... y esa desvalida de Jenny McBride. ¿Habéis visto la habitación en que vivía? Dejadlo, ni siquiera tocaremos el tema.

Sí, yo también vi el beso. Un contacto físico con poderosas implicaciones carnales. No hay tiempo que perder o tendré más besos de los que preocuparme.

Un momento. Sí, se me está ocurriendo la manera perfecta de hacer entrar en escena a mi cómplice. Ya es hora de movilizar a Larch Lumpit.

Toby estaba de pie en la acera, contemplando cómo se alejaba el carruaje y escuchando el ruido menguante de los cascos de los caballos en la oscuridad.

—Nunca había subido a un carruaje —le susurró Jenny a Latimer—. Todavía está maravillado.

—Ya me he dado cuenta —dijo Latimer—. Pero se hace tarde y tenemos cosas que hacer. Vamos, Toby, es hora de refugiarse en casa y entrar en calor.

Toby se volvió hacia la casa a regañadientes y empezó a subir despacio los peldaños de la entrada.

—¡Ay! —aulló de dolor. Latimer giró en redondo, pero Jenny ya se había arrodillado junto a Toby que, sentado en un peldaño, intentaba mirarse las rodillas en la casi total oscuridad.

—¿Has tropezado? —le preguntó Jenny.

—No. No sé qué ha pasado.

Latimer no había olvidado el entusiasmo de Toby en el carruaje. Sin duda, el muchacho no estaba muy atento y, a pesar de lo que afirmaba, había dado un traspié.

—Le echaremos un vistazo a esa rodilla cuando entremos —declaró, y utilizó su llave—. Adelante.

Al ver al viejo Coot arrastrando los pies hacia él a aquella hora tan intempestiva, Latimer se preocupó.

—¿Ocurre algo, Coot?

Con la cabeza y el cuello inclinados hacia delante, el anciano se aproximó y le dio una palmadita a Latimer en el brazo, señalando que deseaba hablar a solas con él. Miró a su alrededor y dijo en voz baja:

—Se ha armado un revuelo en la casa, señor More. *Lady* Hester ha decidido que debe haber un salón donde puedan *reunirse* todos los inquilinos. Pero digo yo, ¿para qué van a querer un salón cuando todos tienen uno propio? Y está en su planta, señor More; una de las habitaciones reformadas. Han instalado el piano, y los tapetes. Me resulta incomprensible.

Para el viejo Coot, casi todo era incomprensible.

—Ah, muy bien. Será interesante, pero ahora tengo que ocuparme de mis acompañantes —abrió la puerta de par en par e indicó a Jenny y a Toby que entraran en el vestíbulo.

—Hay un tal señor Lumpit repantigado en el sofá. No me ve salvo cuando quiere algo más de comer. Es un coadjutor de un pequeño pueblo, no me pregunte cuál. No me han dicho por qué ha venido —el viejo Coot tosió y miró hacia la puerta—. Veo que hay más visitas. Ah, es usted, señorita Jenny.

Latimer empezaba a angustiarse. Temía que Jenny se echara atrás y se fuera, pero no quería presionarla para que entrara en la casa. Y, en aquellos instantes, no le interesaban las intrigas domésticas.

—Tenemos que ver a *lady* Hester. Por favor, dile que voy a subir con la señorita Jenny McBride —no pretendía mencionar a Toby, de momento.

—¿Ahora? —preguntó el viejo Coot, y su arrugado rostro se puso rígido ante aquella ofensa—. ¿Quiere que suba las escaleras *ahora*?

—Por supuesto que no —lo tranquilizó Latimer, mientras hacía señas a Jenny y a Toby para que pasaran—. Ha sido un desliz por mi parte. Dile a Evans que suba. ¿No es por eso por lo que *sir* Edmund Winthrop se lo recomendó a *lady*

Hester, para que hiciera recados en tu nombre? —Evans era el nuevo mayordomo segundo. *Sir* Edmund se había convertido en un asiduo acompañante de *lady* Hester durante los últimos meses, para gran consternación de todos los inquilinos del número 7.

El viejo Coot enderezó la espalda.

—A *milady* no le agradaría que fuese Evans quien la llamara. Quiere rodearse de personas conocidas. Iré yo —y empezó a subir la escalera con más agilidad de la acostumbrada.

Jenny subió el último peldaño de la entrada; tenía a Toby agarrado del codo.

—Pasad y resguardaos del frío —los apremió Latimer. El muchacho parecía asustado. Paseaba la mirada por el vestíbulo y movía la cabeza.

—No pasa nada, Toby —dijo Jenny—. Latimer no te habría traído aquí si no estuvieras a salvo.

Toby tropezó con el borde de la puerta pero, por sorprendente que pareciera, cayó hacia atrás en lugar de hacia delante y aterrizó en el primer peldaño. Latimer levantó al niño en brazos, pasó por alto la resistencia que percibía en su delgado cuerpo y lo dejó de pie en el vestíbulo. Jenny entró sin decir palabra y se colocó a la sombra de una columna de bronce no muy lograda sobre la que descansaba uno de los antiguos jarrones que *lady* Hester coleccionaba.

Se oían voces al otro lado de la segunda puerta a la derecha, en una habitación que había sido redecorada durante la etapa de remozamiento de lady Hester. Había remozado casi todos los rincones de la casa. La puerta estaba apenas entreabierta, pero Latimer podía oír hablar a Sibyl, a Adam y a un hombre al que no reconoció. Adam salió con sigilo de la habitación y cerró la puerta sin hacer ruido. Lucía una expresión recelosa y adusta. Saludó a Jenny con una inclinación de cabeza y le indicó a Latimer que se acercara.

—¿Qué ocurre, amigo? —preguntó Latimer.

—Ahora no puedo contártelo —dijo en voz baja— por razones evidentes –señaló ligeramente a Jenny con la cabeza–. Cuando te hayas ocupado de Jenny, ven al nuevo salón de inquilinos de *lady* Hester. Hay un tipo ahí dentro que anda buscando a Jenny. No me gusta mucho, y a ti tampoco te hará gracia. Creo que no desistirá fácilmente, pero hagamos lo posible para que no la vea esta noche. Necesitamos tiempo para pensar.

Latimer no hizo intento alguno por ahogar un gemido. Podía tratarse del propio Bucket bajo otro nombre.

–¿Es alto y delgado, un tipo pálido con un montón de muelas de oro?

–Bajito y orondo. Con cara lustrosa y medio calvo.

–Entonces, no es... Creo que nos aguardan días difíciles. Entretén a nuestro visitante e iré a verlo lo antes que pueda.

–Está bien –Adam regresó al salón.

Toby estaba de pie junto a una de las pilastras talladas en madera de las que arrancaba la escalera, y mantenía las manos fuertemente entrelazadas delante de él.

–¿Por qué no esperamos en mi apartamento? –dijo Latimer. Después de todo, Toby podía hacer las veces de acompañante de Jenny–. Así podréis sentaros.

–¡Ay! –Toby resbaló de la pilastra en la que se había apoyado y su trasero, o la escasa carne que lo formaba, chocó con las baldosas de mármol con un golpe seco.

–¿Cómo has hecho eso? –preguntó Jenny–. Creo que intentas poner trabas y lo estás consiguiendo.

–Eso díselo al encargado de sacar brillo a esta escalera. No he hecho más que apoyarme en este caprichoso poste y me he caído.

Latimer le tendió una mano, que el chico aceptó. Una vez de pie, se frotó el trasero con disimulo.

–No había reparado en lo torpe que eres –señaló Latimer. Estaba convencido de que el jovenzuelo intentaba llamar la atención porque quería que le pidieran que se fuera. Era evidente que aquel entorno lujoso lo incomodaba.

–No soy torpe –Toby parecía molesto por la sugerencia.

—En absoluto —se apresuró a decir Jenny—. Pero podrías estar nervioso.

—No estoy nervioso por nada —se defendió Toby en tono beligerante—. Pero deberíamos irnos a otra parte. Éste no es nuestro sitio.

—¿Y volver a Lardy Lane, tal vez? —inquirió Latimer, y enseguida lamentó sus palabras—. No discutamos. En cuanto conozcáis a *lady* Hester, veréis que éste es un buen lugar para vosotros.

—Señor More —lo llamó Coot desde el tercer piso—. *Lady* Hester los está esperando.

—Tú ve delante, Toby —dijo Latimer—. Jenny, ¿te importaría apoyarte en mi brazo?

Jenny aceptó el brazo de Latimer de buena gana. Aunque había intentado avistar señales de que Latimer se estuviera aburriendo o cansando de la tarea que había asumido, no había detectado ninguna.

El viejo Coot los esperaba delante de las habitaciones de *lady* Hester Bingham. Llamó a la puerta, esperó a oír el permiso de su señora y abrió la puerta del *boudoir* donde la dueña de la casa prefería recibir a las visitas.

—El señor Latimer More, la señorita Jenny McBride y... —señaló a Toby con una mano.

—Toby —dijo Latimer.

Lady Hester estaba sentada en una meridiana que antes había estado lacada en negro pero que en aquellos momentos era púrpura y tenía incrustaciones de hojas doradas. Las cortinas de terciopelo negro de las ventanas habían sido sustituidas por otras también púrpura. Después de pasarse años de luto por el fallecimiento de su marido, *lady* Hester había salido de nuevo a la luz. Rubia, de ojos azules y bonita, aunque su edad siguiera siendo un misterio, estaba reclinada sobre numerosos cojines lujosos. Un vestido de fiesta de color malva realzaba su figura escultural.

Detrás de *lady* Hester, y de menos agrado para Latimer, se erguía sir Edmund Winthrop, del número 23 de Mayfair

Square. Era un hombre bastante afable, pero hacía apenas seis meses que había enviudado y a Latimer le desagradaba su reciente y asidua presencia en el número 7.

Lady Hester utilizó unos impertinentes de carey para observar a sus visitantes de uno en uno.

—Latimer, te veo satisfecho por algo. El buen humor te favorece.

—Gracias, *lady* Hester —era cierto que estaba encantado con su floreciente relación con Jenny, pero no quería tratar el motivo de su visita delante de sir Edmund.

Lady Hester se inclinó hacia delante para mirar a Jenny con más atención.

—Te recuerdo. Eres amiga de Sibyl, ¿no es así?

—En efecto, *milady*.

—Bien —*lady* Hester no perdía detalle del aspecto de Jenny, y Latimer no albergaba ninguna duda de que estaba evaluando el estado de su indumentaria—. Pero ¡qué cabeza la mía! *Sir* Edmund, éste es Latimer More, uno de mis protegidos. Vive en la planta baja.

—Creo que ya nos conocemos, *sir* Edmund —dijo Latimer, pero estrechó la mano del hombre de todas formas—. Ésta es una amiga mía, la señorita Jenny McBride, y su joven amigo, Toby.

Sir Edmund apenas dedicó una mirada a Toby, pero sonrió a Jenny e inclinó la cabeza sobre su mano con cortesía.

—Encantado de conocerla —era un hombre grueso, pero lo bastante alto y ancho para dar la impresión de vigor y corpulencia. Llevaba el pelo castaño y liso muy corto, y tenía un rostro cuadrado y rubicundo. Lucía un bigote abundante que le confería un aire jovial.

—No sabía que tenía visita —le dijo Latimer a *lady* Hester—. Perdóneme por irrumpir así. ¿Le parece bien que vuelva mañana? —si era preciso, le pediría a Sibyl su bendición para que Jenny durmiera en el 7B. Encontraría un hueco para Toby en su propio apartamento.

Sir Edmund se inclinó sobre *Lady* Hester y la besó en la frente.

—Estaba a punto de irme, ¿verdad, querida? Creo que el señor More precisa tu sabiduría.

Latimer sonrió para sus adentros. Lo cierto era que se sentía posesivo respecto a *lady* Hester. Era absurdo. *Sir* Edmund era un hombre recto, y si los dos eran felices juntos, ¿por qué no?

—Buenas noches, *sir* Edmund —dijo *lady* Hester—. No te olvides de saludar a Myrtle de mi parte —en cuanto el hombre salió de la habitación, *lady* Hester se explicó—. Myrtle es la sobrina de la difunta esposa de *sir* Edmund. Cuida de él. Pobrecito, la pérdida de su mujer lo ha dejado hundido, pero ¿quién puede comprenderlo mejor que yo? Ahora dime, ¿querías hablarme de algo?

—Sí —contestó Latimer, que empezaba a desear poder haber ahorrado a Jenny y a Toby aquella entrevista.

—Entonces, siéntate, Jenny, querida. Esa pequeña silla francesa es muy cómoda. Eso es. Y tú, señorito...

—Toby... señora.

—¿Toby? Me gusta. Toby ¿qué más, si puede saberse?

El chico se inclinó hacia un lado y golpeó con la pierna una mesita ovalada. La figurita de porcelana que la adornaba cayó de costado y perdió la mano en la que sostenía un racimo de uvas. Toby profirió una exclamación y se llevó las manos a los costados. Latimer miró a Jenny, que contemplaba lo ocurrido con horror.

—La sustituiré —dijo Latimer.

—Pagaré la figurita —afirmó Jenny—. Toby, pide perdón y espera fuera, por favor.

—Puedo resolver solo mis propios problemas —dijo Toby en un tono que resultaba grosero—. Tengo diez años y no necesito que nadie haga nada por mí.

—Tonterías —dijo *lady* Hester con énfasis—. Toby, a veces los mayores exageran, pero no hay necesidad de ser grosero porque te hayan avergonzado. Sus ofrecimientos han sido bienintencionados. Ven y siéntate aquí conmigo —dio una palmada al espacio vacío que quedaba en la meridiana, pero Toby no se movió.

—Siento haberle roto su figurita, señora. Supongo que podré encontrar una igual en un mercadillo.

—Vamos, ven aquí, jovencito —dijo *lady* Hester, como si Toby no hubiera sugerido que podía sustituir su figurita de Dresden con otra de un puesto normal y corriente—. Debes de encontrarte en un entorno muy extraño para ti. Es probable que estés tan rígido que no sabes qué partes del cuerpo mueves y cuáles no.

—Mmm —Toby se quedó sin palabras mientras se acercaba a *lady* Hester, levantando cada pie con sumo cuidado. Cuando llegó junto a ella, ésta le dio la mano y lo ayudó a sentarse sobre los cojines púrpura y dorados de la meridiana. Lo miró con sus impertinentes.

—*Milady* —dijo Latimer. Sería mejor resolver aquella cuestión antes de que ocurriera otra tragedia—. Como sabe, Jenny es ayudanta de sombrerera y trabaja en la tienda de...

—*Madame* Sophie —concluyó *lady* Hester en su lugar—. Sophie ya me ha hablado de ella; le he comprado muchos sombreros. Son maravillosos, maravillosos.

—Mmm... Verá, Jenny está atravesando circunstancias difíciles y se encuentra, de forma repentina, sin hogar.

Los impertinentes fueron girados hacia Jenny.

—¿Cómo así?

Jenny sostuvo la mirada de su anfitriona pero, cuando abrió la boca, no logró articular palabra.

—Su casero es un hombre sumamente desagradable —se apresuró a decir Latimer—. Al parecer, se creía con derecho a entrar en el apartamento de Jenny siempre que se le antojaba —elevó las cejas con expresión significativa.

—No tiene por qué preocuparse por mí —intervino Jenny—. Puedo...

—Silencio —ordenó *lady* Hester, y empleó un abanico de

marfil para ocultar su expresión de perplejidad y dirigirse a Latimer–. No me digas... –susurró–. Eso no está bien, nada bien.

–Soy una persona muy capaz –insistió Jenny, y a Latimer se le pasó por la cabeza embozarla con un pañuelo para que no siguiera hablando.

–No lo dudo –dijo *lady* Hester–. Y tu joven amigo, ¿también está en un apuro?

–Toby ha estado viviendo en mi apartamento –contestó Jenny.

–¿Así que lo has estado protegiendo?

–En cierto modo, *milady*. Toby ha sido un gran consuelo para mí.

–Yo no necesito protección –anunció Toby con voz firme–. Sé protegerme yo solo.

–Pobrecito –murmuró *lady* Hester–. ¿Y tu familia, pequeña? ¿Por qué no se ocupan de tu bienestar?

Jenny inspiró hondo.

–No están en condiciones de ayudarme, *milady*, así que no los preocupo con mis problemas. Ya soy mayor para pedir ayuda si estoy en un pequeño aprieto.

Lady Hester se volvió hacia Toby.

–¿Y tú? ¿Qué hay de tu gente? –Toby frunció el ceño, como si estuviera confuso–. Tus padres –insistió *lady* Hester–. Tu familia.

El rubor coloreó los pómulos de Toby.

–No tengo padres, nunca los he tenido.

Lady Hester optó, gracias a Dios, por no señalar que Toby no estaba del todo en lo cierto en su respuesta.

–Imagínate –le dijo *lady* Hester a Latimer–. Dos jóvenes criaturas completamente solas en el mundo. Es terrible que ocurran estas cosas.

–*Milady* –empezó a decir Latimer, al tiempo que entrelazaba las manos a la espalda–, sé que siempre está dispuesta a ayudar a los menos afortunados.

–Casi todo el mundo lo está –dijo *lady* Hester, reclinándose de nuevo en la meridiana–. Hago lo que puedo, pero no puedo amparar a todo el mundo.

–No –corroboró Latimer–. Pero ha logrado beneficiar a un número considerable de vidas. Sé que no desearía que me extendiera en ejemplos sobre ello pero...

–Por supuesto que no. Sólo he hecho lo que haría cualquier mujer temerosa de Dios. Ve al grano, hijo. ¿Qué has venido a pedirme?

Latimer carraspeó. Por el rabillo del ojo, vio a Jenny haciéndole señas. No la miró, porque imaginaba que querría detenerlo.

–El 7B permanece desocupado –declaró–. ¿Consideraría tener a Jenny como inquilina?

–¡Ay, no! –se apresuró a decir Jenny–. Lo que Latimer quiere decir es que le estaría inmensamente agradecida si pudiera pasar la noche aquí. Mañana buscaré un alojamiento permanente.

–¿Y qué tendría de malo alojarse de forma permanente en el 7B de Mayfair Square, señorita? Si estuviera disponible, claro.

–Que no puede pagarlo –saltó Toby. Jenny se levantó a medias de la silla, pero volvió a tomar asiento.

–No deberías inmiscuirte, Toby. No conoces mis motivos. Ésta es una casa preciosa, *milady*.

De no resultar del todo improcedente, Latimer estrecharía a Jenny entre sus brazos. De hecho, le gustaría hacerlo de todas formas, aunque ella se pondría furiosa. Cuando lo miraba lo embargaban insólitas emociones. Por un lado, deseaba mecerla, convencerla de que siempre estaría a salvo con él. Por otro lado, la idea de tocarla lo hacía estremecerse y despertaba en él la urgencia de abrazarla con tanta fuerza que ella apenas pudiera respirar.

Lady Hester había guardado silencio. Latimer se sentó en una silla a juego con la de Jenny y decidió respaldar la petición de Jenny de pasar la noche en el 7B. Más adelante, hablaría a solas con *lady* Hester y le pediría que considerara alojar a Jenny de forma permanente.

—¿Permitiría que la señorita McBride durmiera en el 7B esta noche? —inquirió.

—¿Le debes dinero a tu antiguo casero, Jenny?

Latimer miró a Jenny, quien a su vez estaba mirando a *lady* Hester.

—Sí, *milady*.

—¿Cómo ha podido ocurrir algo así y por qué no has saldado la deuda?

—Yo creo —interrumpió Latimer— que no...

—Surgió un imprevisto —dijo Jenny—. No lo esperaba y no tenía dinero apartado.

—Ayudó a otra inquilina —intervino Toby nuevamente—. Sólo tenía dinero para pagar lo suyo pero...

—*Lady* Hester no necesita conocer tantos detalles. Dispongo de cuatro semanas para reunir dinero y pagar lo que debo. Me las arreglaré perfectamente.

—¿Y si no puedes pagar? —le preguntó *lady* Hester a Jenny—. Dices que quieres pasar la noche aquí y que mañana encontrarás otro alojamiento. Supongo que te refieres a un lugar más económico. Pero ¿y si no lo encuentras antes de mañana? ¿Volverás al lugar del que has venido? Dime, Toby, ¿estará Jenny más segura en esa casa mañana que hoy?

—Si intenta volver, alguien debería atarla a una silla —respondió Toby, que empezaba a sucumbir al sueño y al cansancio producido por las emociones del día.

—No querría volver si puedo evitarlo —confesó Jenny—. *Milady* es muy amable, pero si me permite pasar la noche aquí, ya no tendrá que preocuparse más por mí.

—Llama a Barstow, Latimer, por favor —dijo *lady* Hester.

Latimer la complació tirando del cordón que comunicaba con la habitación de la señorita de compañía y ama de llaves de *lady* Hester. Vestida de gris, como era habitual en ella, y con un llavero atado de una cadena a la cintura, la señora Barstow apareció a los pocos minutos.

—¿Están aireadas las camas del 7B? —preguntó *lady* Hester.

—Las mantenemos así según su deseo, *milady*.

—Bien. Dale la llave a la señorita McBride, haz el favor.

Barstow parpadeó, pero extrajo la llave del aro de metal. En lugar de dársela a Jenny, la dejó sobre la mesa.

—Gracias —dijo *lady* Hester, aunque no parecía complacida.

—Yo acomodaré a Toby en mis habitaciones —apuntó Latimer.

—Ya ha vivido en habitaciones de otras personas —lo informó *lady* Hester—. Tu ofrecimiento es muy amable, pero debe disponer de su propio cuarto. La primera habitación según se entra a las dependencias de los criados de la segunda planta, Barstow. Es alegre y pequeña. Asegúrate de que hay un fuego encendido y mira a ver si puedes encontrarle algo de ropa. Y de cena. Además querrá darse un baño antes de dormir.

La mirada atónita de Barstow y su expresión boquiabierta hacía que a Latimer le costara trabajo mantener el semblante serio.

—¿No sois familia? —la pregunta de *lady* Hester iba dirigida a Jenny y a Toby. Éste lo negó con la cabeza—. Eso pensaba. Muy bien, podéis quedaros aquí, con nosotros, hasta que encontréis otro alojamiento. Ahora, sigue a Barstow.

Toby se puso en pie enseguida y miró a Jenny.

—¿Jenny?

—Obedece a *milady*. Estás entre amigos.

Barstow le indicó al muchacho que la precediera.

—Y ahora, un orfanato —creyó oírla mascullar Latimer mientras salía de la habitación.

—Es muy amable, *milady* —dijo Latimer—. ¿Le pedimos a otro criado que acompañe a Jenny al 7B?

—No quiero causar más molestias —dijo Jenny, y se puso en pie—. Pagaré por mi alojamiento, por supuesto, aunque no pueda hacerlo de inmediato.

Le temblaban los labios y los apretó, pero permaneció erguida, con los hombros hacia atrás. Latimer deseaba poder borrar aquellos tiempos difíciles de su mente. Lo que no se atrevía a decir en su presencia era que él se encargaría de pagar por su habitación.

—No te preocupes por eso —dijo *lady* Hester—. Ya me pagarás. Acompáñala tú mismo al 7B, Latimer, por favor. Estoy segura de que Jenny es capaz de instalarse sola. En el armario y en la cómoda quedan algunas prendas de Sibyl; sé que la haría feliz que las usaras. La chimenea ya tiene leña, no hay más que encenderla. Latimer, asegúrate de que las velas prenden. Jenny, mañana, cuando salgas del trabajo, volveremos a hablar de tu situación. Te esperaré.

—Pero tendré que salir a buscar...

—No tendrás tiempo para buscar otro alojamiento mañana mismo. Consultaré con otras personas sobre algunos lugares adecuados que podrías ir a ver. Ahora, acuéstate, pequeña.

No era una despedida que indujera a hacerse de rogar. Jenny hizo una reverencia y se dirigió a paso rápido hacia la puerta. Latimer recogió la llave que ella había olvidado y la siguió.

En el umbral, se detuvo y sonrió a *lady* Hester. Ésta le guiñó el ojo y lo despachó con un movimiento enérgico de su abanico.

Os habla Spivey.

¿Lo veis? ¿Os habría ido mejor a vosotros intentando mantener a ese golfillo fuera de mi casa? ¿Cómo? ¿Que yo puedo hacer esas cosas pero vosotros no? Como siempre, os obstináis en torcer el sentido de mis preguntas. Los empujones que le he dado al chico han sido una obra de arte. Son las reacciones desacertadas de quienes no deberían disculparlo las que han echado a perder mis esfuerzos.

¿Que tropezó por el entusiasmo de haber viajado en carruaje? ¿Que se cayó porque la grandiosidad de la casa lo abrumaba? ¿Que resbaló porque tenía miedo y esperaba que le pidieran que se marchara? Bobadas. *Deberían haberle pedido que se fuera.*

Sí, sí, sí; eso es lo que debería haber ocurrido. No deberían haber disculpado a ese pilluelo. Era imposible impedir que entrara en la casa, pero deberían haberse percatado de que allí estaba fuera de lugar y haberlo echado.

Si pudiera, lloraría. ¿Cree que puede reemplazar la figurita de Dresden de Hester por otra de un mercadillo? ¿Y Hester lo recompensa con una habitación para él solito?

Para colmo de males, Lumpit no sabe seguir instrucciones. Os lo ruego, dadme fuerza.

Le dije que se presentara a las siete de la mañana, por si

acaso la muchacha lograba pasar la noche en el 7B, y pedir permiso para visitarla entonces. Pero el muy necio se presenta a las siete de la tarde, anuncia a los cuatro vientos que está buscando a Jenny y no se da cuenta de que en lugar de entretenerlo, Sibyl y Adam lo están distrayendo hasta que Latimer pueda bajar y ocuparse de él. ¡Ay!

Jenny se quedará a pasar la noche. Quién sabe si el muchacho no se quedará aquí para siempre. No he logrado despertar el interés de Latimer por la princesa Desirée... o viceversa. La pequeña Birdie ni siquiera ha visto a Jenny todavía y...

En fin, buenas noches.

Cómo se había embrollado todo, pensó Jenny. ¿Qué hacía ella en aquella casa señorial, a punto de dormir en una cama blanda que había pertenecido a Sibyl? ¿Y qué hacía Latimer More acompañándola a ella cuando cualquier madre de la alta sociedad querría acaparar a aquel caballero soltero e irresistible para su hija?

—Ya sabes dónde es, Jenny —dijo Latimer detrás de ella por la escalera—. Has pasado muy buenos ratos en el 7B, así que te sentirás como en casa.

—Sí. Gracias por tu... No basta decir amabilidad. Eres un hombre generoso —atravesó el rellano hasta el 7B y se acordó de la llave que había olvidado en la mesa de *lady* Hester—. Vaya, me he dejado la llave.

Latimer se detuvo junto a ella y deslizó la llave dentro de la cerradura. Con la mano en el pomo, la miró a los ojos.

—Yo no —le dijo. Tenía el rostro muy cerca del de Jenny, y ésta le miró los labios. Pensó en el beso y los suyos se entreabrieron. Latimer le puso una mano en la cintura con suavidad mientras giraba la llave—. Entremos, ¿quieres?

Jenny entró en el salón.

Aunque fuera pobre y huérfana, no procedía que se quedara a solas con un hombre. Pensándolo bien, el beso también había sido improcedente... aunque maravilloso.

Latimer debía de haberla besado únicamente por lo insólito de la situación. Sin embargo, estar en el número 7 también era insólito, así que se dijo que debía ser lo bastante fuerte para desalentar cualquier otro impulso indecoroso.

Latimer dejó la puerta abierta de par en par y encendió una vela antes de pasársela a Jenny. La trémula llama arrojaba luces y sombras sobre el rostro de Latimer y hacía que sus ojos oscuros parecieran casi negros. Jenny cerró los ojos en torno a la palmatoria, pero Latimer no la soltó hasta pasados varios segundos.

—Encenderé otra vela en el dormitorio, ¿te parece? —dijo Latimer y, cuando ella asintió, se dio la vuelta.

A Jenny le latía con fuerza el corazón; tanto que cada palpitación le resultaba casi dolorosa. Inspiró hondo y advirtió que era la primera inhalación que hacía en muchos segundos. «Los impulsos son peligrosos», recordó.

—Vamos a encender el fuego —dijo Latimer—. Acerca la vela, ¿quieres?

Una vez en el dormitorio, Latimer se quitó la levita y la arrojó sobre los pies de la cama antes de arrodillarse delante de la chimenea. Jenny permaneció en pie detrás de él, sosteniendo en alto la vela, contemplando sus manos capaces, observando los rizos negros de su nuca, viendo cómo el hilo blanco de su camisa se tensaba con el movimiento de sus poderosos hombros. Nunca había visto a un caballero sin chaqueta, ni se había quedado a solas con ninguno en ninguna parte y, menos aún, en un dormitorio.

Latimer se reiría si supiera lo que estaba pensando, pero se sentía vulnerable y eso le gustaba, percibía cierta intimidad y eso también le agradaba. Pero debía rehuir los impulsos.

—Ya está. Enseguida entrarás en calor.

Ya tenía calor.

—Gracias. No sé qué decir —pero no debía comportarse

como si ella no mereciera ninguna consideración–. La mayoría de las personas no se preocuparían de lo que pudiera ocurrirle a otra de la que no son responsables. Eres diferente, Latimer More. Tienes un corazón de oro. Algún día, espero poder hacer algo por ti.

Latimer elevó el rostro hacia ella.

–No estoy haciendo esto porque espere que me compenses por mi ayuda. No me debes nada.

¿Qué percibía en él? ¿Enojo, o una emoción aún más intensa? Latimer se puso en pie y Jenny se sintió abrumada por su presencia. Había vivido demasiadas experiencias nuevas, demasiadas sensaciones nuevas en un espacio de tiempo tan corto que no había podido acostumbrarse a ellas. Le sonrió, pero Latimer bajó la mirada.

–Pediré que te traigan agua caliente –le dijo–. Dudo que Sibyl se haya acostado aún, así que le diré que estás aquí para que sepa que usarás algunas de sus cosas.

–No –saltó Jenny enseguida–. Tengo todo lo que necesito y mañana volveré a casa por mis cosas y me las llevaré a otra parte.

Latimer apoyó los puños en las caderas.

–Ese lugar no es tu casa –replicó con los labios apretados–. Y no vas a volver allí; ¿me has entendido?

–Lo único que entiendo es que intentas ayudarme, pero no tienes derecho a decirme lo que debo hacer.

–¿Acaso puedes salir tú sola de este lío? –¡con qué aspereza hablaba!

¡Hombres! Todos eran iguales. Aunque parecieran maduros y una quisiera abrazarlos por su fuerza y bondad, lo echaban todo a perder convirtiéndose en mocosos malhumorados

–Latimer –respondió Jenny, y resistió la tentación de hundirle el dedo índice en el pecho–, cuando hablas así te pones muy dominante. Puede que me cueste mucho salir de este lío, como tú lo llamas, pero lo haré, como he estado haciendo desde que tengo uso de razón.

—Estás alterada —la asió por los hombros y la condujo a una silla—. Tranquilízate. Sé que las mujeres soléis sucumbir a estos ataques de histeria, pero no pueden ser buenos para ti.

Jenny volvió a ponerse en pie.

—¿Histeria? ¿Quién está histérico? —cuando los hombres se sentían amenazados por la lógica, necesitaban salvar las apariencias. Volvió a sentarse—. Reconozco que las circunstancias me han puesto a prueba, pero no estoy llorando ni gritando. No soy propensa a accesos de ira. Y hallaré la solución a mis problemas porque no tengo otro remedio. ¿Qué clase de ser humano espera que otro le allane el camino? Mañana, saldré temprano para Bond Street. En la tienda en la que imprimen libros y cosas parecidas, Skinner y Flynt, tienen un tablón con anuncios de casas de alquiler.

—No consigo enfadarme contigo, es imposible —Latimer vagaba por el dormitorio—. Aunque digas que no tengo derecho alguno a hacerme responsable de ti ni a decirte lo que debes hacer, te equivocas. Si fuese un tipo dominante, señalaría que no es correcto que una mujer esté sola y que, en ausencia de un pariente varón, debo hacer lo que mi conciencia me exige y cuidar de ti. Además... —apoyó las manos en los brazos de la silla de Jenny y la miró a los ojos—, como recordarás, en Whitechapel me enfrenté con ese miserable de Morley Bucket, a quien considero un tipo muy peligroso. Vi cómo te trataba, como si fueras de su propiedad. Haber interferido en sus planes hace que esté implicado en tus asuntos. Piénsalo y me darás la razón —hizo una pausa—. Evans es un tipo robusto, y tiene la cabeza bien puesta sobre los hombros. Mañana, le diré que vaya con Toby a Lardy Lane a recoger tus pertenencias. Y las traerá aquí, al número 7.

—¡No! —Jenny abrió los brazos, cerró los ojos y dejó caer la cabeza sobre el respaldo de la silla—. Eres tan razonable... ¿Por qué no me pones las cosas fáciles diciéndome que tienes que ocuparte de tus propios asuntos y que no puedes dedicarme más tiempo? Dime que debo irme, dime que soy un incordio. Deshazte de mí. ¿Por qué no lo haces?

—Porque nunca me ha gustado mentir y, además, se me da fatal. Tengo que ocuparme de mis asuntos, pero también tengo tiempo para ti. *Quiero* tener tiempo para ti.

Latimer permaneció donde estaba, cerniéndose sobre ella, mirándola fijamente. Después, se puso en cuclillas. Se le había deshecho el pañuelo del cuello y, en las sombras, tenía la mandíbula oscurecida por una barba incipiente. Era magnífico, el hombre más apuesto, encantador e irresistible que había conocido. Jenny estaba rígida, pero al mismo tiempo notaba que sus senos se henchían y sentía un ansia entre las piernas y en los muslos. Era una lástima que el club de Sibyl no hubiera podido seguir profundizando en sus investigaciones. Habían estado estudiando cuestiones de sexo y Jenny no abrigaba ninguna duda de que lo que sentía en aquellos instantes era algo sexual provocado por la presencia de Latimer.

Latimer le puso un nudillo debajo de la barbilla, le levantó el rostro y volvió a mirarla a los labios. Jenny tuvo la sensación de que todas las partes de su cuerpo en que sentía hormigueos y ansias se unían de improviso mediante un hilo abrasador.

—Prométeme que no volverás a Lardy Lane.

—Te lo prometo —su voz sonaba distante y estaba casi segura de que Latimer la había hipnotizado para someterla.

—Prométeme que no huirás para deshacerte de mí.

—No quiero deshacerme de ti —le costaba trabajo controlar sus respuestas—. Quiero decir, que me encanta mi trabajo y que no querría dejarlo, y que también tengo que pensar en Toby... y en que no renunciaré a valerme por mí misma... ni siquiera por un hombre.

—Entonces, ¿no te irás por eso? ¿Por Toby y por tu trabajo?

—Sí —Jenny empezaba a imaginar el roce de su boca en los labios—. Y porque me daría pena no volverte a ver —otra vez aquellos impulsos.

Cuando Latimer sonrió, entornó un poco los párpados. Parecía somnoliento, la clase de somnolencia que hacía que Jenny quisiera mecerlo en sus brazos y acariciarle el rostro... y el cuerpo. Se estremeció. Sibyl le había descrito una vez cómo imaginaba a Latimer sin ropa. Eso fue antes de que se casara con *sir* Hunter, por supuesto. Jenny empezó a ruborizarse y se llevó una mano al escote del vestido. Sibyl había dicho que el... que «la parte» de Latimer nunca estaba del todo relajada. De hecho, había afirmado que daba la impresión de estar siempre dispuesta.

—¿Hay algo más que quieras decirme, Jenny?

Le gustaría decirle muchas cosas, pero dudaba que lo que estaba pensando en aquellos momentos valiera como respuesta a su pregunta.

—No.

—No me extrañaría que *lady* Hester se ofreciera a cuidar del pequeño Toby. Se le ocurrirán algunas obligaciones que asignarle en el número 7, pero estará a gusto y no le faltaría nunca de nada. ¿Qué dirías a eso?

—Que sería maravilloso.

—Muy bien, así sabré qué responder si me pregunta cómo creo que te tomarías la idea. ¿Estás segura de que no necesitas nada más que agua caliente?

—Segurísima, gracias.

Latimer carraspeó.

—No has cenado nada.

—Tú tampoco.

—No —mantuvo los labios ligeramente fruncidos—. Pero pienso remediarlo ahora mismo. Podría traer un poco de comida y compartirla contigo.

Aprender a rechazar lo que uno anhelaba aceptar era una dura prueba.

—No tengo hambre, pero gracias de todos modos —si le

hubiera preguntado si se sentía sola y quería compañía, se habría sentido aún más impelida a negarlo.

—Si no te encuentras cómoda en tu cama, o no logras entrar en calor, ven a mi apartamento y yo lo remediaré.

Jenny lo miró con intensidad y dijo:

—Sí. Lo tendré en cuenta.

Mientras se movía despacio por la casa, de regreso de las cocinas, Latimer pensó una vez más en las frases con las que se había despedido de Jenny y volvió a hacer una mueca. A juzgar por la expresión de Jenny, era lo bastante sagaz para adivinar a qué se había referido al decirle que acudiera a él si necesitaba alguna cosa.

Había tomado cordero frío en la cocina y tenía intención de acostarse. Quería ocuparse de sus asuntos a primera hora de la mañana y presentarse en Bond Street cuando *madame* Sophie cerrara las puertas de su establecimiento al final de la jornada. Jenny nunca salía hasta una hora o dos después del cierre, pero quería cerciorarse de que no se le escapaba.

Todavía se oían voces en el salón de los inquilinos y Latimer hizo una mueca. Claro... Un hombre se había presentado de visita alegando que estaba... ¿buscando a Jenny? Adam se lo había dicho hacía un par de horas, y le había prometido distraerlo hasta que Latimer pudiera bajar al salón. ¿Qué podía querer de Jenny aquel desconocido? Ella no conocía a nadie o, al menos, eso decía.

Se acercó a la puerta arrastrando los pies y aguzó el oído, intentando reunir tolerancia y comprensión para quienquiera que fuese aquel pobre bruto. Convenía empezar pensando lo mejor de una persona.

—Middle Wallop tiene fama de ser una parroquia de la que nacen muchos grandes hombres —proclamó una voz ronca—. Por eso me ilusionó tanto ser coadjutor del vicario Crawly. Eso fue hace una década y, aunque no hay que desear mal a ningún alma, en particular a un alma tan piadosa como la del vicario, ¿quién iba a imaginarse que seguiría realizando sus funciones con el mismo brío cuando ya tenía por aquel entonces noventa y un años?

Latimer suspiró y se mantuvo con la oreja pegada a la puerta.

—Y lo cierto es que yo lo hago todo. Visito a los enfermos y, como las mujeres de la parroquia me preparan exquisitas cestas para que se las lleve, siempre hay muchos. Y la mayoría no me ofrecen ni siquiera una taza de té. Dirijo el consejo de la parroquia y a aquellos que enseñan la Catequesis... e incluso paseo entre los bancos para vigilar que no se equivoquen. No podemos permitir que los pequeños confundan las parábolas o que empiecen a disfrutar de los domingos, ¿no? Los feligreses que ambicionan logros espirituales acuden a mí. Intento aprovechar esas ocasiones para enseñarles a ser hospitalarios con las visitas. A todos les sirvo una copa de jerez. No, del bueno no, por supuesto. Les pongo un dedal del vino de la comunión. No reconocerían un buen jerez aunque se lo sirviera.

Latimer abrió la puerta y entró. Se sentía muy culpable por haber dejado que sus amigos dieran conversación a aquel patán durante horas.

—Santo Dios —murmuró Latimer, sorprendido. Al principio, le resultó imposible distinguir a los ocupantes del salón porque dondequiera que mirara, el rojo lo cegaba. Un rojo intenso con un ligero matiz naranja. A fin de cuentas, como era un hombre que comerciaba con arte de distintos tipos, era experto en cuestiones de color. Paredes empapeladas en rojo: un fondo sedoso con volutas de un rojo aterciopelado más intenso. Había un inmenso aparador de caoba casi negra con incrustaciones de frutas talladas, sin duda pensado para sostener un amplio bufé si los inquilinos decidían organizar una fiesta. Las ventanas estaban flanqueadas por dos vitrinas gemelas cerradas con cristales en forma de diamante y llenas de vajilla y cristalería. ¿De dónde había salido todo aquello? Seguramente, había estado guardado en alguna parte. Tres sofás formaban un cuadrado con la chimenea. Sofás de brocado rojo, con adornos, brazos y patas de caoba. Y la alfombra... Latimer puso los ojos en blanco. Jamás importaría nada semejante de sus impecables proveedores orientales. No había duda de que *lady* Hester había pagado demasiado por aquel grueso rectángulo púrpura de motivos indefinidos. Y, ya que había alzado la vista, ¿quién en su sano juicio pintaría de rojo un techo con molduras... y resaltaría los círculos de flores de lis entrelazados con tonos rosa?

—Buenas noches, señor —dijo el tipo de voz ronca. Latimer volvió despacio la cabeza del piano de caoba cubierto con un tapete rojo con borlas, que habría entonado mucho más en el establecimiento «más elegante de Londres» de Morley Bucket—. No tiene muy buen aspecto, si me permite señalarlo —dijo el parlanchín, con tanta preocupación que Latimer se sintió obligado a inclinar la cabeza con educación al corpulento clérigo, que ocupaba el sofá situado justo enfrente del fuego—. Tengo razón, suelo tenerla. Está enfermo. Siéntese, siéntese, deprisa.

Latimer se acordó de la copa de vino que llevaba en la mano y tomó un largo trago.

—¿Enfermo? En absoluto, señor. Me ha tomado por sorpresa, nada más. Pero le agradezco su preocupación.

—Me llamo Lumpit. Larch Lumpit, coadjutor del reverendo Crawly en la parroquia de Santa Filomena, en Middle Wallop... —agitó una mano en el aire—, muy al norte de Londres. ¿Y usted es?

—Latimer More, importador —la suave respiración que llegaba a sus oídos desde el sofá más cercano era de Sibyl, que había resbalado de costado y dormía en una postura en apariencia incomodísima–. Soy natural de Cornualles. Mi hermana Finch y yo vinimos aquí hace varios años. Finch es experta en cristal antiguo –«Ya basta. Lumpit te está contagiando su enfermedad verbal», se regañó.

–Muy interesante –dijo Lumpit, pero ya había dejado de mirar a Latimer y se concentraba en una visión de su propia creación.

En el tercer sofá, el más visible para Latimer, estaba sentado Adam. Debía reconocer su mérito porque, pese a estar dormido, había logrado permanecer erguido, aunque con la barbilla apoyada en el pecho. Latimer sorteó los muebles que obstaculizaban su camino y se dejó caer con un golpe seco junto a su amigo. Los balbuceos y ruidos nasales que se produjeron indicaban que Adam se estaba despertando, y Latimer sintió remordimientos.

–Y, dígame, señor Lumpit, ¿qué le trae al número 7 a estas horas?

–La verdad es que llevo aquí largo rato, caballero. Vine a las siete, como me dijeron... –los ojos castaños y redondos de Lumpit reflejaron cierta confusión. Parpadeó–. He venido con la esperanza de ver a la señorita Jenny McBride. ¿Es conocida suya?

Latimer tomó otro sorbo de vino. Nunca había sido muy aficionado a la bebida, pero necesitaba tiempo para pensar.

–Conozco a Jenny McBride. Estoy seguro de que *lady* Lloyd le ha explicado que Jenny es amiga suya.

–No, no lo ha hecho –Lumpit miró a Sibyl con el ceño fruncido, después a Adam–. Ese hombre es su marido, ¿verdad?

–Eh... No. Es Adam Chillworth, pintor. *Lady* Lloyd está casada con *sir* Hunter Lloyd, abogado de los altos tribunales.

–Entonces, ¿qué está haciendo a estas horas en compañía de un hombre que no es su marido? –bajo la sotana, separó lo que Toby habría calificado de «dos buenos jamones», una proeza que Latimer habría creído imposible de no haberlo visto con sus propios ojos. La sotana se tensó sobre las rodillas del hombre. Tosió, sin duda para atraer la atención de Latimer, y prosiguió–. Soy un hombre de Dios e incapaz de dirigir reproches a nadie, pero no me gustaría que me acusaran de favorecer una relación indecorosa.

–Coot me dijo que *lady* Lloyd y Adam estaban teniendo la amabilidad de acompañarlo mientras esperaba. Son viejos amigos. Hace tiempo que nos conocemos a fondo.

–¿A fondo? –Lumpit frunció el ceño–. Pero el marido de la dama no está aquí para protegerla y ustedes, caballeros, ¿creen correcto disfrutar de su compañía?

No tenía sentido prolongar aquella estupidez, pensó Latimer.

–Dígame, Su Ilustrísima, ¿cómo es que conoce a Jenny?

El rostro lleno y lustroso de Lumpit enrojeció. Sonrió y agitó una mano en señal de modestia.

–Su Ilustrísima, no, por supuesto, señor...

–More.

–Sí, claro, señor More. Entiendo que mi porte y comportamiento pudiera dar la impresión de que formo parte de la elite de la iglesia, pero, caramba, todavía no. Y si mi vicario, el reverendo Crawly, que tiene ahora ciento un años, sigue gozando de tan buena salud, temo que pasará aún algún tiempo antes de que lo suceda. No hay que darse importancia, ¿sabe?, ni ser vanidoso. No estaría bien, aunque uno fuese lo bastante superficial para padecer esas tendencias pecaminosas. Hay que esperar a que lo requieran para cargos más elevados. De momento, mi prioridad debe ser cuidar del reverendo Crawly, aligerar sus cargas, seguir sus...

–No lo dudo –se apresuró a decir Latimer–. Pero ¿Jenny McBride, señor?

Lumpit se inclinó pesadamente hacia delante y rellenó su copa con madeira de la licorera que descansaba sobre la mesa. Acto seguido, volvió a recostarse en el sillón y se tomó su tiempo saboreando lo que, sin duda alguna, no era su primer sorbo.

–¿Qué lo trae al número 7, señor Lumpit? –Latimer empezaba a impacientarse. Ya estaba bastante turbado por la llegada de aquel hombre.

—Ya se lo he dicho, y varias veces. Tengo idea de que Jenny McBride podría pasar la noche aquí. Si aparece alguna vez, claro. Me gustaría verla.

¿Cómo sabía Lumpit que Jenny podía estar allí?, pensó Latimer.

—Entonces, ¿la conoce?

—No —contestó Lumpit, y profirió una risita ahogada—. Pero pienso conocerla. Fue la señorita Ivy Willow quien me envió aquí. Es amiga de la señora Phyllis Smart y de su hijito. No los conozco, pero la señora Smart le dijo a la señorita Willow que Jenny McBride vivía en la capital y que podría pasar aquí la noche porque dudaba que pudiera quedarse donde estaba. Al parecer, *lady* Lloyd las conocía bien porque las tres se reunían para rezar —Lumpit se interrumpió para sonarse la nariz antes de continuar—. Los caminos del Señor son inescrutables, ¿no cree, señor More? La señorita Willow ha tenido noticia del infortunio de la señorita McBride y sabía que yo estaba buscando esposa.

A Latimer no se le ocurría nada que decir y no se molestó en abrir la boca hasta que Adam le dio un codazo. El muy granuja seguía fingiendo somnolencia.

—Temo haber entendido mal —le dijo Latimer al señor Lumpit, y devolvió el codazo a su amigo—. ¿No pretenderá pedirle a una joven, a una desconocida, que se case con usted sólo porque ahora mismo ella carece de alojamiento y usted necesita una esposa?

—La generosidad puede llegar a ser un defecto, lo sé —dijo Lumpit, y se atusó el pelo castaño claro que se había peinado con cuidado sobre su calva sonrosada—. Pero me gustaría creer que hago de ella una virtud. Ha acertado por completo en su conclusión. Tomaré a la señorita McBride como esposa para que me ame, me honre y me obedezca y, a cambio, le proporcionaré mi protección. No tendrá que volver a preocuparse de no disponer de un techo bajo el que cobijarse.

Latimer tragó saliva. Adam volvió a hincarle el codo en las costillas.

—Es posible que la señorita McBride haya pasado la noche aquí —dijo Latimer—. A fin de cuentas, es amiga de *lady* Hester Bingham, la dueña de la casa. Pero no sabría decirle nada al respecto. Querrá volver a su alojamiento, señor. Déjeme que le busque un carruaje.

—Pero ahí está el busilis —Lumpit se movió en el sofá—. Me hallo en una situación nada envidiable, pues me han atracado. No llevo dinero encima. Ni un penique, querido señor. Cómo no, se lo haré saber a mi vicario y éste se encargará de que reciba la ayuda necesaria para volver a casa, pero eso no me es de mucha utilidad en estos momentos, ¿no? —su papada sobresalió por debajo de la barbilla.

Adam carraspeó y dio una palmada a Latimer en la espalda.

—Tiene razón, amigo: ahí está el busilis. ¿Por qué no me puso al corriente hace *horas* de su aprieto, señor? Habría reunido algo de dinero para que se las arreglara hasta que recibiera sus propios fondos.

—No soy dado a pedir dinero —dijo Lumpit—. No, Lumpit se las arregla solo, gracias.

—Pero acaba de decir que no puede ir en carruaje a su alojamiento porque no tiene dinero —balbució Adam—. ¿Acaso no estaba pidiendo el importe prestado para el desplazamiento?

—No estaba hablando del importe del viaje —dijo Lumpit—. Me atracaron antes de que pudiera buscar alojamiento y pagar la estancia. ¿Qué sentido tiene buscar a un cochero si no tienes adónde ir?

—Finch sabría qué hacer —afirmó Sibyl en tono alegre, como si llevara despierta todo el tiempo. Le guiñó un ojo a Latimer y éste estuvo a punto de proferir una carcajada—. Finnie siempre te deja una llave del número 8, ¿no es así, Latimer?

Vio adónde quería ir a parar y podría haberla besado por

idear la manera de ganar tiempo antes de que Lumpit abordara a la pobre y querida Jenny. Una vez más, era una víctima inocente de un hombre que deseaba utilizarla. Uno era el propietario de un burdel; otro, un hombre de iglesia. En aquella situación, apenas había diferencias entre ellos, puesto que ambos deseaban utilizarla para satisfacer sus propios fines.

—¿Tienes la llave del número 8, Latimer? —repitió Sibyl.

—Sí, claro. Echo un vistazo de vez en cuando. Jennings se ocupa de todo, y siempre hay algún criado que lo mantiene todo en orden.

—Cierto —corroboró Sibyl—. Entonces, como no disponemos de habitación para el señor Lumpit, podría alojarse en la casa de al lado, ¿no crees? A Finnie y a Ross no les importaría, ¿no?

—No. Finnie acogería a cualquiera, ya lo sabes —entornó los ojos y pensó en lo que acababa de decir—. A cualquier persona de mérito, claro.

—Bien dicho —afirmó Adam, en voz más alta de lo debido—. Muy bien, en marcha, Lumpit. Enseguida le damos la llave. Sibyl, acuéstate antes de que te caigas de sueño. Por mi parte, os deseo buenas noches a todos.

Si hacía algo que la asustara, Jenny saldría corriendo, y él se pasaría el resto de su vida culpándose de haberla perdido. Aun así, estaba a punto de correr un gran riesgo, y lo correría porque estaba convencido de su capacidad de contención.

Como era de esperar, Jenny no había cerrado con llave el 7B. Giró el pomo con suavidad y entreabrió la puerta lo justo para colarse dentro y cerrarla. Después, permaneció inmóvil en la oscuridad, dando tiempo a sus pupilas para que se adaptaran.

Lo único que necesitaba para tranquilizar su turbada cabeza, y corazón, era mirarla y convencerse de que no estaba angustiada, de que dormía, cálida y confortablemente, en una cama digna de ella.

Decidió cómo proceder. Debía encender una vela. Con suerte, satisfaría su deseo sin necesidad de despertarla, pero si ella abría los ojos, no le convenía asustarla apareciendo como una sombra en la oscuridad.

Encendió la vela, pero no paseó la mirada por el bonito saloncito azul que Sibyl había decorado. Del dormitorio no emergía ningún sonido. Se acercó con pasos quedos, sosteniendo la palmatoria ante él. Cuando entró en el cuarto, percibió de inmediato el olor del jabón con fragancia de azucenas que Jenny debía de haber usado para lavarse. Cada vez más despacio, fue aproximándose a la cama y contuvo el aliento al ver a Jenny.

No se le había ocurrido preguntarle su edad, ni siquiera había pensado en ese detalle, pero dormida parecía muy joven. Sí, dormía profundamente, con el semblante relajado y las manos apoyadas en la sábana blanca, por encima del pecho.

Estaba relajada, cómoda y cálida, a salvo. Lo había comprobado por sí mismo y ya podía marcharse.

Dejó la vela sobre una cómoda cercana a la cama y con sumo cuidado trasladó una silla para acomodarse a su lado. ¡Qué fácil era saber lo que se debía hacer, y qué difícil atender a razones cuando su ímpetu viril andaba por medio!

Se sentó, apoyó la pantorrilla en el muslo de la otra pierna y empezó a balancear el pie. Guardar silencio y observar cuando uno deseaba moverse, sentir, arrancar respuestas, era penitencia suficiente para cualquier pecado que pudiera estar cometiendo.

Dormida, se veía muy pálida, y las pecas destacaban sobre aquella blancura. Latimer sentía una debilidad especial por aquellas pecas. Llevaba el pelo sujeto en dos trenzas gruesas y lustrosas que descansaban con precisión sobre sus hombros. Jenny lo hacía sonreír. Hacía que sus intensos anhelos resultaran intolerables.

Estaba usando sus cosas. Ah, sí, su dignidad no le permitía utilizar las prendas de Sibyl. Siempre la atormentaría la idea de haber pasado una noche allí por caridad. Llevaba un camisón amarillo de niña cuyas mangas en otro tiempo debieron de haberle rozado las muñecas, pero que en aquellos momentos apenas le cubrían los codos. El cuello había sido remozado con un lazo de satén amarillo que lograba enfatizar lo vieja y gastada que estaba la prenda. El mismo lazo bordeaba las muñecas.

Latimer sentía deseos de sustituir las manos de Jenny por las de él. Cerró los ojos e intentó desechar todo pensamiento carnal... en vano. Si no se dominaba, intentaría abrazarla y hacerle el amor hasta que despuntara el alba.

—¡*Latimer*!

Abrió los ojos y contempló los de ella. Sentada, con la espalda erguida, sobre la cama, Jenny tenía los ojos abiertos de par en par por el miedo. La había asustado, el muy canalla.

—No pasa nada, Jenny. Perdóname. He venido porque necesitaba saber que estabas cómoda y dormida. Ahora, mira lo que he hecho, te he despertado.

Jenny se cubrió las mejillas con las manos y la sábana resbaló hacia sus caderas. La prenda tenía un canesú que se le ceñía por encima de los senos y éstos, aunque pequeños, eran redondos y firmes y llenarían de sobra sus manos. Un pequeño desgarrón por encima del corazón dejaba entrever más piel blanca, y el indicio de un pezón sonrosado.

Latimer se movió en la silla y cruzó las piernas por completo. Jenny no debía ver el efecto que le producía. Al igual que su edad, su experiencia era un misterio, pero a pesar de la vida difícil que había llevado, no percibía nada mundano en ella. Ladeó la cabeza y preguntó:

—¿Te he dejado sin habla? Si es así, no sabes cuánto lo lamento.

—No tardarás en desear haberme dejado muda —repuso Jenny, pero su voz no era tan firme como sus palabras—. Me has dado un susto tan grande que tengo el corazón desbocado.

—Lo siento, Jenny. Hice mal al venir aquí y ahora estás enfadada conmigo.

—¡No te compadezcas tanto de ti mismo! Soy yo la que tiene derecho a darte una paliza por comportarte de esta manera. Y no creas que no tengo ganas de hacerlo —echó hacia atrás las sábanas y desplazó sus esbeltas piernas hasta el borde del colchón. El camisón no le cubría las pantorrillas, un detalle que ella debía de haber olvidado pues se puso en jarras y le dirigió una mirada furibunda—. ¿No se te ha ocurrido pensar que ya me han dado bastantes sustos por un día? ¿Por qué has venido? ¿Y qué hacías ahí sentado a la luz de la vela y con los ojos cerrados? —un sollozo le quebró la voz—. ¡Pensaba que estabas muerto! —exclamó, y empezó a llorar en silencio.

Horrorizado, Latimer se puso en pie y dijo:

—Jenny, por lo que más quieras, no llores. No, por favor. ¿Qué puedo hacer para que dejes de llorar? Dime. Haré lo que me pidas.

Aquello sólo sirvió para intensificar su llanto, y Latimer contempló cómo le temblaban los hombros. Se fijó en sus tobillos, en los pies y, después, en el resto de su cuerpo. Detuvo la mirada en su vientre plano y en el perfil redondeado de los glúteos que se avistaban a través del camisón y sólo logró acrecentar su erección. Quería consolarla y hacerle el amor al mismo tiempo. Era un depredador. Sólo los depredadores pensaban en consolar a una criatura deseable antes de abalanzarse sobre ella para satisfacer su voluntad.

Jenny lo intrigaba más que ninguna otra mujer. Tenía coraje y una mente despierta.

—Jenny —la sujetó por los hombros—. Escúchame. Quiero que te metas otra vez en la cama y que te calmes. Luego, me vas a escuchar, para variar.

La rebeldía brillaba a través de las lágrimas.

—Lo que quieres hacer es cerciorarte de que no te avergüenzo, o de que no sigues sintiéndote impotente. Los hombres no saben qué hacer cuando ven lágrimas. Pues bien, no soy una llorona, así que no tienes por qué preocuparte.

—¿Vas a hacer lo que te pido y escucharme?

—Creo que no. No —se sorbió las lágrimas varias veces y Latimer le ofreció su pañuelo—. Gracias. Estoy dejando de llorar y tengo que sonarme la nariz y recomponerme. Ya está. Ya puedes estar tranquilo.

La dulce Jenny...

—No estoy preocupado por mí. Y te aseguro que no resulta fácil avergonzarme.

Jenny volvió a sorberse las lágrimas y utilizó el pañuelo de Latimer. Todavía brillaban gotas de humedad en sus párpados inferiores. Latimer se acercó, levantó las sábanas y esperó a que Jenny deslizara las piernas por debajo. Enseguida se cubrió hasta la barbilla.

—Soy grosera cuando no tengo derecho a serlo. Te estoy agradecida por todo lo que has hecho, pero creo que estoy un poco alterada. Han ocurrido demasiadas cosas en un solo día. Y ocurrirán otras. Estoy cómoda, gracias; ya puedes irte a la cama. Necesitas descansar.

—No podría dormir aunque me acostara —aquel sí que era un comentario meditado—. Pero me iré a la cama, por supuesto.

Se puso en pie pero vaciló cuando echó a andar hacia la puerta. Volvió la cabeza para mirarla y dijo:

—Buenas noches, Jenny.

Ya estaba en el umbral cuando la oyó susurrar:

—¿Latimer?

—¿Qué ocurre, Jenny?

—Nada. Debes de estar muy cansado.

Las mujeres no eran sutiles por naturaleza. Sonrió.

—No estoy cansado. Siempre he disfrutado de la noche —otro comentario meditado, pensó con ironía—. Me refiero a que pienso mejor por la noche, en el silencio —la aclaración perfecta.

—A veces yo también, sólo que suelo estar tan agotada que no logro mantener los ojos abiertos.

Latimer podía ver el reflejo de Jenny en el espejo. Se había desplazado hasta el lado opuesto de la cama y se sujetaba una trenza mientras clavaba la mirada en la pared. No hacía falta ser muy sagaz para adivinar que no deseaba estar sola. Tampoco deseaba reconocer su debilidad.

¿Qué hacer? Sabía lo que él ansiaba, pero ésa no era una opción válida. Había otras posibilidades que lo animarían, pero dudaba que Jenny accediera a ninguna de ellas.

—¿Latimer?

—¿Sí?

—Si no vas a acostarte todavía, ¿podrías sentarte conmigo un rato más? Sólo hasta que me quede dormida. No tardaré.

—Será un placer.

Y tanto que sí. Una vez más, se situó en la silla cercana a la cama, y contempló la figura acurrucada de Jenny, que estaba de espaldas a él.

Se hizo el silencio.

Latimer intentó caer en trance arrastrado por la luz de la vela que temblaba sobre las paredes, pero nunca había sido dado a los trances. No oía respirar a Jenny, lo cual indicaba que debía de seguir despierta.

El camisón le quedaba pequeño, y no sólo de largo. Entre los omóplatos, las cintas apenas se cerraban y su espalda desnuda quedaba al descubierto entre las aberturas.

Jenny suspiró.

«San Latimer» no sonaba del todo mal, pero no le apetecía ganarse aquel título. Si se le presentara la oportunidad, ¿cuánto tiempo podría contentarse con acariciarla a través del camisón? Una tela fina entre piel y piel podía ser un poderoso estímulo. Acariciarla de pies a cabeza, porque no querría perderse ni un centímetro de su piel, sería una tortura. No, no debía perder de vista su plan original. Estaban surgiendo más obstáculos de los que había previsto, pero ninguno que no pudiera superar.

—¿Latimer?

—¿Sí, Jenny?

—¿Te importaría si habláramos un poco?

—Me encantaría escucharte, querida.

—Lo dudo. Lo único que tengo son preguntas para las que no tienes respuesta, pero quizá me sienta mejor si las digo en voz alta.

—Es probable. Si puedo ayudarte, te lo diré.

Jenny volvió a suspirar y Latimer creyó oír que se sorbía las lágrimas. ¿Por qué lloraban las mujeres en aquellas situaciones? Era mucho mejor enfadarse y quejarse de la injusticia de su aprieto.

—Estoy metida en un buen lío, ¿verdad?

Como no tenía nada constructivo que añadir, se limitó a confirmarlo.

—Mmm.

—Bueno, lo estoy, y aunque sé hablar como una arpía, no tengo edad suficiente para respaldar mis palabras con osadía.

«Vaya sorpresa».

—Yo nunca te calificaría de osada. Diría que eres decidida y que eso es bueno.

—Gracias —murmuró Jenny—. Esta noche ni siquiera me siento decidida. Pero si me recuerdas que te lo he dicho, lo negaré.

—Por supuesto que lo negarás, así que olvidaré que lo has dicho —rió entre dientes y decidió no olvidarlo—. Esta silla es incomodísima —y él era un zorro astuto.

—¡Qué falta de consideración por mi parte haberte retenido en ella! Vete a la cama, y que Dios te bendiga por tratar de ayudarme.

Hasta el momento, no había hecho nada para ayudar, ni a ella ni a sí mismo.

—No podría dejarte. Jamás lo reconocerías, pero me necesitas a tu lado... o a alguien que te asegure que no estás sola. Me duele la espalda de vez en cuando. Una vieja caída —a los veinte años, se había caído de un burro en las minas de arcilla de su padre, en Cornualles, y su espalda se regocijaba recordándole aquel ignominioso suceso.

—Pues deberías tumbarte cuando te duele.

—No es tan terrible.

—Sabes que tengo razón. Los hombres siempre tenéis que ser fuertes, aunque estéis sufriendo.

El fuego ardía con fuerza, pero Latimer se puso en pie y se inclinó para añadir más carbón. Se llevó una mano a la espalda y se quejó de dolor.

—Ay —murmuró.

—¿Latimer? Deja ese fuego tranquilo. Enderézate ahora que todavía puedes. Hace un calor delicioso en la habitación.

Latimer se tomó su tiempo para enderezarse y volverse hacia ella. Jenny permanecía en el extremo más alejado de la cama, pero lo estaba mirando y le dirigía un ceño sombrío.

—No puedo dejarte en una noche como ésta —la informó Latimer. Después, enarcó las cejas—. Vaya, se me acaba de ocurrir una idea. Si te parece loable, claro.

La confusión intensificó el ceño de Jenny.

—¿Has oído hablar del sueño de los prometidos? —Jenny se quedó boquiabierta—. Es una práctica habitual en muchos lugares.

—Sí —dijo Jenny despacio—. Sé lo que es. No he tenido necesidad de hacerlo porque nunca... Bueno, nunca he estado prometida a un hombre que necesitara compartir mi cama y frenar sus pasiones.

Latimer entrelazó las manos bajo los faldones de su levita, asintió y sonrió de oreja a oreja.

—Entonces, lo sabes. No tenemos ningún tablón que utilizar a modo de separación, pero si tú estás debajo de las sábanas y yo encima, no faltaremos al decoro, ¿no crees? Así podré tumbarme y hablaremos. Y la solución será satisfactoria para ambos.

Jenny arrugó la nariz y entornó los ojos. Elevó la barbilla, contempló el lugar donde él pensaba tumbarse, y se ciñó aún más las sábanas en torno al cuello, como si su enojo no la hubiera hecho dejarse ver ya en camisón.

—Creo que no será decoroso.

—Me iré en cuanto dejemos de hablar. Confía en mí, Jenny, creo que te quedarás más tranquila si me cuentas lo que te preocupa.

—¿De verdad?

—Sí.

—¿Y estás seguro de que esto es aceptable? Me moriría de

vergüenza si alguien se enojara conmigo o pensara mal de mí.

—Es aceptable pero, aun así, es imposible que nadie sepa que he estado aquí. Además, hay ciertas novedades de las que debo hablarte —una en particular llamada Larch Lumpit.

—Entonces, de acuerdo.

Latimer se sentó en la silla y empezó a quitarse las botas.

—*¿Qué haces?*

Latimer se sobresaltó y la miró.

—Descalzarme. No puedo apoyar las botas sobre una delicada colcha.

—Supongo que no.

A continuación, se despojó de la levita y se desabrochó los botones del chaleco.

—Y, ahora, ¿qué haces?

—Ponerme cómodo, querida. Nada más —y se quitó el pañuelo del cuello antes de tumbarse de costado de espaldas a ella.

—¿Estás cómodo?

En absoluto.

—Muy cómodo, gracias. Aah... —arqueó un poco la espalda y se estiró.

—¿Dónde te duele? ¿Aquí? —Latimer notó la mano suave de Jenny en la espalda, entre los hombros—. ¿Quieres que te frote un poco? Solía hacerlo para una señora que conocí en Escocia.

—Un masaje sería de gran ayuda. Me duele aquí —con dos dedos, señaló un punto varios centímetros por debajo de la cintura donde realmente experimentaba dolor de vez en cuando, por lo general, cuando movía cajas en el almacén.

Jenny estaba exhalando el aire con lentitud. Apoyó las yemas de los dedos junto a las de él, sobre su espalda.

—¿Aquí?

—Exacto. Tienes manos de ángel, lo sé —los momentos insignificantes como aquél podían ser un bálsamo para un hombre ansioso.

Con cuidado, Jenny apretó los dedos para palpar el hueso.
—¿Te duele?
—No, me... ayuda.
—Me alegro. Dime si te hago daño —empezó a deslizar los dedos hacia arriba, a presionar y a utilizar los nudillos en el descenso. A Latimer lo asombraba su fuerza y paciencia.

—Debo reconocer que el sueño de los prometidos tiene sus ventajas —afirmó Jenny—. Es una forma inocente de que un hombre y una mujer que no son más que amigos, si puedo considerarte mi amigo, puedan estar solos sin temor a faltar al decoro.

Jenny era un bebé incauto en las garras de un águila.

—Debo señalar, Jenny, que lo que dices de nosotros es del todo cierto. Podría no serlo si estuvieras con otro hombre. Claro que no deseo ponerte nerviosa.

—No podrías, eres demasiado honorable. Y tienes razón con lo que dices. ¿Qué tal el masaje?

Latimer tenía los glúteos ardiendo y necesitaba soltarse los pantalones, pero no cambiaría ni un ápice de lo que sentía.

—Maravilloso. ¿Tienes alguna molestia que pueda beneficiarse de mi atención?

—Eh... No, gracias. Estoy fuerte y sana.

Latimer se sintió invadido de una insólita sensación. Aunque Jenny estaba en apuros, se sentía en paz con ella, optimista. Era absurdo. Aunque tal vez, no. Pensó en su figura envuelta en el camisón. Estaba tan atractiva como si llevara una prenda de encaje y raso... quizá, incluso más. Inocente, extravertida en extremo y sensual porque lo era por naturaleza. Sensual y saludable. Ay, ¡qué combinación!

—Háblame, Jenny —dijo por fin, mientras ella seguía frotándole la espalda—. Cuéntame lo que te preocupa.

—¿Lo que me preocupa? Estoy tan cómoda que me gustaría creer que así es mi vida todos los días.

Si Latimer se salía con la suya, así sería... a excepción de aquel sueño de prometidos, claro.

—No puedo esconderme de mi destino. El señor Bucket querrá que salde mi deuda y a medida que pasan los días se me agota el tiempo.

Latimer elevó un ruego al Cielo y dijo:

—Yo le pagaré lo que le debes. Y...

—No.

—Por favor, déjame terminar. Le pagaré ahora y, después, cuando puedas, me lo devolverás. Aunque preferiría que aceptaras mi ayuda como un regalo porque me complacería mucho.

—No —repitió Jenny—. Jamás. Estoy en deuda con un hombre. ¿Sería preferible que lo estuviera con otro, en su lugar? No puedo aceptar.

—Y la persona a la que ayudaste, la que te hizo contraer la deuda... ¿No hay esperanza de que...?

—Ruby se mantiene a duras penas. Es posible que su marido encuentre un empleo mejor en el Norte y envíe dinero para que ella y el pequeño se reúnan con él. Si eso ocurre, creo que intentará enviarme algo. Le he dicho que no se preocupe. Me basta con pensar en el rostro plácido de su dulce bebé y en las sonrisas de Ruby para mantener el miedo a raya la mayoría de las veces.

Con mucho cuidado, Latimer se volvió hacia ella. Asintió con la seriedad que sentía.

—Entiendo. Pero no entiendo por qué no dejas que te ayude.

—Porque no estaría bien —dijo Jenny. Su rostro estaba a escasos centímetros del de él y sus ansiosos ojos verdes refulgían—. Saber que te preocupas ya significa mucho para mí.

—Jenny, el mero hecho de conocerte significa mucho para mí. Pero no pienso quedarme de brazos cruzados viendo cómo Bucket te convierte en su víctima. Te ha ofrecido anular la deuda si haces lo que te pide.

Jenny bajó los párpados.

—Toby no debería haber dicho nada.

—Pero no vas a obedecer a Bucket. Y no te lo reprocho, su idea es desagradable.

No pasó mucho tiempo antes de que Jenny le dirigiera una sonrisa pícara.

—No eres un buen espía, Latimer More. Estás dando palos de ciego porque Toby no sabe lo que el señor Bucket me propuso y tú tampoco. Y no pienso decírtelo porque me da vergüenza.

Latimer se quedó inmóvil. Imaginaba que a Bucket se le había ocurrido una idea desagradable, pero temía que fuera más impensable de lo que había creído.

—Dímelo ahora mismo.

—Ya estás otra vez poniéndote dominante. No voy a decírtelo porque no tienes necesidad de saberlo.

—Jenny...

—Prometo acudir a ti si no puedo yo sola con el problema.

Aquello no lo tranquilizaba.

—¿Y si surgen más problemas y yo no estoy cerca cuando me necesites?

—No veas problemas donde no los hay, Latimer. Paso a paso. Primero, un lugar en donde vivir.

Eso era tener sentido práctico.

No sabía cómo, pero estaban más cerca el uno del otro. No le costó ningún trabajo retirarle los rizos de la cara.

—Tenías algo que decirme —dijo Jenny, y cerró los ojos. Latimer siguió deslizando los dedos por su pelo y los contornos de su rostro. Le procuraba placer el mero hecho de tocarla. Se sentía fuerte y capaz de hacer lo que ella pudiera necesitar de él. Se sentía protector y posesivo... y turbado por ambos sentimientos.

Cuando le acarició la oreja ella reflejó sólo placer, y sus dedos, que se cerraron a un lado de su esbelto cuello, la hicieron sonreír. Aquella noche se demostraría a sí mismo que era el hombre fuerte por el que se tenía. Resistiría la tentación.

—Creo que intentas dormirme —dijo Jenny—. No sé si lo conseguirás, pero disfrutaré con tu intento. Ahora dime, ¿qué era eso de lo que tenías que hablarme?

Latimer apoyó la cabeza en una mano, la mejor postura para estudiar el rostro de Jenny y la mano de dedos finos que sostenía la colcha en su sitio.

—Del señor Larch Lumpit.

—¿De quién?

—Larch Lumpit. Coadjutor. Ayudante del reverendo Crawly, vicario de la iglesia de Santa Filomena, en Middle Wallop.

Jenny lo miraba con fijeza.

—No sé de qué me hablas.

—Es un conocido de Ivy Willow. ¿Te acuerdas de Ivy?

—Pues claro. Era muy alegre. No la he visto desde la boda de Sibyl y *sir* Hunter.

—Y también conoces a Phyllis Smart.

—Sí. No la he visto más que un par de veces desde que el grupo de Sibyl dejó de reunirse, pero me cae bien.

Latimer perdió un poco la cautela y apoyó la palma de la mano en la mejilla de Jenny.

—Al parecer, Phyllis Smart está al corriente de tu aprieto y se lo contó a Ivy Willow. Ivy se lo contó a su vez al señor Lumpit, quien da la casualidad de que está buscando esposa.

Jenny cubrió la mano de Latimer con la suya, pero no intentó retirársela.

—Latimer, lo que dices no tiene sentido. Puede que le haya dicho algo a Phyllis sobre mis circunstancias, y ella podría habérselo contado a Ivy, pero no entiendo qué podría significar todo eso para un coadjutor que no conozco. Un hombre que vive en un lugar del que jamás he oído hablar.

—Ivy le dijo a Larch Lumpit que estabas necesitada de auxilio, y Lumpit decidió ser generoso y sacarte de Londres y de tus problemas convirtiéndote en su esposa. Se aseguraría de que no tuvieras ninguna preocupación excepto él

—casi se despreciaba por el placer que le procuraba describir la proposición de Lumpit tal como era.

—Eso es una estupidez. Si me escribe, no pienso contestar —y, acto seguido, escondió el rostro bajo las sábanas y se arrimó un poco más a Latimer—. Middle Wallop —masculló.

La presión, aunque suave, de su cuerpo estuvo a punto de desarmarlo. Le pasó un brazo por encima y la apretó lo más que pudo contra él dadas las circunstancias. Jenny se acurrucó aún más. Por fin, se puso de espaldas y acomodó su trasero en el regazo de Latimer.

Latimer entreabrió los labios y dejó de respirar. Sería feliz quedándose exactamente como estaba durante un tiempo indefinido... No, más bien infeliz. Como todavía tenía el brazo sobre ella, Jenny se olvidó de la cautela y entrelazó su mano con la de él. De hecho, apoyó la mejilla en sus dedos.

—Menuda tontería —le dijo—. Y qué nombre más tonto, Larch Lumpit. Me imagino a un tipo sudoroso y gordinflón con una boca roja y pequeña.

Latimer no pensaba decirle que había hecho una descripción bastante aproximada de Lumpit.

—Puede quedarse en Middle Wallop, o dondequiera que esté, y guardarse su *generosidad* donde le quepa. Lo único que quiere es una criada a la que no tenga que pagar.

—Puede que tengas razón —corroboró Latimer—. Sólo que no está en Middle Wallop. Está aquí, en Londres, buscándote. Ahora mismo, duerme en la casa de al lado, en el número 8 de Mayfair Square.

Morley Bucket quería respeto de la mujer a la que mantenía. Respeto, comprensión y compasión cuando la necesitaba; a eso era a lo que tenía derecho. Persimmon Jolly hacía bien su trabajo, por llamarlo así, pero había ocasiones en las que su actitud presuntuosa de «quítate de mi pestaña que quiero parpadear» agotaba la paciencia de Bucket.

—Mira, Persimmon, no estoy de humor para tus aires ni tus juegos. Soy un hombre presionado y espero consideración de aquéllos con quienes me he portado bien.

—¿De quiénes, señor Bucket? —dijo Persimmon—. Deme los nombres y les transmitiré sus deseos enseguida.

—Zorra desagradecida —qué de sandeces toleraba a aquella mujer—. No te olvides de quién te acogió cuando tu elegante caballero te sumó a la apuesta.

Era voluptuosa, sí. Deseable, también, e ingeniosa y, en fin, diferente. Pero era altiva y se comportaba como si le estuviera haciendo un favor siempre que acudía a él, incluso mientras hacía cosas con las que Bucket dudaba que muchas mujeres hubieran soñado hacer. También era una mujerzuela codiciosa y vengativa como la que más, y la pega era que tendría que seguirle el juego hasta que el trato de Jenny McBride quedara cerrado. Persimmon era sus ojos y sus oídos en cierto terreno y era hora de ponerla a trabajar de verdad.

Persimmon arrugó la nariz, como tenía por costumbre siempre que contemplaba las cómodas y espaciosas habitaciones que Bucket ocupaba en la última planta de la casa que regentaba no muy lejos de Saint Paul. Y era una casa muy señorial, de grandes dimensiones y bien proporcionada, construida en piedra blanca; entonaba tan bien con las mansiones de alrededor que ningún vecino protestaba nunca... y menos aún los caballeros, que podían escapar de las restricciones del gozo conyugal, disfrutar de un poco de diversión de verdad y volver a casa enseguida.

–Tanto rojo resulta cargante, señor Bucket. Y de mal gusto. Los sofás, los biombos de gasa transparente, todos esos cojines sobre el suelo... como si planeara una orgía. Uvas en copas rojas y confites rosa. Y demasiadas borlas y plumas. Ya es terrible pasear entre tantos objetos vulgares en las plantas inferiores, pero aquí... me repugna.

Morley frunció el ceño y paseó la mirada por la habitación.

–Es cómoda –dijo en tono defensivo–. La hice decorar para ti porque estás magnífica con un poco de rojo.

Persimmon enrojeció ella misma y desplegó su abanico.

–El rojo no me sienta bien, es demasiado chillón. Una piel pálida como la mía necesita tonos más suaves. Puede que un rosa muy pálido me favoreciera.

Imaginar los encantos de Persimmon desnudos sobre una cama rosa pálido tenía posibilidades. Pero Morley tenía asuntos más importantes de los que ocuparse que sus grandes pechos y muslos redondeados.

–No me gusta cuando nos vemos aquí, señor Bucket.

–Bueno, esta noche ya no tiene remedio, ¿no? Y hace dos años que te pido que me llames Morley. Eres la única mujer a la que le he concedido ese honor. Te agradecería que me hicieras el favor de intentar complacerme.

Persimmon sonrió de oreja a oreja, dejando al descubierto dientes pequeños y perfectos.

–Confiaba en que esta noche pudiéramos complacernos mutuamente, señor Bucket.

Morley sintió el esperado hormigueo, la tensión en sus partes bajas.

—No dices nada sin pensarlo primero. Piensas en cuánto puedes irritarme y eso es una verdadera lástima.

Persimmon elevó una mano para alisarse su exquisito peinado. Siempre llevaba el pelo oscuro arreglado a la perfección, como ella misma, y su indumentaria era impecable. No era alta, pero su porte majestuoso le hacía parecerlo. Se aplicaba la cantidad justa de pintura en su rostro terso, tenía una boca de piñón, la nariz respingona y los ojos violeta. Las cejas formaban un bonito arco y las pestañas eran gruesas. Y luego estaba su cuerpo. ¡Y qué cuerpo! Persimmon se vestía con discreción. Aquella noche llevaba un vestido de fiesta de crespón azul oscuro, con volutas cuadradas de raso en el borde de la falda. El vestido era de cuello alto y dejaba al descubierto muy poca piel, pero era imposible disimular el cuerpo voluptuoso que se escondía bajo la elegante prenda.

Persimmon se lo quedó mirando mientras él la observaba, deteniendo la vista aquí y allá. No parecía muy complacida, lo cual era insólito porque solía pavonearse, con reserva, por supuesto, si un hombre la desnudaba con la mirada.

—Tenemos varias decisiones que tomar —le dijo—. Decisiones importantes.

Persimmon se llevó las manos a la espalda y movió las caderas a izquierda y derecha, poniendo en movimiento el borde rígido de su falda.

—Hablo en serio.

—Perdóneme, señor Bucket, pero ¿no me ha oído decir que esperaba que esta noche nos complaciéramos mutuamente?

—Mmm. Puede que estuviera distraído.

Persimmon movió la cabeza y en su pelo refulgieron virutas de plata.

—A estas alturas ya debe saber que no me concentro muy bien si tengo ansias insatisfechas.

—Bueno —Morley infló las mejillas—. Yo tampoco. Pero esperaba resolver primero este negocio.

—Muy cierto, señor Bucket, pero hay distintas clases de negocios. Quítese la ropa y póngase a cuatro patas.

El vientre se le contrajo de inmediato. Persimmon sabía excitarlo con una palabra o un roce, y fuese lo que fuese lo que tuviera pensado, le haría olvidar todas sus preocupaciones.

—Vamos —lo apremió, y señaló uno de los biombos—. Yo me prepararé ahí detrás.

Morley se quitó la chaqueta pero no arrancó la mirada de la mujer cuando se refugió detrás del biombo. El vestido fue la primera prenda que apareció sobre el borde superior.

Mientras, Morley se despojó del chaleco, del pañuelo de cuello y de la camisa, se sentó en el sofá y empezó a quitarse las botas. Una enagua de raso blanco se unió al vestido, y luego otra. A través de los paneles rojos casi transparentes, la veía moverse ajustándose una prenda negra.

Que lo sorprendiera con los pantalones puestos tendría consecuencias que ni siquiera él podría soportar. Se los bajó hasta los tobillos, se desprendió de ellos y se quitó las calzas.

Cuando conoció a Persimmon, era la querida de un caballero que, tras perder sus ganancias en una mesa de juego, la puso a ella como prenda. Persimmon le vació la copa de coñac por la cabeza y fue a rodear con los brazos la cintura de Morley. Apretándose contra él con tanta fuerza que Morley pudo ver sus senos rebosando del vestido, Persimmon elevó sus ojos violeta hacia los de él y susurró:

—Protéjame, señor. Siempre le seré útil.

Y lo había sido desde entonces. Persimmon se había convertido en una joya que satisfacía a sus clientes más ricos y exigentes.

Morley estaba de pie, delante del fuego, calentándose las nalgas desnudas.

Persimmon salió contoneándose de detrás del biombo; lo

miraba de soslayo de vez en cuando pero no se acercaba a él. Se había puesto uno de esos corsés franceses de color negro, lo bastante prieto en torno a la cintura para que cualquier hombre pudiera rodearla con las manos. Las braguitas también debían de ser francesas. Eran de seda negra, y se dividían en dos entre las piernas. Cuando caminaba, Morley avistaba su vientre blanco... y otras cosas.

Se paseó de uno a otro lado delante de él. No se había quitado las botas, que tenían tacones pequeños y cordones hasta la mitad de las pantorrillas. Sus medias de seda negra estaban sujetas con ligueros plateados y una hilera de rosas bordadas de color plata recorría sus piernas por detrás.

—Le había dicho que me esperara a cuatro patas, señor Bucket.

El cubrecorsé era una prenda fina que se desbordaba sobre el corsé y dejaba ver sus senos desnudos. Morley tragó saliva.

—Eso hizo, señorita Jolly, eso hizo. Pero me apetece averiguar cuál será el castigo por mi desobediencia —su cuerpo era un regalo para la vista, mucho más que eso, y a Morley le había salido rentable. Pero, a veces, un hombre se aburría con los juegos que deslumbraban a otros.

Persimmon bostezó. Se tumbó de espaldas sobre los cojines que antes había despreciado y apoyó el tobillo de una bota en la rodilla de la otra pierna... con resultados predecibles. Morley disfrutó de una vista de primera fila del interior de aquellas braguitas. Persimmon empezó a balancear el pie y se llevó las manos detrás de la cabeza.

—Entonces, adelante —dijo Bucket, y profirió una risita—. Castígame.

—No tengo fuerzas, señor Bucket. Ni ánimo.

—¿Ah, sí? —se apartó del fuego con desgana y se detuvo junto a ella—. No espero insolencia de ti, pequeña.

Persimmon sonrió y estiró los brazos por encima de la cabeza.

—¿Qué espera de mí, señor Bucket? Eso es lo que me

gustaría a mí saber. ¿Lealtad? ¿Trabajo duro? ¿Tolerar que sus peces gordos se metan entre mis piernas?

Morley apretó los dientes.

—Eres mía y lo sabes. Soy muy quisquilloso con quién más se cuela entre tus piernas. Son sólo los que necesitan un incentivo adicional para recordar a Bucket favorablemente.

—Y trabajo bien para usted, ¿verdad? Nunca ha tenido un cliente insatisfecho, ¿no?

Morley clavó la mirada en sus senos. Eran grandes, sobre todo en una mujer tan pequeña, pero se mantenían erguidos, firmes y redondos, con pezones erectos y de color dorado.

—No, encanto, ni uno. Y si no tienes *ánimo*, pichoncita, deberías hacérselo saber a éstos —le señaló los pechos.

Persimmon sonrió como solía hacerlo, con picardía y sólo con la mirada. Y se pellizcó y se masajeó los senos con los dedos de las dos manos.

—Ya lo saben, se lo aseguro —dijo—. Saben lo que me gusta, y lo que quiero.

Lo que Morley quería era asegurarse de que ninguno de los dos se perdía ni un pequeño detalle de lo que había que hacer para dejar a Jenny McBride en las manos de su admirador... después de que Morley la hubiera entrenado un poco primero. Había bastante dinero en juego para acomodar a un hombre durante mucho tiempo.

—Persimmon —dijo con suavidad. Debía andarse con ojo porque ella ya lo había interrogado sobre Jenny y recelaba de que él tuviera demasiado interés personal en la muchacha—. Deberías dejarme hacer eso a mí. Sé muy bien cómo.

Lo miró con complicidad.

—Quizá deba, quizá no. ¿Qué me dará si decido que sí?

Le daría un meneo que la dejaría suplicando más, eso era lo que le daría. Y con el duro miembro entre sus piernas, aunque sin satisfacerla del todo, ella sería todo oídos y estaría dispuesta a darle lo que él quisiera.

Persimmon estaba haciendo pucheros.

—Da la casualidad de que tengo algo especial para ti. Ha caído en mis manos hace poco.

—¿De qué se trata? —se humedeció los labios y se quedó inmóvil.

—Tendrás que fiarte de mí. Nunca te he decepcionado, ¿no?

Frunció los labios y lo meditó un poco antes de contestar.

—No. Pero con lo que le cuelga ahora mismo entre las piernas, señor Bucket, puede que ésta sea la primera vez.

Morley estuvo a punto de reír. Persimmon estaba convencida de que con sólo mirarla cualquier hombre olvidaría aquello en lo que estaba pensando mientras la parte de su cuerpo de la que más se enorgullecía se ponía alerta. De no ser así, concluía que el hombre en cuestión no tenía lo que hacía falta. Pues se equivocaba, porque él tenía lo que hacía falta... cuando él quería.

—Será mejor que veas lo que puedes hacer para arreglarlo —le dijo. A fin de cuentas, había tiempo para abordar el negocio que debían tratar.

—Dame mi caja —le dijo Persimmon y, cuando Morley la tomó de la mesita que estaba junto a la puerta, ella se apoyó en un codo y abrió la tapa. Del interior extrajo varias prendas pequeñas y, después, la dejó a un lado.

Morley aprovechó que estaba concentrada poniéndose guantes ajustados de seda para separarle las piernas y arrodillarse entre ellas. No le costó trabajo interceptar su furioso bofetón ni inmovilizarle las muñecas sobre los cojines. Se inclinó sobre ella, pero Persimmon volvió la cabeza a un lado.

—Sabes que no hago eso con ningún hombre.

No quería besar ni ser besada, aunque Morley se había sentido tentado a obligarla en más de una ocasión.

—Sólo una vez —intentó engatusarla—. Vamos, palomita, no me digas que no disfrutarías sintiendo mi lengua en tu boca.

La respuesta de Persimmon fue forcejear para intentar desasirse y dar sacudidas con las caderas. Morley profirió una risita burlona y se miró sus partes. Si ella seguía moviéndose así, no habría nada colgando durante algún tiempo.

Persimmon también miró, y dijo:

—Divirtámonos un poco, ¿quiere? A no ser que no me necesite para nada más esta noche.

Las amenazas formaban parte de sus trucos, pero Morley no quería forzarla. Le soltó las muñecas y ella le arrojó un par de guantes a él.

Sin decir palabra, Persimmon tomó una bolsa, enfundó su miembro erecto y la ató con fuerza en torno a la base. Morley sabía lo que debía hacer a continuación y le soltó el corsé con movimientos pausados. Deslizó los lazos por sus agujeros y ella lo tomó en sus manos enguantadas. Un minuto más, y Morley no pudo dejar de balancear los glúteos; se puso ardiendo y empezó a sudar. Ella tiró de él y él se estremeció entre sus dedos.

El corsé se abrió por fin, pero Morley no se molestó en quitárselo de la espalda. Persimmon hizo una pausa para desembarazarse del cubrecorsé, pero conservó las braguitas, las medias y las botas. Sobre el vientre, amontonó trozos del más fino encaje. Con dos de ellos se cubrió los pezones.

—Aquí tienes. Sácales el mayor provecho posible.

De haber podido contenerse, lo habría hecho, pero quería tomarla en su boca. Persimmon prefería el encaje porque obtenía más placer con él. Morley la acarició con los dientes y apenas oyó los gemidos de ella. Mientras tuviera puestos los guantes, podría levantar sus pesados senos y acercárselos al rostro.

Persimmon profirió una risita y arqueó la espalda. Él enterró la nariz en su carne y la mordisqueó a través del encaje. La risita se convirtió en un gritito de excitación.

Morley abrió la caja de Persimmon y dijo:

—Quiero que me prestes una cosa.

Ella enseñó los dientes y asintió, apretándole sus partes más sensibles.

—Eh —dijo Morley, jadeando—, no tan deprisa o te perderás algo de tu agrado —apenas podía creer que Persimmon le estuviera permitiendo llevar la batuta. Le gustaba lastimarlo, hacerlo suplicar. No entendía qué mosca la había picado.

Encontró uno de sus juguetes favoritos, una fusta de cuatro correas, todas ellas rematadas con un nudo, y empuñadura corta. Persimmon solía hacer restallar aquel pequeño y perverso artefacto y azotaba a Morley con los nudos en cualquier parte de su cuerpo que le apetecía.

—Mira, cariñito —sostuvo en alto la fusta—. Los dos sabemos cuánto te gusta esto.

La alarma ahogó sus risitas.

—No estoy hecha para eso. Me haría moretones.

—No te preocupes, cielo, los moretones no se verán —sacó un frasco de grasa de la caja, levantó la tapa y se embadurnó la mano y la fusta. Persimmon se quedó inmóvil. Después sonrió y movió la cabeza.

—No lo hará.

—¿No? —plantó una mano sobre su estómago, le separó las rodillas con las piernas y acercó el extremo de la fusta a su sexo—. Es justo que te procure el mismo placer que tú me das a mí.

—¡No! —se retorció e intentó mover las piernas. Despacio, sin arrancar la mirada de ella, Morley giró la empuñadura a izquierda y derecha mientras la penetraba con el extremo de la fusta y las pequeñas correas desaparecían en su interior—. Aaah —jadeó—. Sí, señor Bucket, sí, sí.

El rubor que cubría sus mejillas lo excitaba, y la forma en que se balanceaban sus senos cuando lo instaba a moverse más deprisa. Morley sólo ralentizó el ritmo para disfrutar de sus gritos, de sus movimientos de cabeza y del balanceo de sus caderas.

Por fin, los nudos desaparecieron dentro de ella y, cuando no pudo introducir más la fusta, hizo girar la empuñadura.

Persimmon elevó las piernas en el aire y dejó caer los glúteos sobre los cojines. Morley ya se había vaciado una vez pero su miembro volvía a sobresalir en el extremo de la bolsa de seda.

—¡Señor Bucket! —gritaba Persimmon—. Ah, señor Bucket.

Ni siquiera se dio cuenta de que uno de sus retales de encaje se había desplazado; Bucket aprovechó a deslizar la lengua en torno a un pezón desnudo. Persimmon Jolly detestaba que su preciada piel fuera acariciada por una mano desnuda, una lengua, o cualquier otra cosa.

Sollozando, extática, jadeaba mientras él se maravillaba de su capacidad para contenerse.

—Conque lo estás haciendo durar, ¿eh? —le dijo, pero sabía que ella no podía oírlo. Sin previo aviso, dejó de retorcer la fusta. Persimmon siguió moviéndose durante varios segundos antes de abrir los ojos y parpadear—. Esa pequeña pelirroja intenta engañarme —dijo Morley en tono pensativo—. Tiene a un caballero con los bolsillos llenos comiendo de su mano. ¿Qué te parece?

—¿*Señor Bucket*?

—Sí, lo sé. Para mí también fue una sorpresa. Habrá que tomar medidas especiales. Y tendrás que asegurarte de que nuestro cliente no se entere. Eso significa que deberás mantenerlo feliz y ocupado y no dejar entrever que hay contratiempos. ¿Podrás hacerlo?

Persimmon lo abofeteó.

—Hijo de perra. ¿Me pide lo que quiere cuando estoy así?

—¡Ay, qué tonto soy! —dio varios giros rápidos a la fusta y la hundió varias veces—. ¿Qué me ha pasado? Las preocupaciones, que me distraen, imagino. Mi cliente ya ha pagado un anticipo muy generoso para conseguir a Jenny McBride. No esperaba que ideara la manera de salir de Lardy Lane antes de que yo la «rescatara» y se la entregara a su protector. ¿Puedes asegurarte de que el caballero no se impaciente?

—Sí —contestó—. Sí, sí. Pero no pare.

En aquella ocasión, no paró.

—Tenemos que deshacernos de ese tipo que quiere quedarse con Jenny McBride.

Con la boca abierta, Persimmon elevó todo su cuerpo y jadeó cuando se permitió un orgasmo. Morley hizo ademán de retirar la fusta, pero ella cerró la mano con fuerza sobre la de él.

—Volveré a estar preparada dentro de un minuto.

«Zorra egoísta».

—Lo que quieras, cariño. Tengo un plan. ¿Me estás escuchando?

—Soy toda oídos, astuto hombre mío.

—Bien —se pasó las piernas de Persimmon sobre los hombros y meditó en cómo obtendría su propio placer cuando llegara el momento—. ¿Has seguido mis instrucciones hasta este momento? Nadie sabe quién es nuestro cliente, ¿no?

—Nadie. Ya estoy preparada otra vez.

—Si alguien lo averigua y se lo dice, tiene poder suficiente para cerrarnos el local.

—Lo sé. Estoy preparada.

Morley utilizó las yemas de los dedos para dar una vuelta completa a la fusta. Aquello arrancó aullidos de deleite a Persimmon, que acercó una mano para ayudarlo a realizar el trabajo a la perfección.

—Tengo un plan. Esto es lo que hay que hacer, ¿me oyes?

La recorrió otro espasmo y se quedó relajada.

—Lo oigo —regueros de sudor habían echado a perder su impecable maquillaje. Tenía el cuerpo brillante de transpiración, y Morley pensó que estaba más deseable que nunca. Extrajo la fusta y ella casi ronroneó de satisfacción por sus esfuerzos—. Volverá a hacerlo, ¿verdad, señor Bucket?

—Por supuesto. Aunque estoy seguro de que no me negarás primero mi turno.

Lo miró por debajo de sus párpados entornados.

—Eso es lo que deseo, ya lo sabe.

No lo sabía, pero aceptaría lo que ella dijera.

—Tendrás que robar algo valioso.

—No soy una ladrona —replicó Persimmon, mirándolo con aspereza.

—No, por supuesto que no —la tranquilizó, y empezó a penetrarla—. Pero no será difícil y no queda otro remedio.

—Tenemos toda la noche por delante para divertirnos... y para hablar de ese negocio.

—Sí. Verás, cuando yo te lo diga, le quitarás algo a nuestro cliente y lo usaremos para deshacernos del pretendiente de Jenny McBride.

—¿Cómo?

Le estaba costando mucho contenerse en aquellos momentos. Morley se entregó a la tarea que tenía entre manos y Persimmon se aferró a él. Se comportaba de forma distinta y Morley se preguntó por qué. ¿Podría ser que empezaba a sentir algo por él? Imposible. Aunque tal vez...

—¿Cómo, señor Bucket? —repitió Persimmon.

—Pondremos el objeto donde puedan encontrarlo en el momento preciso. Así nos quitaremos de en medio a ese entrometido. Lo meterán en la cárcel y recibiremos el resto del dinero por la entrega de Jenny.

El pecho de Morley y los senos de Persimmon se movían uno contra otro. Entraba en Persimmon y salía de ella con impetuosas y urgentes sacudidas.

—¿Quién es ese hombre? —preguntó Persimmon, y su voz empezó a elevarse otra vez—. El entrometido. No pare, señor Bucket. Más rápido. Sí, así. Más rápido.

No podía hacerle daño saberlo.

—Se llama Latimer More. Al parecer, es una especie de importador con mucha pasta y contactos en las altas...

—¿*Latimer More?* —no sólo se puso rígida, sino que retrocedió y se puso de rodillas—. ¿Ha dicho Latimer More?

—Sí, ¿por qué?

Persimmon cruzó las manos sobre el pecho izquierdo como si quisiera calmar su corazón, cerró los ojos y movió la cabeza.

—No lo sabe, ¿verdad?

Morley tragó saliva al sentir su miembro todavía insatisfecho.

—¿Qué es lo que tengo que saber?

—En algunos lugares, Latimer More es una leyenda. No existe mujer que se le resista.

—Te has equivocado de hombre, Persimmon —frunció el ceño—. Serénate.

—Serénese usted y empiece a idear un plan mejor. Tiene un problema más grande de lo que cree. La flacucha de Jenny McBride debe de ser más de lo que aparenta. Y si Latimer More ha decidido que quiere hacerla suya, ella no le dará la espalda por nada del mundo.

Agotado y más que un pelín irritado, Morley se dejó caer de costado.

—No tendrá elección si acaba en la cárcel.

—No lo sé —dijo Persimmon en tono pensativo—. Hay mujeres que harían cola para jurar que es honrado. Algunas son muy importantes. No me sorprendería que una de ellas asumiera la culpa con tal de ganarse su favor.

—¡Mujeres! —se lamentó Morley. Estaba exhausto y no quería escuchar los melodramas de Persimmon.

—Sí, mujeres —dijo, y se puso en pie—. Lo aman, se pelean por él, se pagan las unas a las otras para mantenerse alejadas de él. A Latimer More se lo conoce como el amante más osado de Inglaterra.

14

Algo iba mal.

En lugar de seguir su propia rutina de cerrar la tienda y salir del local por el taller de Jenny, *madame* Sophie había salido por la puerta de Bond Street y la estaba cerrando desde fuera. Latimer se deslizó entre dos carruajes detenidos junto a la acera y se acercó a la dama antes de que ésta recogiera la bolsa que había depositado en el suelo. También se iba a casa a una hora muy temprana.

–Buenas tardes, *madame* –dijo, y se descubrió cuando se volvió hacia él–. No sé si se acuerda de mí. Soy Latimer...

–Por supuesto que me acuerdo de usted, señor More –enarcó la ceja izquierda, y el brillo de sus ojos azules indicaba que *madame* Sophie tenía un buen sentido del humor y un saludable agrado por los hombres. La sonrisa de Latimer fue automática.

–Gracias –debía seguir su camino y regresar para recoger a Jenny, pero ¿y si el taller también había cerrado temprano y se había ido?–. Discúlpeme, pero confiaba en transmitir un mensaje de *lady* Lloyd a la señorita McBride. Imagino que no sería correcto puesto que usted no estará en el local.

–No, no lo sería –se había colgado la bolsa del brazo–. Pero Jenny se fue hará ya un cuarto de hora.

Por las aceras de Bond Street paseaba el número de transeúntes habitual. Latimer miró a izquierda y derecha; Jenny no podía haber regresado a Lardy Lane. ¡Dios, podría ocurrirle cualquier cosa! Se sacudió los guantes sobre la palma de la mano y volvió la cabeza hacia la acera opuesta. Tenía que hacer algo... en cuanto supiera el qué.

—Skinner y Flynt es una tienda de encuadernación. ¿La conoce?

Latimer dedicó a *madame* Sophie toda su atención.

—He oído hablar de ella —bendita fuera aquella mujer por su perspicacia y delicadeza. Jenny había mencionado el local—. ¿Por dónde hay que ir para visitar el establecimiento?

—Por ahí —señaló hacia la derecha y, cuando Latimer empezó a darle las gracias, *madame* Sophie lo interrumpió—. Por supuesto que me lo agradece. No pierda el tiempo aquí —y lo adelantó para dirigirse a un lustroso faetón negro que cualquier señora de buena cuna estaría orgullosa de poseer.

Olvidándose de conservar la dignidad, Latimer se quitó el sombrero y corrió hacia donde *madame* Sophie le había indicado. Sorteaba a las mujeres que iban de compras y a los llamativos dandis, y a punto estuvo de derribar a un vendedor de limonada. El interior del minúsculo local de encuadernación era lúgubre. Latimer entró y oyó el repiqueteo regular de una máquina que se distinguía detrás de los mostradores. Ni un alma se acercó a preguntarle lo que deseaba.

No había ni rastro de Jenny.

El tablón del que ella había hablado era fácil de reconocer. Unas notas, en su mayoría pequeñas y escritas a mano, lo cubrían de forma irregular. No tenía tiempo para leerlas.

Cuando salió a la calle, frustrado y preocupado por Jenny, miró a su alrededor, consciente de que cada segundo era vital y que debía idear un plan de acción. Quizá lo más sensato fuera dirigirse a Lardy Lane y, si Jenny no estaba allí, esperar por si regresaba de ver algún que otro alojamiento.

Aquello era una pesadilla. No tenía derecho a obligarla a nada, pero debería haber insistido en que aceptara su protección.

Varios muchachos de indumentaria respetable daban vueltas alrededor de un banco, armando un alboroto lo bastante grande para deducir que estaban haciendo una diablura. Latimer tenía que pasar por allí, pero cambió de idea y se acercó al escaparate de un sastre.

Los niños estaban cantando:

—Ropa vieja, rosa vieja, agujeros en los pies, nada que perder —una y otra vez repetían aquel absurdo estribillo, hasta que Latimer distinguió a Jenny McBride sentada en el banco, con la cabeza gacha y retorciendo un pañuelo entre las manos. Un bravucón le empujó la toca, que cayó al suelo. Latimer dio un paso rápido hacia ellos, pero la pandilla salió corriendo antes de que pudiera hacer algo salvo darle un cachete en la oreja al más corpulento de los pequeños matones.

Por mucho que Latimer ansiara acercarse y llevarla lejos de allí, Jenny necesitaba un momento para recobrar la compostura.

Se le encogió el corazón al ver que el pañuelo que Jenny tenía entre los dedos era el que él le había dado la noche anterior; veía las iniciales *L. M.* que su hermana Finch había bordado. La toca de Jenny estaba en el suelo. Ella misma la recogió y se la puso en el regazo. En ningún momento alzó la vista. Los transeúntes pasaban a su lado y le dirigían miradas curiosas.

Jenny se sentía como un pajarillo con el ala rota que estuviera sufriendo las torturas de los más fuertes de la bandada. Los niños podían tratarla de aquella manera porque no era nadie, salvo para sí misma. Y, en aquellos momentos, no sabía cuánto coraje le quedaba.

El polvo había cubierto de gris su toca marrón. La rosa, que no era vieja, estaba aplastada, pero sabía cómo lograr que pareciera nueva. De momento, sin embargo, tenía otros problemas más graves que resolver.

Una sombra alargada cayó sobre ella; Jenny no necesitaba alzar la vista para saber que era Latimer.

—¿Puedo sentarme contigo, Jenny?

Jenny se levantó al instante y empezó a sacudirse la toca con movimientos exagerados. Se la puso.

—Latimer, cuánto me alegro de verte —dijo con una sonrisa—. Gracias por el ofrecimiento, pero sólo me había parado un momento a descansar. Tengo que ir a ver varios alojamientos. Hay un montón de lugares prometedores.

—¿Dónde? —preguntó Latimer—. ¿En qué barrios?

Jenny ladeó la cabeza para mirarlo mejor y el corazón le dio un vuelco. Latimer sostenía el sombrero bajo el brazo y tenía el pelo moreno alborotado. Era muy viril, y estaba lleno de vida. Y aquella misma mañana ella se había despertado con sensación de irrealidad, a tiempo de oír cómo se cerraba la puerta del 7B. Había pasado la noche con Latimer durmiendo junto a ella sobre la cama... con la colcha entre medias, por supuesto.

—Jenny, te he hecho una pregunta —se habían acabado las sonrisas; estaba enfadado—. ¿Jenny?

—Ah, en distintos barrios. Lo siento, no estaba pensando con claridad.

—Entonces, te acompañaré a visitarlos.

«No, no debía insistir».

—Muchas gracias, pero será mejor que vaya sola —empezó a caminar a paso rápido. Cruzó la calle. El sol había hecho salir a las moscas, que molestaban a los caballos que esperaban con paciencia junto a la acera. Había movimiento y sonidos por todas partes. Las risas se mezclaban con los gritos de los vendedores y las voces elevadas de discusiones.

Cuando Jenny alcanzó la acera opuesta, Latimer estaba otra vez a su lado.

—No permitiré que vayas sola —dijo, en un tono irritantemente sereno.

—No puedes impedírmelo —replicó Jenny, y se encaró con él—. Está bien, tendré que serte sincera. No quiero que vengas conmigo, prefiero ocuparme yo sola de mis asuntos. No soy una niña.

–Nunca he dicho que lo fueras. Sé que tienes veintiocho años.

–Veintitrés –lo corrigió Jenny, y movió la cabeza–. Ésa es una forma muy grosera de preguntarle la edad a una señorita, y eso que nunca debe hacerse. Me entran ganas de preguntarte la tuya –aunque, en realidad, no le importaba.

–Soy muy viejo –dijo Latimer, y le sacudió algo de la toca–. No volveré a ver los treinta. Y soy un tipo peligroso, pregúntaselo a cualquiera y te lo dirán. Tengo una reputación terrible.

Tenía cierto aire de granuja y su expresión dejaba traslucir lo mucho que le agradaba bromear.

–No lo dudo. Ahora, tengo que irme. Te agradezco tu preocupación pero, por favor, no me entretengas más o no tendré dónde pasar hoy la noche –estuvo a punto de taparse la boca con la mano. A veces, era una tontorrona–. Adiós, Latimer.

Se alejó corriendo, tratando de perderse entre el gentío. En la primera esquina, volvió la cabeza. Al principio, no vio a Latimer y se sintió aliviada y triste al mismo tiempo. Pero allí estaba. Sobresalía en estatura a la mayoría de los transeúntes. Caminaba hacia ella y Jenny no tenía ninguna duda de que la estaba siguiendo, aunque fingiera pasear con indiferencia.

Jenny no era tan alta como él, pero se agachó lo más que pudo y se escabulló hasta que alcanzó una bocacalle que doblaba con brusquedad a la izquierda. Tal vez lo lamentaría, pero tomó la bocacalle y avanzó deprisa, levantándose las faldas. A su derecha había una hilera de casas cuya fachada daba a la calle paralela. A su izquierda, un muro curvo de piedra gris se extendía a lo largo de la acera. No había ni una rendija donde esconderse.

Alcanzó una hilera de ventanas en la pared de piedra, ventanas altas y apuntadas con vidrieras mugrientas. A continuación, vio dos amplios peldaños que conducían a la entrada de una iglesia. Jenny subió los peldaños y permaneció de pie ante una pesada puerta negra tachonada. Imaginó que la puerta estaría cerrada con llave, pero cuando se apoyó en el pomo para empujar, se abrió con un crujido y Jenny entró de puntillas.

Debía de ser una iglesia católica. El orfanato de Edimburgo estaba dirigido por buenas mujeres, pero no habían tenido tiempo para alimentar las almas de los niños, así que Jenny apenas tenía experiencia en iglesias.

De puntillas, recorrió uno de los tres pasillos. El recinto era más pequeño de lo que había imaginado, pero le gustaba el altar, que se elevaba en un extremo, de cara a los bancos. Había velas encendidas sobre el altar y en palmatorias en las paredes. Una enorme cruz con Jesús crucificado se elevaba por detrás.

Todo aquello la entristecía, pero se sentía a gusto allí. Sus botas de suela fina hacían ruidos sobre las baldosas de piedra que se asemejaban a arañazos de ratones. La iglesia estaba desierta y, a pesar de las velas, reinaba la oscuridad.

La puerta de la entrada se abrió y se cerró. Jenny oyó los pasos de un hombre pero no podía ver quién era. Si Latimer la encontraba allí sabría que le había mentido al decirle que tenía varios alojamientos que visitar.

Podía esconderse debajo de un banco, pero si la sorprendía, se moriría de vergüenza. A su lado se erguía una minúscula caseta de madera. Bueno, no podía ser una caseta pero tenía dos puertas. Seguramente, un lugar en el que los feligreses podrían entrar para rezar a solas.

Jenny abrió la puerta más cercana y echó un vistazo. Había estado en lo cierto; allí sólo había sitio para una persona corpulenta, y tenía un asiento construido en una pared con un reclinatorio para arrodillarse. Entró y se sentó en absoluta oscuridad sobre el asiento de madera.

Oyó un paso, luego otro, y otro. El clic clac de los tacones de un hombre. El corazón le latía con fuerza y se llevó un puño al pecho.

Latimer sólo quería lo mejor para ella, debía ser sincera con él. Sincera, pero firme. Debía decirle que no tenía ningún lugar que visitar, pero que encontraría alguno y que iba a emprender la búsqueda de inmediato. Y eso haría. Si, al anochecer, no había tenido suerte, utilizaría la llave del taller de *madame* Sophie y pasaría allí la noche. Se levantaría muy temprano para poder refrescarse y estar lista con tiempo de sobra para trabajar.

Los tacones de Latimer resonaron sobre las baldosas de piedra varias veces más.

De haberle pedido permiso a *madame* Sophie para dormir en Bond Street, ésta se lo habría dado. Engañar era lo mismo que mentir y *madame* Sophie no se merecía eso. ¿Tal vez una noche más en el número 7?

Abrió la puerta y asomó la cabeza.

—Latimer, estoy aquí. Y te pido perdón por ser tan desconsiderada.

De las sombras emergió la figura, que le cubrió la boca con la mano y la empujó de nuevo al interior de la pequeña caseta.

—No hace falta que te disculpes, Jenny. Te perdonaría cualquier cosa.

No era Latimer sino el señor Morley Bucket quien la estrechaba y la había sentado en su regazo en los reducidos confines de la caseta.

—No esperaba este golpe de suerte —le susurró al oído—. No pienso quitarte la mano de la boca. Tu amado Latimer estaba al final de la calle, pero miraba hacia otro lado cuando yo pasé detrás de él. Sí, tú ya habías desaparecido cuando volvió la cabeza, lo único que ha visto es mi espalda y no me conoce lo bastante bien para reconocerme. Así habrá ocurrido si la suerte me sonríe. De lo contrario, todavía podría estar por aquí. Si no quieres que tu amigo acabe malparado, guarda silencio.

Jenny intentó hablar, pero el señor Bucket aumentó la presión de la mano.

—Haz lo que te digo y le ahorrarás muchos problemas a una persona a quien tienes en gran estima. Y en cuanto no haya moros en la costa, tú y yo nos iremos a un lugar agradable y privado en el que podremos charlar tranquilamente.

Soy yo, Spivey.

No sé qué pensaréis vosotros, pero ese horrible susto me ha echado años encima en esta otra vida. Y os juro, tengo la mano levantada y no olvidéis que estoy en la Escuela de Ángeles, que no he tenido nada que ver con que ese miserable haya seguido a la señorita McBride.

Qué dilema. Latimer podría no aparecer por aquí, de hecho, no da la impresión de ir a hacerlo. No quiero a esa muchacha en el número 7, y ese barrigudo de Bucket podría ser la respuesta a mis... No, no, no utilizaré la palabra en este contexto. El repugnante de Bucket podría llevarse lejos a Jenny McBride y asegurarse de que no vuelve a poner el pie en Mayfair Square.

Pero ¿puedo permitir que le ocurra esa desgracia a una muchacha que se halla en inferioridad de condiciones? ¿Qué haría el querido padre de Meg y Sibyl Smiles en mi lugar? Qué pregunta más tonta. El reverendo Smiles acudiría al rescate con trompetas para los limpios de corazón y abriría las puertas llameantes del..., ya sabéis qué, para el otro. Debo pensarlo con detenimiento.

¿Hacer o no hacer? He ahí el dilema.

Caray, ha sido un comentario inspirado, si me permitís señalarlo. Puede que se lo sugiera a Shakespeare. No le vendría mal variar un poco más sus versos.

Una mujer, por diminuta que fuera, no podía desaparecer así, sin más. Y, sin embargo, había visto a Jenny alejarse agachándose, tratando a duras penas de tomarle la delantera y, de repente, ¡zas! Se había esfumado.

Latimer había corrido hasta Piccadilly y, en aquellos momentos, volvía sobre sus pasos por Bond Street. Maldición, ¿cómo podía haberla dejado marchar? Había menos transeúntes por la calle; las tiendas estaban cerrando y los trabajadores regresaban a sus casas. Se recostó en una pared en la entrada de una calle y respiró con el puño en la boca. No creía que Jenny tuviera alojamiento alguno que visitar. De ser así, ¿por qué la había visto sentada en el banco, desolada?

Un trozo de seda de color naranja revoloteaba en la acera junto a sus pies. Se inclinó para recogerlo y lo deslizó entre los dedos. Se quedó sin aliento. ¡Cruel fortuna! Aquel trozo de seda sólo podía ser de la rosa de la toca de Jenny, y debía de haberse desprendido mientras corría porque los pequeños matones se la habían aplastado con sus burlas.

Se guardó el pétalo en el bolsillo y vio otro flotando como una pluma a la luz dorada del atardecer, girando, meciéndose y posándose en el lugar preciso en el que había aterrizado el primero. Una vez más, lo recuperó, pero en aquella ocasión había visto de dónde procedía y echó a andar por la calle en cuestión, buscando a Jenny con la mirada. Al menos, debía de haber pasado por allí.

A un lado había una hilera de casas, al otro una pared de piedra que hacía una curva. Entonces, recordó haber mirado hacia allí. Había visto a una persona en la calle... a un hombre, no a Jenny.

Aquello era un disparate: un hombre desesperado que interpretaba trozos de seda como las señoras podían leer los posos del té en una taza. Con el corazón encogido se dio la vuelta... y vio otro pétalo prendido en un arbusto de madreselva junto a la verja posterior de una de las casas.

Estaba perdiendo el juicio. Arrancó el pétalo con ademán vigoroso, volvió a girar sobre sus talones y siguió avanzando por la estrecha calle. No tenía nada que perder recorriéndola hasta el final. A fin de cuentas, no sabía en qué otro lugar buscar a Jenny.

Al seguir la curva del muro de piedra vio una hilera de ventanas emplomadas casi ennegrecidas por la suciedad: las vidrieras de una iglesia construida entre los establecimientos de Bond Street y lo que rematara la calle al otro extremo. Se acercó a unos peldaños que conducían a la entrada.

Jenny no tenía motivos para entrar en una iglesia cuando sólo contaba con unas horas escasas para encontrar un nuevo alojamiento. La sola idea lo ponía furioso... y desesperado.

Una pesada puerta de madera con tachones de latón impedía el acceso a la iglesia. Sin duda, estaría cerrada. Subió los dos peldaños y se acercó. Un retazo de seda naranja se había quedado prendido entre el cerco y la puerta.

Aquello era increíble, casi como si Jenny le hubiera dejado un rastro de papel. Muy bien, seguiría explorando. La puerta crujió y chirrió al abrirse. En el interior, había velas encendidas en el altar y por toda la iglesia, pero la visibilidad era escasa.

Muy despacio, recorrió el primer pasillo hasta el altar, que estaba cubierto con un paño inmaculado de hilo blanco. A la izquierda, unas cortinas cubrían dos puertas de la pared del fondo, y Latimer intentó abrirlas, pero las dos estaban cerradas.

Recorrió los otros dos pasillos. No había duda de que los trozos de seda provenían de la rosa de Jenny, pero Latimer no creía que hubiera puesto el pie en la iglesia. Desesperado, recorrió una vez más el pasillo central y, después, el lateral que conducía hacia la puerta.

Quizá su primera idea había sido correcta y debía esperar en Lardy Lane. Alzó la cabeza, enderezó los hombros y apoyó la mano en la puerta para empujarla.

Algo suave y delicado le acarició el ojo izquierdo. Supo lo que era antes de atrapar el pétalo. Si creyera en aquellas tonterías, habría dicho que una fuerza sobrenatural estaba intentando hacerle llegar el mensaje de que Jenny estaba muy cerca y le suplicaba que no se rindiera y se fuera.

Con pasos vacilantes, retrocedió sobre sus pasos. Alguien, o algo, hizo un ruido. Junto al muro lateral, a pocos pasos de distancia, había un confesionario. Se sorprendió al verlo, porque según tenía entendido, había muy pocos en uso en aquellos días. La lustrosa madera del confesionario crujió y Latimer se lo quedó mirando con fijeza. Entornó los ojos y se aproximó hasta detenerse junto a las puertas. No se oía nada. De todas formas, echaría un vistazo.

Abrió de par en par la puerta izquierda, y vio a Bucket sentado con Jenny en su regazo. El hombre la mantenía silenciada cubriéndole la boca con la mano y apretándole la cabeza contra su hombro. Ella miraba a Latimer con ojos suplicantes.

—Interfiera, y ella sufrirá —dijo Bucket—. Largo de aquí, metomentodo.

Latimer contestó con brevedad y al grano. Agarró a Bucket de la nariz y se la retorció; el hombre gimió y soltó a Jenny para intentar retirar la mano de Latimer.

—Apártate, Jenny —le ordenó Latimer—. Nuestro amigo ya se va. Quédate aquí sentada hasta que venga a buscarte —no quería que Jenny vagara por la iglesia ni que observara lo que ocurría entre Morley Bucket y él.

Sacó al hombre del confesionario de la oreja y la nariz, lo hizo girar en redondo y le sujetó los brazos detrás de la espalda.

—Lo único que tiene que hacer es portarse bien, obedecerme al pie de la letra y, tal vez, las cosas le resultarán más fáciles. Enfádeme otra vez y la historia será diferente.

—Tonto —dijo Bucket—, sólo porque tiene cierta reputación con las señoras no significa que sea tan importante que la ley no pueda afectarlo.

O bien Bucket se había acordado de él o había hecho pesquisas.

—¿Qué tiene que ver la ley con todo esto? —preguntó Latimer. ¿Sugiere que lo entregue por acosar a una joven?

—Puede que hoy haya ganado la batalla —dijo Bucket—, pero recibirá lo que se merece y disfrutaré viendo cada minuto de su desgracia.

—No me diga... Eso ya lo veremos —lo obligó a andar delante de él, pisándole deliberadamente los talones hasta que Bucket aulló de dolor—. Le ofrezco la oportunidad de escapar en esta grandiosa ciudad. El alivio está a su alcance, lo único que tiene que hacer es darme su palabra de que se mantendrá alejado de Jenny. No le ha hecho nada.

—Eso es lo que usted cree —dijo Bucket, y forcejeó con fiereza—. Sabe que tengo planes para ella. Accedió a seguirlos a cambio del dinero que me debe.

Latimer obligó a Bucket a ponerse de rodillas y le inclinó la cabeza hasta que su frente entró en contacto con la piedra fría.

—¿Qué planes?

—¿A que le gustaría saberlo? Pues se trata de negocios. De *mi* negocio. Y no pienso decírselo.

Latimer empezaba a cansarse de aquella conversación inútil. Enderezó a Bucket y lo empujó hacia la puerta.

—Manténgase alejado de Jenny, ¿me ha entendido?

—Entiendo que la quiere para sí, More. No pensaba que fuera su tipo.

—¿Así que no quiere ser libre? ¿Prefiere acabar en un lugar donde vigilen todos sus movimientos? Y todo porque quiere tener a Jenny en propiedad. ¡Es usted un lascivo, señor, un lascivo sin conciencia! Pretende robarle su inocencia y utilizarla para un plan perverso.

Bucket intentó enderezarse.

—Puede que me haya precipitado —dijo con falso pesar—. Recuerde con qué frecuencia me engañan. Sólo soy un pobre hombre que intenta ganarse la vida honradamente. Pero, por usted, intentaré olvidar lo ocurrido con Jenny. La muchacha me ha decepcionado, se lo advierto, pero estoy dispuesto a pasar página.

Y, pensó Latimer, próximamente sería coronado rey de Inglaterra.

—Muy bien —le dijo. Abrió la puerta y lo arrastró peldaños abajo hasta la calle—. Piérdase. Si vuelvo a verle la cara, me encargaré de que no parezca la misma —un empujón y Morley Bucket se tambaleó y aterrizó en el suelo—. ¿Piensa molestarnos otra vez?

—No, señor; yo no. Nunca fue esa mi intención, ¿sabe? Las cosas se nos han ido de las manos. Me iré enseguida, y le deseo buena suerte —con paso rápido, cojeando un poco, se alejó por la calle en dirección opuesta a Bond Street. Hasta se dio la vuelta un momento para descubrirse y hacer una reverencia exagerada.

Latimer regresó al interior de la iglesia y corrió a abrir la puerta del confesionario. En el interior, Jenny permanecía sentada, encogida, en un extremo del banco. Cuando lo miró, Latimer adivinó que había temido que fuera Bucket quien volviera por ella.

—Tranquila —dijo al ver sus ojos llorosos y su cuerpo trémulo—. No pasa nada. Se ha ido y ahora estás conmigo.

Jenny empezó a llorar con suavidad. Latimer se inclinó y la besó en la frente.

Jenny actuó tan deprisa que Latimer no tuvo tiempo para prepararse para aquel asalto: le rodeó el cuello con un brazo y atrajo su rostro al de ella. Lo besó en los labios mientras profería pequeños gemidos llorosos.

Con una fuerza admirable, Jenny lo arrastró al interior del confesionario. Latimer perdió el equilibrio y tuvo que sentarse en el banco para no caerse. Apretando su cuerpo trémulo contra el de él, Jenny lo agarró del brazo con ambas manos y enterró el rostro en el hombro de Latimer. Ver su miedo lo abrumó y enfureció; no merecía ser víctima de aquel trato cruel. De hecho, todas las personas que Jenny conocía deberían querer hacerle la vida apacible y feliz.

Latimer le acarició la mejilla y la oreja.

—Querida Jenny, estás muy afectada. Déjame que te lleve de vuelta al número 7. *Lady* Hester ya me ha dicho que espera que regreses esta noche. Deberías acostarte lo antes posible.

—Sólo si tú estás conmigo.

Había que rescatarla de su propia inocencia.

—Estoy seguro de que no lo dices en serio. No del todo.

—Claro que sí —le tocó el rostro—. Aquí apenas hay sitio para los dos, pero todavía no quiero salir.

Había ocasiones en las que debían hacerse ciertos sacrificios.

—¿Te gustaría sentarte en mi regazo? Así dispondríamos de más espacio.

—Gracias —dijo Jenny, y aceptó de inmediato la sugerencia—. Sé que no debería mencionarlo ni volver a pedírtelo, pero nunca había dormido tan bien, ni me había sentido más protegida, que anoche, contigo.

—Mmm —él no había pegado ojo. Aun con la barrera de la colcha, Jenny se había acurrucado junto a él y Latimer se había pasado la noche excitado y contemplando el techo... y con tanto calor que habría deseado desnudarse. Decían de él que siempre estaba parcialmente excitado, se lo había oído susurrar a las mujeres en lugares que prefería relegar a su pasado. En parte, tenían razón.

Gimió al pensarlo y Jenny acercó su rostro al de él.

—¿Te ha hecho daño el señor Bucket? —preguntó—. Y la espalda, ¿te duele?

—No. Estaba pensando en lo de anoche.

—No me extraña —dijo Jenny—. Soy una desconsiderada. Debiste de pasar frío, pero esta noche serás tú quien se ponga la camisa de dormir y se meta entre las sábanas.

Reírse no sería una idea acertada.

—¿Y tú dormirás encima?

—Sí, eso es.

—Nos cercioraremos de que estés cómoda —dijo Latimer, pero no pasaría la noche con ella porque ya había forzado los límites de su contención—. Tenemos que irnos.

—Todavía no puedo —dijo Jenny, y suspiró—. Me cuesta recuperarme del susto y tengo que reunir fuerzas.

Si quería permanecer en una iglesia apartada, dentro de un confesionario, sobre su regazo y apretada contra él, ¿cómo iba a negárselo? Le dio una palmadita en la espalda.

—Conmigo no tienes nada que temer.

—Cierto. Hay muchos Bucket en el mundo, pero sería injusto juzgar a todos los hombres por igual. Sólo hay que conocerte para saber lo honesto que puede ser un hombre. Tienes un alma y un corazón puros y ni un solo pensamiento perverso en la cabeza.

Aquella era una broma cruel. Si estimaba su propia cordura, debía hallar la manera de desprenderse del título que Jenny le había concedido, aunque despacio.

—Estoy seguro de que mi corazón es gris comparado con el tuyo, tan blanco —con suavidad, apoyó una mano sobre su seno izquierdo—. Puedo imaginar la bondad que late aquí dentro —el sobretodo de Jenny disminuía la intimidad del gesto, pero no su audacia dadas las circunstancias. Jenny no dijo una palabra, pero tampoco le retiró la mano; incluso se inclinó un poco más hacia él—. Noto los latidos —y notaba un seno firme que preferiría tocar sin prendas de por medio.

Jenny seguía sin abrir la boca, pero reclinó el rostro en el cuello de Latimer y suspiró. Latimer le acarició un poco el pecho.

—No tenías alojamientos que visitar, ¿verdad, Jenny? —¡Jenny le estaba rozando el cuello con los labios! ¿Qué había hecho? ¿Cómo podría cortejarla sin volverse loco?—. Contesta a mi pregunta, por favor.

—No —dijo Jenny—. Ninguno sonaba bien y eran todos muy caros.

—Lo que imaginaba. Necesitas un hogar apropiado desde el que puedas buscar un nuevo alojamiento... si es que insistes en volverte a mudar.

Fue inevitable desabrocharle los botones del sobretodo. Latimer deslizó la mano por debajo y volvió a posarla sobre el vestido. El percal se ceñía a su pecho; los botones se abrochaban por delante y el escote era lo bastante bajo para dejar al descubierto las curvas superiores de sus senos. A Latimer lo preocupaba seriamente que Jenny, sentada como estaba sobre su regazo, pudiera notar su reacción, pero se consolaría pensando que apenas se daría cuenta o que no comprendería lo que ocurría aunque lo hiciera.

—Creo que debería ir a casa de una amiga durante unos días —dijo Jenny con voz entrecortada.

¿Qué amiga sería ésa? Estaba yendo demasiado deprisa y haciendo que se apartara de él. A regañadientes, retiró la mano.

Jenny le agarró la muñeca y restituyó su mano donde estaba con suficiente entusiasmo para estirar el escote del vestido y asegurarse de que lo que Latimer sostenía apenas quedaba cubierto.

—Jenny —le susurró Latimer al oído, y le besó el cuello—. Quizá deberíamos soltarte estos botones para que no corran peligro de romperse —y, mientras el pecho de Jenny ascendía y descendía con cada jadeo, Latimer acercó los labios a su escote mientras deslizaba los botones por los ojales—. Jenny,

¿quién es esa amiga a la que podrías recurrir? —tomó en una mano su seno desnudo y fue él quien empezó a respirar con dificultad.

—Latimer... —Jenny arqueó la espalda. Latimer respondió a lo que le parecía una petición y le bajó las mangas y el corpiño del vestido. El más leve roce de sus palmas sobre los pezones los endureció. Inclinó la cabeza, pero desechó la idea de tomar uno dentro de su boca—. Latimer...

Jenny se estaba inclinando tanto hacia atrás que tuvo que sostenerla con un brazo. Por fortuna, era lo bastante menuda para que pudiera rodearle la espalda por entero y utilizar también los dedos de esa mano para acariciarla. No convenía descuidar nada.

En la penumbra, Latimer vio el arco de su cuello, la manera en que mantenía los brazos pegados a los costados... y el contorno de sus senos altos y redondos. Tal vez necesitara engordar un poco, pero cada aspecto de su cuerpo le resultaba deseable... irresistible, a decir verdad.

A pesar de sus buenas intenciones... De acuerdo, no había hecho un esfuerzo real por eludir la intimidad. ¡Qué tersa era su piel! En sus manos, los senos de Jenny tenían peso y firmeza... y acariciarla así no bastaba.

Abrió la boca por encima de un pezón y lo acarició con la lengua. El gemido de Jenny no era de desconsuelo. Retiró la boca y con los dedos trazó círculos concéntricos cada vez más pequeños hasta que, por fin, tomó el pezón entre los dientes para mordisquearlo.

Jenny se apretó aún más contra el rostro de Latimer y se aferró a su pelo. Latimer estaba agonizando de ansia, pero su objetivo debía ser que Jenny no padeciera remordimientos por lo que ocurriera allí, porque no deseaba que huyera de su lado. Jenny acercó su otro seno a los labios de Latimer, deslizó la mano dentro de su chaqueta y le desabrochó el chaleco. No tardó en desabrocharle la camisa y abrirla para acariciarle la piel. Inclinó la cabeza y dejó un rastro de besos sobre su pecho. Después, logró dejarlo atónito apretando sus senos desnudos contra él. De haber sido una gata, habría ronroneado de placer y, de hecho, los ruiditos que hacía eran muy parecidos.

—Jenny —murmuró—, eres preciosa.
—Tú también.
Latimer sonrió.
—Tienes unos senos perfectos.
—Calla. No se debe hablar de esas cosas.

Lo hacía sentirse muy joven. Bajó una mano y atrapó un esbelto tobillo.

—Aquí nadie nos oye. Tienes unos tobillos preciosos... y las pantorrillas también. Una piel muy suave. Y me gustan tus rodillas, y sentir tu carne —tenía la mano entre los muslos—. Sí, esto es especialmente delicioso.

—Latimer.

Imaginó que era una protesta, pero no una que hubiera que tomar en serio, a no ser que Jenny le exigiera que parara.

—Tienes un cuerpo perfecto, Jenny McBride —para demostrarle lo que quería decir, le rodeó el trasero—. Hermoso. Deseable. Y eres muy dulce, querida. Mereces tener a alguien de quien disfrutar, y a alguien que también disfrute de ti.

—Siento tantas cosas... Siento todo mi cuerpo, y unas partes se estremecen, otras agonizan.

—Y no es mala la agonía, creo —señaló Latimer, y volvió a acariciarle la cara interna de los muslos. Centímetro a centímetro, prolongó la caricia hacia arriba hasta que tocó vello y lo encontró húmedo. Hizo una mueca de triunfo. Al menos, a Jenny no le desagradaba el sexo, si había que dar crédito a su cuerpo. Introdujo un nudillo en el vello y abrió su carne con suavidad.

Jenny se sobresaltó y se aferró a su camisa.

—Eso es... Bueno, es muy estimulante —separó las piernas por sí misma, sin duda para darle más espacio—. ¿Sabes cómo me siento?

—¿Cómo?

—Mejor de lo que podría haber imaginado.

Latimer la masajeó despacio, con suavidad. Las prisas eran un error que cometían demasiados. Le acarició los senos con la mejilla, le subió las faldas por encima de las rodillas y las mantuvo separadas con una de sus piernas.

Cuando le tocó el centro de sus partes henchidas, Jenny arrojó los brazos por encima de la cabeza y elevó las caderas. Latimer estaba preparado para la frustración que lo aguardaba, pero seguiría adelante de todas formas porque quería disfrutar viendo el placer de Jenny. Si debía ser así, el suyo llegaría más adelante.

El éxtasis la sacudió de pies a cabeza, y Jenny siguió moviendo las caderas con las oleadas menguantes del clímax. Balbucía incoherencias. Latimer mantuvo la mano entre sus piernas, que ella cerró con fuerza.

Dejó que se calmara antes de volver a sentarla y estrecharla entre sus brazos quizá con demasiada fuerza. Necesitaba sostenerla así mientras procuraba recobrarse.

—¿Ha estado muy mal lo que hemos hecho? —le preguntó Jenny.

—En realidad, no. Los hombres y las mujeres encuentran maneras de darse placer sin traspasar los límites —muchos se preguntarían a qué lado del límite quedaban sus actos—. Es natural.

Jenny volvió el rostro y Latimer volvió a besarle el pecho.

—Si te agrada —dijo Jenny—, dejaré que repitas lo que acabas de hacer.

—Gracias, querida, pero no podría volver a abusar tan pronto de ti. Y ahora dime, ¿quién es esa amiga a la que quieres acudir?

—No hay nadie. Ya está, ¿eres feliz sabiendo que no tengo a nadie en el mundo a quien pedir ayuda?

—No. Pero eso no es del todo cierto, me tienes a mí y soy

un amigo excelente que te procurará un hogar. Así que, ya lo ves, la situación no es tan terrible.

Jenny se incorporó y empezó a abrocharse la ropa.

—Dios mío —dijo—. No puede estar bien hacer estas cosas en una iglesia.

Latimer pensó en ello y se sintió incómodo él mismo.

—¿Por qué?

—Ya lo sabes, ha sido algo sexual. No soy tan ingenua como para no saberlo. Muy agradable, pero sexual. ¿Crees que Dios se habrá enfadado con nosotros?

—Sólo si nuestros corazones eran impuros —contestó—. Tu corazón jamás podría serlo, y el mío no lo era —de hecho, sabía que tenía razón en lo que decía—. Sin embargo, por si acaso surgiera entre nosotros un brote de impureza, en el futuro, elegiremos con más cuidado el lugar donde hemos de reunirnos.

—Latimer —susurró—, ¿crees que volveremos a hacer estas cosas?

—Supongo que sí... Silencio. Se acerca alguien.

Jenny se aferró a él, pero enseguida lo soltó y se abrochó el corpiño. Latimer se ocupó de sus prendas más despacio, sin dejar de prestar atención a lo que oía. Los pasos se acercaban y, quienquiera que fuera, carraspeó y tosió. Podría haber jurado que el desconocido tomaba un libro y pasaba las páginas. Debía de gozar de una vista prodigiosa para leer en aquella penumbra.

Después, se abrió y cerró la otra puerta del confesionario.

—Es alguien que ha venido a rezar —murmuró Jenny.

Latimer poseía escasos conocimientos sobre la iglesia católica y sus prácticas. De hecho, le resultaban casi desconocidas.

—Entonces, nos iremos sin hacer ruido.

Con un sonido resbaladizo, vieron cómo se descorría la cortina por encima de sus cabezas, dejando al descubierto una celosía en la pared que separaba las dos partes del confesionario. Al otro lado brillaba una tenue luz, y vieron la sombra de un perfil con nariz afilada.

El hombre volvió a carraspear y dijo en voz baja y clara:

—Deja de murmurar entre dientes, pequeña, y habla. ¿Cuándo te confesaste por última vez?

No había nadie que no tuviera dificultades de vez en cuando. Jenny no quería que los inquilinos de Mayfair Square se compadecieran de ella, pero levantaría la cabeza y les daría las gracias por su ayuda. Jenny entró en el vestíbulo del número 7 mientras Latimer le sostenía la puerta y le aseguraba que su sonrisa era solo para ella. Una sonrisa tierna y muy pícara.

Debería estar preocupada por lo que habían hecho, por lo que significaba, y de si corría peligro de convertirse en una perdida y ser despreciada por todos. Lo cierto era que estaba en peligro, pero se negaba a preocuparse por eso... al menos, demasiado.

—Tienes buen aspecto —le dijo Latimer—. Muy bueno. Estás radiante. El ejercicio te ha sentado bien.

—Hemos venido en carruaje —le recordó Jenny.

Latimer se las arregló para besarla en el cuello y murmuró:

—Me refería al ejercicio de hace un rato.

Jenny fingió fruncirle el ceño a Latimer... y vio al señor Adam Chillworth de pie a pocos pasos detrás de Latimer. Tenía los brazos cruzados y no se atrevía a imaginar lo que significaba aquel escrutinio.

—Buenas tardes, Latimer, Jenny —dijo el señor Chillworth–. Bienvenidos a esta casa de locos, anteriormente nuestro apacible hogar.

Latimer se volvió hacia él.

–¿Qué ocurre ahora?

Adam Chillworth le señaló la escalera. Una delicada niña de no más de seis años de edad estaba sentada a horcajadas sobre el pasamanos, una postura en absoluto propia de una dama. Levantó las piernas envueltas en medias blancas, flexionó las rodillas, y con las puntas de sus manoletinas rosa señaló el techo. Después, se agarró con fuerza a la barandilla y se dejó deslizar, centímetro a centímetro, utilizando brazos y manos para detenerse de vez en cuando. Su vestido era una nube rosa de tafetán y tenía las enaguas adornadas con rosas bordadas.

–¡Por el amor de Dios, Adam! ¿Quién le ha enseñado a hacer eso y por qué no la has bajado de ahí? *Lady* Hester nunca nos lo perdonará si se hace daño. Birdie, aguanta un poco y yo te bajaré.

Birdie agitó sus tirabuzones castaños en señal de negativa. Habían transcurrido muchas horas desde que la habían peinado y los rizos se le estaban deshaciendo.

–No le pasará nada –dijo Jenny–. Las niñas tienen que explorar el mundo, lo mismo que los niños.

–Eso es absurdo –replicó Latimer, y avanzó hacia la niña–. ¿Por qué haces esto?

–No pienso decírtelo, Latimer. Fue un amigo mío quien me dio la idea, pero no pienso decirte quién es. Él no me dijo que lo hiciera y puedo arreglármelas sola, gracias.

Jenny sabía que Birdie era una huerfanita a la que Sibyl y Hunter habían rescatado, y que *lady* Hester le había tomado cariño de inmediato y había insistido en procurarle un hogar.

–¿Cuántos años tiene, señor Chillworth? –le preguntó Jenny. Adam estaba a su lado, viendo a Latimer en jarras junto a la niña, tratando de decidir cómo proceder.

—Mayor de lo que imaginas. Ocho, creo. Es una niña agradable, pero se aburre a menudo.

—¡Oh, no! ¿Fue Toby quien le enseñó a hacer eso?

—Preferiría que me llamaras Adam. A fin de cuentas, vas a vivir aquí, según tengo entendido.

—Sólo una o dos noches, como máximo —lo informó—. ¿Fue Toby?

—No lo sé. Oí chillar a Barstow antes de que se alejara corriendo. Después, Coot gruñó a la niña y la gente ha estado yendo y viniendo desde entonces, diciéndole lo que debe hacer y lamentando sus intentos de acercarse a ella porque Birdie les da patadas. No se lo reprocho, no hace daño a nadie ahí arriba.

En aquel momento, apareció Toby. Corrió para ganar velocidad y, acto seguido, se dejó resbalar sobre las hermosas baldosas de mármol.

—Mira —dijo, y se señaló los pies. En lugar de sus viejas botas polvorientas y agujereadas llevaba otras muy elegantes y lustrosas—. *Lady* Hester dijo que debía cambiar de calzado. Y Evans, el mayordomo segundo, tiene un hermano al que se le ha quedado pequeña esta ropa —abrió los brazos y se miró la práctica chaqueta y los pantalones. La camisa también era nueva, y alguien le había cortado el pelo.

—Estás muy guapo —dijo Jenny, pero tenía la sensación de que Toby y ella eran como cachorros rescatados. Una curiosidad momentánea. Los cuidarían y alimentarían y serían objeto de lástima. Con el tiempo, se cansarían de ellos y, entonces, la situación sería bochornosa para todos.

—Tengo un trabajo —dijo Toby—. Montones de trabajos. Coot me los da y he estado ocupado todo el día. Esto me gusta.

—Voy a sujetarte de la cintura, Birdie —estaba diciendo Latimer—. No te escurras o te caerás.

Jenny se inclinó sobre Toby.

—¿Le has enseñado a hacer eso?

—Yo no, Jenny. No se me ocurriría, es una niña —miró a Jenny de soslayo—. Pero lo hice y ella me vio.

—Y te copió. Y ahora te protege para que no te riñan.

Toby se sonrojó.

—No necesito que una niña me proteja.

—Harías bien en estar agradecido... y en tener más cuidado con tu comportamiento en el futuro.

—Lo tendré —se apresuró a decir—. Quiero quedarme aquí para siempre. He comido empanada y pasteles y toda clase de delicias. Y para cenar, un filete de verdad, con patatas y salsa. Tengo mi propia habitación y ni siquiera en un palacio encontraría una mejor. Coot dice que soy trabajador y que intercederá en mi favor si hace falta —dejó de hablar para mirarla con atención—. No dices nada, Jenny. ¿No quieres que me quede aquí? Me iré si es lo mejor.

Jenny le alborotó el pelo y sonrió.

—Quiero que seas siempre tan feliz como lo eres hoy, tontorrón. Ahora, vete a donde se supone que debes estar y haz que me sienta orgullosa de ti.

—¡Ya te tengo! —exclamó Latimer con satisfacción cuando logró atrapar a Birdie por la cintura—. Abajo.

—Me voy —dijo Toby, y retrocedió hasta los peldaños que conducían al sótano.

—¡Ya basta! —rugió Latimer de repente—. Se acabaron los pataleos, jovencita.

—Entonces, déjame bajar hasta el final —dijo Birdie—. Me gusta acabar lo que empiezo y no soy una debilucha a la que hay que vigilar como a un bebé.

Latimer empezó a levantarla de todas formas.

—Detente —dijo Sibyl, que bajaba corriendo las escaleras con un crujido de faldas—. Latimer, suelta a la niña o te... ¡Qué arrogancia la de los hombres! Vete, vete —le dio un empujón a Latimer y rodeó la cintura de Birdie con un brazo para protegerla mientras la niña descendía hasta chocar con la pilastra de la que arrancaba la escalera. Entonces, Birdie volvió la cabeza hacia Latimer y dijo:

—Ahora ya puedes bajarme —y Latimer obedeció.

La niña tenía un rostro agradable. No era una belleza, pero parecía un duendecillo de luminosos ojos castaños.

—Menos mal que la crisis ya ha pasado —suspiró Latimer.

Adam cambió de postura y cruzó los brazos.

—No tan deprisa. Podríamos hablar ahí dentro... —señaló con la cabeza el salón de los inquilinos—, pero tenemos a un visitante dormido en el sofá. Ése al que tuviste la amabilidad de alojar en la casa de Ross y Finch. Está esperando, dice.

—¿No podemos hablar aquí mismo? —preguntó Latimer.

—No —contestó Sibyl de inmediato—. ¿Y si ese hombre se despierta y sale al vestíbulo? Venid conmigo.

—¿Y arriesgarnos a despertar a tu Sean? —protestó Adam—. Luego tendremos que oír lo que *lady* Hester opina de nosotros. No, gracias.

—¡Santo Dios! —Latimer se dirigió a grandes zancadas al 7A—. No sé en qué estoy pensando. Pasad.

Sibyl entró seguida de Birdie y Adam. Sintiéndose fuera de lugar, Jenny se quedó rezagada, pero fue Adam quien volvió a presentarse en el vestíbulo para ofrecerle el brazo y conducirla a las habitaciones de Latimer.

—Todos te queremos con nosotros, ¿verdad, Latimer?

Latimer le frunció el ceño a Adam y asintió.

—Gracias por decir lo evidente.

Sibyl había ocupado un sofá elegante, aunque de tela gastada y desvaída.

—Siéntate conmigo —le dijo a Jenny—. Y tú, Birdie, no te acerques demasiado al fuego.

Birdie se sentó en una banqueta y se quedó mirando las llamas que Latimer había reavivado.

—Habla, Sibyl —la apremió Latimer.

—No es nada grave, pero sí muchas cosas que suceden al mismo tiempo —Sibyl olía muy bien, pensó Jenny. Como el delicioso jabón que ella misma había usado la noche anterior y aquella mañana—. Le dije a *lady* Hester que a

Hunter y a mí nos gustaría llevarnos a Birdie a Minver para que pase allí el resto del verano. Necesita un lugar en el que poder correr y estar con otros niños. Y la esposa del vicario se ha ofrecido a darle lecciones con sus propias hijas.

—Vaya —dijo Jenny—, eso suena muy bien —cerró la boca y se sintió estúpida por haber hablado fuera de lugar.

—Jenny tiene razón —dijo Latimer—. Es una idea excelente, Sibyl. ¿A ti qué te parece, Birdie?

—Quiero ir —dijo Birdie—. Pero no quiero que *lady* Hester se ponga triste.

De modo que aquél era el gran problema del que hablaban todos, pensó Jenny. *Lady* Hester se había disgustado al pensar que Birdie se iba.

—Se ha encerrado en sus habitaciones desde que le comenté la idea —explicó Sibyl—. Le preguntó a Birdie si quería ir y cuando la niña le dijo que sí, *lady* Hester dijo: «Entonces, ve» y se metió con paso cansino en su dormitorio, como si hubiese envejecido veinte años en unos momentos —hizo una pausa—. Por otro lado, tenemos a *sir* Edmund Winthrop.

Jenny se acordó del agradable caballero que había conocido la noche anterior.

—Al parecer —dijo Adam—, *lady* Hester estaba demasiado disgustada para estar con Sibyl o Birdie, pero hizo llamar a *sir* Edmund y ahora está aquí, con ella.

Latimer hizo una mueca horrible y se dirigió a un carrito lleno de botellas centelleantes.

—Creo que no nos vendría mal un poco de refuerzo —declaró.

—*Sir* Edmund me pareció muy caballeroso —comentó Jenny—. ¿No hace tiempo que *lady* Hester se quedó viuda?

—Hace años —contestó Sibyl—, y *sir* Edmund parece estar perdido sin una esposa—. Lo que nos preocupa es que están intimando demasiado deprisa. Hunter coincide en que *sir* Edmund y *lady* Hester no hacen buena pareja. Si le pidiera que se casara con él, podría ser porque quiere que le haga la vida más fácil, como hacía su esposa.

Latimer se acercó con dos copas pequeñas y delicadas y le entregó una a Sibyl y otra a Jenny.

—Jerez para templar los corazones de las damas.

Jenny contempló la bebida dorada, la olió y el aroma afrutado le resultó agradable. Tomó un sorbo y sintió calor por todo su cuerpo. Jamás había probado una bebida fuerte pero le pareció que aquélla resultaba agradable.

La copa que Latimer le pasó a Adam, semejante a la que él se había servido, contenía un líquido de un dorado más pálido. Seguramente, algo más fuerte y apropiado para los hombres.

—Lo único que podemos hacer sobre *lady* Hester y *sir* Winthrop —declaró Latimer— es mantener los ojos y los oídos bien abiertos. Si ella quiere casarse con él y no existe ningún impedimento, no podremos impedírselo. Pero estaremos alerta, ¿de acuerdo?

—De acuerdo —dijeron todos a coro.

—Entonces, arreglado —concluyó Latimer—. ¿Por qué no pedimos que traigan algún refrigerio?

—Porque será mejor que esperemos a Desirée —dijo Sibyl. Hizo girar su copa sobre la rodilla y se mostró muy interesada en lo que veía por la ventana... que debía de ser muy poco. Adam dejó su copa en la mesa con un golpe seco.

—Creo que será mejor que vuelva a mi pintura. Con suerte, nos veremos mañana.

—Todavía no puedes irte —le dijo Sibyl—. En su mensaje, Desirée decía que quería hablar con todos nosotros porque tiene algo importante que anunciarnos.

—Puede que vaya a casarse —dijo Birdie, y dio saltitos en la banqueta—. ¿No sería emocionante?

Jenny no entendía por qué los mayores se habían quedado tan callados.

—Las bodas siempre son emocionantes —le dijo a la pequeña–. Una vez vi a una novia entrando en una iglesia. Estaba preciosa.

–Creo que es hora de que te vayas a la cama, Birdie –dijo Sibyl–. Barstow debe de estar buscándote y se disgustará otra vez si no te encuentra.

Birdie hizo pucheros, pero se levantó en silencio y se despidió con educación:

–Buenas noches.

–¿Cuándo vas a reunirte con Hunter? –le preguntó Latimer a Sibyl cuando la puerta se cerró. A Sibyl se le iluminó el rostro, y Jenny recordó lo felices que Hunter y ella eran juntos.

–Mañana por la mañana, Desirée y yo iremos a encargar sombreros a la tienda de *madame* Sophie. Después, terminaré de revisar el equipaje y nos marcharemos temprano a la mañana siguiente. A decir verdad, será mejor que vea ahora mismo si quedan muchas cosas por guardar. Le diré a Coot que os traiga a Desirée aquí. Ella podrá darme la noticia mañana por la mañana.

Cuando abrió la puerta, se volvió hacia Adam y dijo:

–No te olvides de que tienes algo para Latimer. Buenas noches a todos.

–Bueno, ya sólo quedamos nosotros tres –dijo Latimer, que sólo tenía ojos para Jenny–. ¿Qué tienes para mí, Adam?

–Lo ha traído un mensajero de Windsor. Al parecer, Finch está en Riverside con Meg y Jean-Marc. Pretendía darte una sorpresa y venir a verte dentro de unos días, pero ya está en camino, o lo estará mañana por la mañana. Así que la verás antes de que acabe el día.

Latimer alargó el brazo y tomó el sobre que Adam se había sacado del bolsillo.

–Eres muy amable al leer mi correspondencia para poder contármela.

–No la he leído o, al menos, no la he abierto yo. El sobre no estaba sellado. Coot se lo llevó a *lady* Hester, que pensó que era para ella y leyó la carta.

—¿Y os dijo a todos lo que decía? Bueno, da igual. Me alegrará ver a Finch.

—Ha adelantado su visita porque uno de los criados se desplazó a Riverside para llevar algunas cosas en nombre de *lady* Hester y puso a todos al corriente de las novedades. Finch cree que necesitas que alguien cuide de ti, viejo amigo.

Latimer se frotó la cara.

—Esto basta para hacer que un hombre huya de su propia casa.

—Le habrán hablado de mí —dijo Jenny en voz baja—. Y cree que soy una molestia para ti. Seguramente, teme que te esté apartando de tu trabajo. Eso es lo que pasa. Me iré ahora mismo.

—No irás a ninguna parte, ¿me has entendido? —Latimer elevó la voz—. Te quedarás donde estás, donde debes estar. Evans recogió el resto de tus pertenencias y ahora mismo se encuentran en el 7B, donde estarás cómoda y a salvo de aquellos que intentan perjudicarte. Finch te adorará.

En aquella ocasión, fue Adam quien se cubrió la cara.

—¡No me grites! —dijo Jenny, y se puso en pie—. Intimidándome echas a perder tu amabilidad.

—Me rindo —suspiró Latimer, y elevó las manos. Adam tarareó un poco, y después dijo:

—No creo que te rindas. No eres de ésos. Serénate y procura no intimidar a la señorita.

—Yo no intimido.

—Acabas de hacerlo —replicó Jenny—, y no ha estado bien.

Latimer la señaló con el dedo, pero mantuvo los labios apretados mientras movía la cabeza.

—Tipo listo —Adam recogió las copas e hizo tintinear las licoreras mientras servía otra ronda—. Siempre he dicho que eras inteligente, Latimer. Sabes cuándo hay que mantener la boca cerrada.

Se oyó un golpe de nudillos y la puerta se abrió para dar paso a Evans, el mayordomo segundo. Era un hombre enérgico de rostro cuadrado y aire capaz, tan erguido como el pobre Coot encorvado, y con la cabeza coronada con una gruesa mata de pelo rubio. Jenny lo había visto por primera vez aquella mañana y le agradaba su alegre sonrisa. Quería agradecerle lo amable que había sido con Toby, pero aquél no era el momento.

—La princesa Desirée de Mont Nuages —anunció con gravedad, e hizo una reverencia.

Evans se apartó y dejó pasar a Desirée y a su hermoso gato blanco y gris, que la princesa llevaba en brazos. De*sir*ée le pasó el gato a Adam y se quitó los guantes, la toca y el sobretodo. Jenny se puso en pie y reparó en su propia toca y sobretodo, que no se había quitado.

Los hombres saludaron a Desirée: Latimer con alegría, Adam más sombrío. Desirée se dirigió en línea recta hacia Jenny y la hizo sentarse junto a ella en el sofá.

—Lo de ayer fue divertido —le dijo—. Me alegro mucho de verte otra vez. ¿Dónde está Sibyl? Quería daros una noticia a todos y esperaba encontrarla aquí.

—Haciendo el equipaje —contestó Latimer—. Ha dicho que te vería mañana por la mañana.

Desirée asintió y dijo:

—Os preguntaréis por qué paso tanto tiempo en el número 17, sola salvo por mi querido Halibut y los criados, por supuesto.

—Pensaba que era porque nos querías mucho —dijo Latimer en tono alegre, pero miró a Adam sin rastro de sonrisa.

—En parte, sí —reconoció Desirée—. En Riverside, con Jean-Marc y mi querida Meg me siento como un fantasma presente en todas las comidas, y en el salón por las noches. No quiero molestarlos. Están muy enamorados y necesitan estar a solas con Serena y el bebé que está en camino. Jean-Marc está preocupado porque no muestro interés por las temporadas de baile de la capital y no aliento a los hombres que intentan cortejarme. Está convencido de que ya soy una solterona. Así que prefiero que no me vea y se preocupe.

—¿Solterona? —dijo Adam, en apariencia, a la pared—. ¿Todavía no tienes veinte años y ya eres una solterona?

La princesa lo miró y Jenny tragó saliva. Había lágrimas en los ojos de Desirée.

—Y disfruto de vuestra compañía aquí en Mayfair Square —prosiguió, como si Adam no hubiera hablado—, pero he venido a deciros que voy a irme a Mont Nuages a visitar a mi padre.

Latimer alzó la licorera con la que había llenado la copa de Adam y le sirvió un poco. Se respiraba tristeza en aquella habitación, incluso dolor. Jenny cerró una mano y miró a los dos hombres y a Desirée, a quien le temblaban los labios.

—Sé que es un abuso, pero confiaba en que alguno de vosotros quisiera cuidar de Halibut.

Cuando el silencio se prolongó demasiado, Latimer dijo:

—¿Durante cuánto tiempo?

—Puede que vuelva algún día —suspiró Desirée, y elevó el rostro como si quisiera impedir que las lágrimas se desbordaran de sus ojos.

—¿Insinúas que es posible que no te volvamos a ver? —Latimer le hizo la pregunta a Desirée, pero observaba a Adam, que tenía el semblante rígido y frío... y blanco.

—Pensaba que ibas a hacerte un retrato...

—No era más que una broma —se apresuró a decirle la princesa a Jenny—. Te deseo todo lo mejor, Jenny. Eres un cielo y mereces ser feliz.

Jenny sentía deseos de llorar. Adam se levantó y se volvió hacia Desirée.

—¿Cuándo partirás? —le preguntó.

—Mañana viajaré hasta la costa —dijo—. Sé que es un poco repentino, pero *monsieur* Verbeux, que estuvo aquí en Inglaterra con Jean-Marc antes de regresar a Mont Nuages con mi padre, ha estado haciendo negocios para papá en Escocia y va a regresar a Francia dentro de dos días. Me acompañará durante la travesía.

—Entiendo —dijo Adam—. Es oportuno para ti. Espero que tu padre haya aprendido a apreciarte más.

—¡Por el amor de Dios! —exclamó Latimer, pero no prosiguió al ver que Adam movía la cabeza en señal de negativa. El artista tomó a Halibut en brazos.

—Los dos estaremos bien juntos. No necesitamos a nadie.

Salió de la habitación y cerró la puerta con un suave clic.

Soy yo, Spivey.

Ya podéis borrar esas horribles sonrisas de vuestras caras al instante. Sé lo que estáis pensando, pero no es cierto. No he tenido nada que ver con esos pétalos que flotaban alrededor de Latimer, y no podéis demostrar lo contrario.

No me estoy volviendo débil. De ser así, tras las últimas derrotas, me aseguraría de recuperar mi faceta despiadada.

¡Una niña resbalando por mi pasamanos y chocando con mi pilastra! El golpe ha hecho que me retumbara la cabeza. La única buena noticia de todo esto es que estará ausente durante varias semanas y, con un poco de suerte, se lo pasará tan bien que se quedará con Hunter y Sibyl para siempre. ¿Os habéis fijado que todo el mundo siempre está decidido a pasárselo bien? No debemos olvidarnos de la marcha de Sibyl y del querido y pequeño Sean. ¡Otro triunfo a favor de la paz! Pero, recordad lo que os digo, esa tal Jenny se quedará aquí, ocupando espacio y entrometiéndose. Latimer no la hará suya... Todavía no lo ha hecho. Y deberíais tener más respeto por vosotros mismos y no espiar los acontecimientos tan inelegantes ocurridos durante el día. Claro que no ha sido nada. Esos flirteos no satisfacen a Latimer More, y la joven no estará a su altura en... Bueno, en aspectos en los que, según tengo entendido, él sobresale. Lo aburrirá enseguida.

Pero la princesa... Estoy desolado por este último giro que han dado los acontecimientos, aunque me siento muy agraviado por sus comentarios groseros sobre los fantasmas. En fin, la ignorancia vuelve estúpidas a las personas. Pero me apena que se vaya. ¿Cómo es capaz de hacerme una cosa así, cuando pensaba casarla con Latimer? Ya habéis oído lo ansioso que está su hermano de deshacerse de ella. More le cae bien y lo habría aceptado como cuñado. Otra vez me la han jugado los muy egocéntricos.

Y, para colmo, tenemos a ese espantoso animal. A decir verdad, he tropezado con él en cierto número de ocasiones. El muy canalla me detesta y se complace haciéndome saber lo bien que me ve. Me ha tomado por su víctima y me castiga sin piedad. Aguó mi placer cuando logré atravesar las puertas esperándome al otro lado y armando un alboroto terrible. Pero debo ser generoso en eso; *sir* Thomas así lo ha dicho. Se trata de *sir* Thomas More, el director de la Escuela de Ángeles. Por cierto, ¿os habéis fijado que empiezan a crecerme las alas? No, claro que no.

Larch Lumpit, pese a ser un insulso y un majadero, es mi única esperanza de salvación en el número 7. Le he echado un buen sermón. No hace más que causar molestias, la verdad, pero no debo olvidar que lo escogí como canal porque está vacío. En su cabeza no hay nada más que un deseo petulante de obtener todo lo que se le antoja y de ser admirado.

Divago. Suelo hacerlo. Es el precio de mi aguda inteligencia. Como he dicho, le he cantado las cuarenta a Lumpit, y sabe que le conviene hacer bien su trabajo con Jenny. Aunque creo que a Latimer le resultará demasiado remilgada para su gusto, no debo correr más riesgos. Le he dicho a Lumpit que si fracasa en su sencilla tarea de impresionar a Jenny y hacerle comprender lo afortunada que será casándose con él... en fin, si fracasa, le he dicho que el vicario averiguará que Lumpit ambiciona su cargo.

No sería preciso deciros que no recurriría a simples mentirillas para lograr lo que quiero. No, ahora soy un fantasma distinto. De todas formas, es cierto que Lumpit quiere sustituir al vicario.

—¿Señorita Jenny? —Coot se encontraba en el umbral de las habitaciones de Latimer—. Hay un tal señor Larch Lumpit en el salón de inquilinos. Se queja... quiero decir que comenta que en la casa hay mucho alboroto. Al parecer, se ha despertado cuando el señor Latimer ha salido a acompañar a la princesa a su casa.

Jenny había estado observando a Latimer y a Desirée hasta que la oscuridad los había envuelto por completo en los jardines del centro de la plaza. La noticia de Desirée y la reacción de Adam la habían dejado muy triste. Dio la espalda a la ventana.

—Estoy segura de que el señor More lamentaría saber que ha turbado al señor Lumpit, pero no puedo hacer nada para remediarlo.

—No —dijo Coot—. Pero el señor Lumpit pregunta por usted, señorita Jenny. Al parecer, cree que ya le han dicho que ha venido a verla.

—Así es —se acercó a Coot y bajó la voz—. No quiero verlo. No lo conozco y creo que no quiero conocerlo.

—No se lo reprocho, señorita —Coot miró detrás de ella, como si no hablara a nadie en particular—. Pero pensé que debía transmitirle el mensaje. Se muestra decidido a permanecer en esta casa hasta que usted hable con él.

La idea de causar más molestias de las que ya estaba provocando le resultaba intolerable.

—Entonces, iré a verlo ahora mismo.

—No puede quedarse a solas con él, señorita.

—Vaya, es clérigo, ¿no? Mi honra no corre peligro con él. Y, por favor, cuando vuelva el señor More, tenga la amabilidad de decirle que prefiero tratar a solas con el señor Lumpit —no le apetecía que Latimer hiciera las veces de protector y perdiera los estribos con el desconocido—. No me costará trabajo hablar con él y conseguir que se vaya.

Coot parecía vacilar, pero asintió y la condujo a la puerta correspondiente. Entró y anunció:

—La señorita Jenny McBride ha venido a verlo, señor Lumpit.

Jenny pasó junto al anciano, que se retiró con evidente contrariedad. Del sofá se levantó un caballero fornido ataviado con una larga sotana negra que llevaba abrochada hasta el cuello y cuya tela se abría entre botón y botón. Daba la impresión de estar tarareando. No era muy alto, y eso exageraba su gordura.

—Buenas tardes —dijo Jenny. Lo abordaría con aplomo—. Me han dicho que deseaba verme porque pensaba que tenía cierta cuestión que tratar conmigo. Eso es imposible porque no lo conozco. Siento que se haya tomado tantas molestias. Buenas noches.

—Quédese —dijo el clérigo, y Jenny comprendió que el tarareo se debía a que tenía la boca llena de comida—. Siéntese, se lo ruego.

«Cielos, no debería haber venido».

Terminó de tragar, tomó una copa llena de cierto licor, bebió un buen trago y, por fin, se recompuso. Sonrió, una visión desconcertante para Jenny.

—Por fin nos conocemos, señorita McBride. Larch Lumpit, coadjutor de la iglesia de Santa Filomena, en Middle Wallop, a su disposición —le tendió una mano pero, cuando Jenny quiso estrechársela, él se llevó los dedos de Jenny a sus labios rojos y carnosos y se los besó–. A su total disposición, querida.

–No necesito tener a nadie a mi disposición –replicó Jenny, y retiró la mano con brusquedad–. Pero gracias.

–No, no, no. No debe darme las gracias. Me complacerá permitirle que me complazca.

Jenny lo miró boquiabierta.

–Siéntese –dijo Lumpit, y cuando se acercó a ella como si quisiera cerciorarse de que obedecía su orden, Jenny se sentó–. Hubiese querido verla anoche, pero no tuve esa suerte. Hoy he venido varias veces, pero también ha sido en vano. Estoy hospedado en el número 8 hasta que pueda encontrar un alojamiento de más categoría.

–Entiendo –Jenny sabía que el número 8 era propiedad de la hermana de Latimer y de su marido y que debía de ser muy elegante–. Pero imagino que se irá ahora que ha comprendido que no soy la persona que anda buscando.

Lumpit frunció el ceño y sus gruesas cejas parecían estar fuera de lugar sobre aquellos ojos azules grandes y casi infantiles.

–Ya le he dicho que es la mujer a la que he venido a buscar. Y se va a alegrar mucho de ello –volvió a acomodarse en el sofá y separó sus enormes pies–. Una de mis... de nuestras feligresas es la señorita Ivy Willow. Una mujer encantadora, aunque un poco chismosa. Tiene una amiga llamada Phyllis Smart. Creo que conoce a ambas, señorita McBride.

Jenny no quería escuchar la historia que Latimer ya le había narrado.

–Sí, y le sugirieron que viniera a verme por algún que otro motivo. Ojalá tuviera más tiempo para agradecerle el detalle que ha tenido.

–Es usted tan humilde como me han hecho creer –a Lumpit se le iluminaron los ojos y su rostro lustroso y sus papadas temblaron de emoción–. Idónea. Lo sé todo sobre su trágica vida, la degradación a la que se ha visto sometida, los tugurios en los que ha vivido, los personajes deplorables con los que se ha asociado... Terrible, pero todo eso ya ha quedado atrás. Y debemos aprender que la autocompasión es una herramienta para llamar la atención... e indigna de una mujer que conoce el lugar que ocupa en el mundo.

Jenny se subía por las paredes. Decidió esperar a que aquel hombre horrible dijera lo que tuviera que decir para que agotara todos sus motivos para quedarse. Después, se libraría de él para siempre.

—Seguramente, se preguntará por qué un hombre como yo estaría pensando en una mujer de un pasado tan dudoso como el suyo.

—No, no me lo estaba preguntando.

—Claro que sí. La respuesta es que tengo una compasión infinita. Me compadezco de usted, señorita McBride, y creo que un poder superior me ha conducido hasta usted.

—No sabía que Ivy Willow fuera un poder superior.

El rostro de Lumpit enrojeció, al igual que su cuero cabelludo, visible entre los mechones de pelo que se había peinado hacia delante sobre la calva.

—Ya veo que me están poniendo a prueba, pero demostraré que valgo para la tarea. Esta noche no quiero cansarla; tanta atención debe de haberla abrumado. A su debido momento, en cuanto salvemos las formalidades, usted, querida, se convertirá en la señora de Larch Lumpit. No, no me dé las gracias. Serénese, por favor; no estoy acostumbrado a los ataques de histeria. Puede celebrar su buena fortuna en silencio... saboréela y dé las gracias por ello.

—Es usted muy amable pero...

—Middle Wallop es una delicia. Hallará mucha satisfacción visitando a los enfermos y escuchando los problemas que le cuenten las señoras. Cómo no, en el caso de aquellos que requieran una sabiduría más fina que la que usted pueda proveer, los enviará a mí pero no, repito, no a no ser que sea estrictamente necesario.

—Señor Lumpit...

—Su primera obligación será cuidar de mí, naturalmente —tomó una pequeña tartaleta de fruta y se la metió en la boca—. ¿Es buena cocinera? —balbució.

—No sé cocinar —si Ivy y Phyllis estuvieran allí, les echaría un buen rapapolvo.

Lumpit se quedó inmóvil con la boca abierta, y Jenny desvió la mirada.

—Bueno —dijo, haciendo chasquidos con los labios—, debo reconocer que estoy anonadado. Eso habrá que corregirlo lo antes posible. No me habían dicho que fuera defectuosa.

¿Defectuosa?

—¿Quiere hacer el favor de marcharse ya, señor Lumpit?

—Te llamaré Jenny hasta que nos casemos. Después, cómo no, serás la señora Lumpit en todo momento. Me gusta cómo suena.

Jenny estaba echando humo. Se levantó y se colocó detrás del sofá.

—Ésta es la conversación más ultrajante que he mantenido nunca, claro que tampoco me ha dejado hablar mucho.

—A una mujer no le corresponde hablar cuando lo hace su marido, Jenny, y...

—No soy su esposa y nunca lo seré.

Una honda inspiración le elevó el vientre y tensó aún más los botones de la sotana.

—Estaba preparado para esto y no me altera lo más mínimo. Puede que necesites un par de días para dar crédito a tu buena fortuna, pero soy un hombre paciente. Estaré esperándote, querida Jenny. Mis necesidades son las tuyas y no habremos de separarnos nunca más. Acuéstate enseguida. Necesitas un buen descanso para encarar lo que te aguarda. Mañana concretaremos las formalidades. Buenas noches.

Soy yo, Spivey.
Si estáis pensando en reíros de mí otra vez, no lo hagáis.

Si tuvierais un mínimo de decencia, os conmovería ver el peso que llevo sobre los hombros.

Pensad en lo que está en juego, la supervivencia del número 7 y todo lo que ello representa. Me desharé de los huérfanos y los pobres, y confieso albergar una nueva esperanza. *Sir* Edmund Winthrop es un caballero eminente y distinguido y, a pesar de las opiniones de los intrusos de esta casa, siente un gran afecto por Hester, aunque no entiendo por qué, y no me importaría lo más mínimo que... Bueno, que ocurriera algo entre los dos. Estoy seguro de que gobernaría esta casa con mano firme.

¿Qué? ¿Cómo decís? ¿Que podría preferir su propia casa y vender ésta? Sois vengativos y ya sé de dónde sacáis esas ideas tan crueles. Mi consejo es que eludáis la supuesta sabiduría de cierta escritorzuela. Maldigo a aquellos que consienten que las mujeres escriban. Ésta, que me insulta y se entromete en mis asuntos con regularidad, no es de fiar.

Voy a ocuparme de Lumpit de inmediato, esperad a ver el cambio que se opera en él. Alimentaréis un nuevo respeto por mis poderes cuando veáis actuar al nuevo y encantador Lumpit.

Me despido hasta otro rato.

—Te he dejado sola un momento para acompañar a Desirée a su casa y se te ocurre ver a ese hombre en mi ausencia y dejarme instrucciones para que no te interrumpa —Latimer parecía furioso.

En cuanto Coot había acompañado a Lumpit hasta la puerta, Jenny se había vuelto a sentar en el sofá rojo, y había cerrado los ojos con la esperanza de volver a recuperar la paz y la cordura.

—Gracias por dejarme tratar con él —le dijo. Latimer More debía aprender que a algunas mujeres no las impresionaban las actitudes despóticas. Latimer cerró la puerta del salón y se sentó frente a ella.

—Yo no te he *dejado*, Jenny. Has tomado la decisión tú sola.

—Y tú has comprendido que era lo más adecuado —añadió Jenny—. Un hombre sabio sabe que no debe imponer su voluntad cuando no tiene derecho a hacerlo.

Latimer reclinó la cabeza sobre el respaldo del sofá. Jenny advirtió que el pelo le había crecido y que le rozaba el cuello de la camisa. Con barba de un día, tenía un aire disoluto, y a Jenny le encantaba imaginar a Latimer con una faceta libertina. No la tenía, claro, pero la posibilidad resultaba excitante.

—Finch es una mujer muy especial —declaró—. Me recuerdas a ella en algunas cosas. Cree que vale tanto como cualquier hombre y se pasa la vida poniendo a prueba al pobre Ross. Eso es lo que pasa cuando un hombre fuerte permite que la ceguera por una mujer le nuble el juicio.

Jenny se reclinó un poco en la esquina del sofá.

—Entonces, ¿crees que es eso lo que le pasa al vizconde? ¿Que está ciego de deseo?

Latimer exhaló un largo suspiro.

—Mujeres y juegos de palabras, una peligrosa combinación. Mi cuñado adora a mi hermana. Pero las cosas le irían mejor si supiera lo que le conviene.

Jenny rió, dio una palmada y dijo:

—Escúchate, otra vez te has puesto autoritario. Decides lo que es mejor para todos y te cercioras de que se lleve a cabo.

—Quiero a mi hermana —dijo Latimer con frialdad—. Y me siento responsable de mis seres queridos.

No tenía una réplica apropiada para aquella afirmación. Los dos guardaron silencio, pero a Jenny cada vez le latía más deprisa el corazón. No era tonta; sabía muy bien que, por alguna extraña razón, atraía a Latimer. Sus intenciones no estaban del todo claras; a fin de cuentas, ella no podía aspirar a ser más que... Más que un juguete para Latimer More y, aunque sabía que lo amaba, no podía echar a perder su vida por un romance... por arrebatador que fuera. No sería su querida hasta que él se cansara de la novedad de estar con una mujer pobre y la dejara tirada.

Latimer alzó la vista y fue a sentarse en el extremo del sofá más cercano al de Jenny. Apoyó el codo en el brazo del asiento, la barbilla en el puño y... la miró con fijeza. Al principio, Jenny intentó dirigir la vista hacia cualquier otro lado, pero desistió y sostuvo su mirada.

—Tienes carácter —le dijo Latimer.

—Creo que me gusta oírte decir eso.

—Cuando te retires, una de las doncellas dormirá en el pequeño dormitorio que antes era de Meg.

A Jenny se le hizo un nudo en el estómago, pero no desvió la mirada.

—No será necesario —de modo que a Latimer no le apetecía pasar la noche en su habitación, aunque le cediera su lugar bajo las sábanas.

El fuego se estaba apagando y Latimer se levantó para alimentarlo con carbón.

—No hay nada mejor que un buen fuego —declaró—. Resulta íntimo sentarse delante de las llamas con la mejor compañía a la que un hombre podría aspirar.

¿Cómo debía responder a aquel cumplido? Jenny le sonrió y, en aquella ocasión, en lugar de sentarse en el sofá más próximo, Latimer se sentó en el de ella y le levantó los pies para apoyarlos sobre el asiento. Tenía que haber estado ciego para no percatarse de sus intentos de quitarse las botas bajo las faldas. Latimer frunció el ceño con semblante pensativo y desvió la mirada. Sólo los separaban unos centímetros, pero parecían estar a kilómetros de distancia.

—Jenny, ¿entiendes por qué he decidido no aceptar tu tentadora invitación de pasar otra noche contigo? —agitó una mano—. ¡Qué excitante suena eso! Hace pensar en cosas que ni siquiera adivinas.

—Te entiendo —dijo Jenny, pero Latimer estaba en lo cierto: no sabía qué era lo que insinuaba.

—¿De verdad?

Jenny lo miró con aspereza.

—¿Que si entiendo por qué no quieres pasar la noche conmigo? Claro que sí. Estás más cómodo en tu cama y no quieres compartirla con nadie. Anoche hiciste un gran sacrificio.

La expresión de Latimer no se parecía a ninguna de las que Jenny había contemplado. Pensó que estaba intentando no reflejar nada, pero el enojo llameó en sus ojos.

—Así que crees que fue un sacrificio, ¿mmm? —apoyó un codo en el respaldo del sofá y entrelazó los dedos. Con los pulgares, trazaba círculos en el aire—. Resulta interesante comprobar cómo la falta de experiencia puede ocultar la verdad.

Jenny meditó aquella frase.

—¿Quieres decir que no fue un sacrificio?

—Exacto.

—Entonces... Bueno, gracias. Eres benévolo, aunque digas pequeñas mentiras de vez en cuando.

Antes de que pudiera adivinar sus intenciones, Latimer agarró una de sus botas y tiró de ella por debajo de la falda. Con el rostro inexpresivo, deshizo los lazos y se la quitó... para luego dejarla en el suelo con cuidado. Repitió el proceso con la otra bota mientras Jenny intentaba, en vano, no ruborizarse. Si llevaba las medias de algodón blanco, al menos, estarían limpias y sin agujeros.

—Estarás más cómoda así. Sobre todo, porque hoy te has pasado el día caminando. Has estado a punto de preguntarme por qué, si no ha sido un sacrificio, he decidido no pasar la noche contigo, ¿no es así?

Jenny no deseaba contar medias verdades.

—Eso quería saber, sí. Pero no es asunto mío.

—No sé de quién podría ser sino tuyo y mío. Precisamente, porque no fue un sacrificio, no puedo volverlo a hacer... al menos, hasta que las cosas cambien entre nosotros.

Cuando uno carecía de una buena respuesta, lo mejor era guardar silencio.

—¿Entiendes lo que intento decirte? —Jenny lo negó con la cabeza. Con un dedo, Latimer le acarició la parte superior de los pies—. ¿Te acuerdas de esta tarde, cuando te acaricié el tobillo?

—Sí —dijo, y tragó saliva. Latimer se levantó, se quitó la levita y el chaleco y volvió a sentarse. Jenny no pudo evitar abrir los ojos de par en par, estupefacta. ¿Se conocían lo bastante para exhibir tanta familiaridad? Enseguida halló la respuesta a su propia pregunta. Habían estado casi desnudos... al menos, de cintura para arriba.

—Pareces incómoda —dijo Latimer, mientras se aflojaba el pañuelo del cuello. Se desabrochó varios botones de la camisa—. Nunca he disfrutado de la opresión de la ropa. De hecho, cuanto antes pueda despojarme de ella, mejor.

—Te entiendo —dijo Jenny, pero lamentó su respuesta vacía—. Quiero decir, que comprendo que resulte cómodo para quienes se sienten a gusto con sus cuerpos, como tú.

—Tan a gusto como acabo de decirte que estoy —señaló Latimer—. Nunca he estado completamente desnudo contigo, ¿verdad?

A Jenny le costaba trabajo respirar.

—Sabes que no —Jenny colocó las manos en el regazo y empezó a unir los dedos de las manos de forma intermitente.

—Quizá descubras que tú también disfrutas de la desnudez. Sí, no es tan excitante cuando uno está solo, pero con alguien a quien deseas tocar, y que te toque, te aseguro que es lo más estimulante del mundo. Y he de decirte, Jenny, que mi más ardiente anhelo en la vida es procurarte placer. Pienso hacer lo que sea preciso para poder complacerte a menudo, todos los días, muchas veces al día —hizo una pausa, y Jenny se estremeció de excitación—. ¿Recuerdas cómo te he acariciado esta tarde?

Como no poseía un abanico, Jenny se cubrió la cara con la mano. Latimer rió.

—Si pudieras ver lo encantadora que estás, comprenderías por qué no puedo pasar otra noche viéndote dormir.

—Tú también habrás dormido.

—Muy poco. Hay muchas cosas que desconoces, como lo que le sucede al cuerpo de un hombre cuando una mujer que lo atrae se acurruca junto a él.

Jenny inspiró con brusquedad, no pudo evitarlo.

—¿Por qué no me lo dijiste? Me habría apartado.

—Porque no quería que te apartaras —respondió Latimer, mientras la miraba con regocijo—. Debo decirte que todos los ocupantes de la casa se han retirado a sus habitaciones. Le dije a Coot que se acostara antes de entrar aquí.

De modo que nadie los molestaría. Latimer sugería que la idea de estar a solas con ella era peligrosa, pero enviaba al servicio a la cama y se ponía cómodo con ella en aquel salón.

Latimer volvió a tocarle los pies con suavidad y se los puso encima de su regazo. ¿Cómo podía estar mal algo tan maravilloso?, pensó Jenny. Sólo se hacían compañía.

Latimer movió sus dedos largos por los pies y tobillos de Jenny, y le levantó un poco las faldas para poder estudiar estos últimos.

—Exquisitos —dijo—, como todo en ti —se recostó en el sofá y la camisa se le abrió. Jenny le había acariciado el pecho, pero sólo en la oscuridad. Vio la sombra de un vello negro y suave, que se concentraba en una delgada línea vertical y desaparecía por debajo de la cintura. Tenía unos pezones planos y marrones y músculos sólidos y desarrollados. No había un ápice de carne superflua por ninguna parte—. Me gustó cuando me acariciaste —comentó Latimer—. Me sorprendiste.

—Quieres decir que fui osada. No sé qué me pasó.

—Que obedeciste a tu instinto. Los hombres y las mujeres están hechos para disfrutar los unos de los otros, y tu instinto te impulsó a hacer algo natural. Tienes unas piernas preciosas. Son delgadas donde deben serlo y redondas donde corresponde. Ahora las veo.

Jenny comprendió con sobresalto que estaba contemplando el perfil de sus piernas a través de la falda e imaginándolas desnudas. Quería moverse, sentarse sobre las piernas flexionadas o plantar los pies en el suelo, pero no quería parecer ñoña.

Latimer posó la mirada en sus rodillas y sonrió. A Jenny no le quedaba más remedio que permanecer inmóvil y fingir que no se estremecía por dentro. La sonrisa desapareció cuando alzó la vista a sus muslos. Los músculos que bordeaban los labios de Latimer se contrajeron y empezó a respirar con dificultad.

Jenny apretó las piernas. Volvió a mirar a Latimer y la intensidad de su mirada le resultó excitante y aterradora al mismo tiempo. Los hombres eran tan complicados... Jamás lo habría dicho antes de aquel día. Desnudándola con la mirada, acariciándola con los ojos, Latimer le recordaba el placer que le habían procurado sus caricias. Jenny sintió humedad, y un impulso poderoso de ponerse en pie. Claro que si lo hacía, quizá fuera para arrojarse en los brazos de Latimer.

Húmeda y agonizante, comprendió que Latimer había despertado su feminidad horas antes aquella tarde y que estaba haciendo añicos su convicción de que era dueña de su cuerpo. Lo único que tenía que hacer para incitarla a entregarse era mirarla. Jenny se llevó la mano a la garganta, atónita, y empezó a jugar con un botón del corpiño.

Sintió el escrutinio de Latimer y, cuando alzó la vista, lo sorprendió esperando. Latimer deslizó la punta de la lengua entre el filo de sus dientes y miró con fijeza los dedos de Jenny y el botón que estaba haciendo girar. Jenny no era una niña y comprendía los mensajes silenciosos de un hombre que ya le había hecho saber que la deseaba. Muy despacio, se desabrochó el primer botón del corpiño, después el que se hallaba entre sus senos, y luego otro, y otro, hasta la cintura alta del vestido. Miró a Latimer pero éste había apoyado la sien en el respaldo del sofá y contemplaba sus senos con fijeza.

Se había hecho grandes promesas de no echarse a perder

por un coqueteo con Latimer que la dejaría sufriendo, sola y despreciada por todos, pero veía tanto anhelo en su rostro...

No tenía que rebajarse porque un hombre la anhelara, pero Latimer no era un hombre cualquiera, y si contemplarla le procuraba placer, lo complacería. Latimer no le haría daño, estaba segura.

Calmando el hormigueo que le recorría las entrañas, Jenny se bajó el corpiño y el cubrecorsé. No llevaba corsé que le levantara y realzara los senos, pero se los acarició y apoyó los dedos debajo.

Sin previo aviso, Latimer le hizo flexionar las rodillas para poder arrimarse. Ninguno de los dos parecía capaz de hablar. Con cuidado de no tocarle más que la muñeca, Latimer tomó una de las manos de Jenny, se la llevó a los labios y le besó la palma. Uno a uno tomó todos sus dedos dentro de la boca y los lamió en profundidad. Había cerrado los ojos y algo parecido al dolor se reflejaba en su semblante.

Cuando terminó, Jenny tomó a su vez una mano de Latimer y lo imitó. Después, mientras él seguía con los ojos cerrados, atrajo la palma de su mano y sus dedos hacia ella. Latimer se inclinó por encima de las rodillas de Jenny y se llenó las manos con su carne desnuda. Le acariciaba los senos, se los levantaba, los apretaba el uno contra el otro, le pellizcaba los pezones con los dedos... y movía la cabeza mientras el sudor le empañaba la frente y el pecho.

—Debo cuidar de ti —dijo con voz ronca—. Eres justo como pensaba que eras, y no quiero ser culpable de echarlo todo a perder.

A Jenny le parecía que hablaba en un idioma ininteligible.

—Gracias por preocuparte. ¿Es eso lo que me estás diciendo, que quieres protegerme de algo que podría hacerme daño?

Latimer se apartó de ella, tiró de sus piernas hasta tumbarla por entero en el sofá y le colocó un cojín debajo de la cabeza.

—No me preguntes cómo voy a hacerlo, pero lo haré, aunque muera en el intento —se despojó de la camisa, la arrojó al suelo y se colocó sobre ella.

Los besos de Latimer eran profundos y casi enloquecedores por su ardor. Jenny le rodeó el cuerpo con los brazos y le acarició la espalda húmeda y desnuda. Latimer abrió la boca por encima de uno de sus senos y ella apenas pudo contener un pequeño gritito de placer.

—Que Dios me ayude —dijo Latimer, con el rostro apoyado de tal modo que podía acariciar un pezón con la lengua mientras oprimía el otro con la mano—. Que Dios me ayude a superar esta maldita y obligada etapa de cortejo educado.

—Cortejo —repitió Jenny—. Pero eso es lo que...

—Lo que soportan dos personas que van a casarse. Sí, lo sé. Y sé que sería indecente proceder con una prisa indebida.

De no haberse quedado muda por la sugerencia, le habría dicho que no había mencionado en ningún momento algo tan serio, lo cual no la sorprendía dada la brevedad de su... bueno, como se llamara lo que habían estado haciendo juntos.

La espalda de Latimer ascendía y descendía como si estuviera sufriendo. Debería haber aprendido más cosas en el grupo de Sibyl, se lamentó Jenny; debía de haber una manera de aliviar la incomodidad de Latimer. Éste le sujetó la cadera y, después, le acarició y estrujó las nalgas. Jenny sentía fuego en su interior.

—Eres un hombre hermoso —le dijo—. No sé qué palabras se usan en estas ocasiones, pero me estoy dejando guiar por mi corazón.

—Cualquier cosa que digas me destruye de la manera más satisfactoria posible, querida Jenny. Qué senos más hermosos tienes. Ya lo he dicho antes, pero debería decirse más a menudo. Hermosos.

Jenny tuvo una idea.

—Gracias —dijo. Después, se inclinó de costado y alargó el brazo hacia la parte más masculina de Latimer. Cerró la mano en torno a él o, al menos, lo intentó. Los pantalones entorpecían la labor terriblemente y, de todas formas, era demasiado grande para una de sus manos.

Latimer alzó la cabeza y jadeó. Frotó su parte contra la mano de Jenny y, después, la ayudó a tomarlo de forma más íntima.

—Ah, conque estás aquí, Latimer —dijo una mujer con voz exaltada al tiempo que abría la puerta de par en par—. ¿Qué haces durmiendo en este horrible salón? He venido en la diligencia de Windsor, con uno de los hombres de Jean-Marc como protección. Ha sido realmente incómodo, pero presentía que debía reunirme contigo lo antes posible.

Jenny sentía deseos de llorar, pero reprimió las lágrimas y dio gracias porque Latimer la estuviera estrechando entre sus brazos y la cubriera por completo con su cuerpo, resguardándola de miradas curiosas. Éste carraspeó.

—Me alegro mucho de verte, Finnie. Escocia te mantiene a ti y a tu familia más lejos de lo que desearía, pero no hacía falta que batieses todas las marcas para venir aquí. Mañana habría sido perfecto.

—Vaya, bonita bienvenida. Te quedarás helado ahí tumbado como... —no se le apagó la voz, se interrumpió con brusquedad.

—¿Te importaría esperarme en mis habitaciones, querida hermana? —preguntó Latimer.

—No. No, no, en absoluto. Mmm... Ya me voy —Finch se marchó profiriendo un gritito.

Latimer pesaba mucho, pero Jenny habría permanecido debajo de él eternamente. No quería volver a ver a nadie.

—Y así se inclina la balanza —declaró Latimer, y apoyó un momento el rostro en el cuello de Jenny—. Prepárate para un interrogatorio y el noviazgo más vertiginoso de la Historia.

Se incorporó, y Jenny se abrochó los botones mientras él

se vestía. Cuando terminó de enderezarse la ropa, de arreglarse el pelo y de calzarse, Latimer le ofreció la mano con formalidad y la ayudó a levantarse.

—Gracias —dijo—. Será mejor que me vaya a la cama. A la cama de Sibyl, claro.

—Que es ahora la tuya... Al menos, durante un tiempo. Pero antes, tienes que conocer a Finch —abrió la puerta y se volvió hacia ella—. No tengo práctica con palabras bonitas y sinceras, pero te quiero.

—¿No puedo irme a la cama, por favor?
—Entiendo tu impulso —dijo Latimer—. Pero éste no es el momento de escabullirse y esconderse. No eres culpable de nada. Si no te presento ahora a mi hermana, pensará que hay algo que ocultar —estaba dolido porque Jenny no había contestado aún a su declaración de amor.

—No entiendo por qué no puedo verla mañana, o cualquier otro día.

—*Porque...* —no era dado a levantar la voz, por el amor de Dios—. Te lo ruego, Jenny, sé lo que digo. Hazlo por mí, mi amor.

Los ojos verdes de Jenny refulgían. Latimer pensó que estaba al borde de las lágrimas, pero vio en su mirada una expresión más compleja que la de no querer conocer a Finch.

—¿Qué ocurre? —preguntó—. Pareces triste.
—No estoy triste, sino abrumada. Compréndelo, no tengo lugar donde vivir, estoy a merced de los demás —hizo una pausa y alargó el brazo para tocarle los labios—. Y tú has dicho que me quieres, Latimer, pero no sé qué contestarte.

«Maravilloso».

—Bueno, aunque tú no me quieras, mis sentimientos no van a cambiar. Te quiero y deseo casarme contigo. Para empezar, hay un límite a la frustración que puedo tolerar. Tengo las necesidades de un hombre sano y... —se interrumpió, horrorizado de sí mismo—. Jenny, perdóname.

—¿Quieres casarte conmigo? ¿Por qué? No soy la mujer adecuada para ti.

Latimer la agarró por los hombros y logró a duras penas no zarandearla.

—¿Cómo te atreves a no tener una excelente opinión de ti misma? Eres una muchacha maravillosa. ¿Cuántas personas podrían haber salido adelante en circunstancias como las tuyas? Claro que eres la adecuada. Y serás mía, asunto concluido.

—Tengo una buena opinión de mí misma, gracias, pero también soy sensata. Tú eres una persona importante y cada día lo eres más. He oído comentarios sobre ti aquí, en el número 7. Se te considera una autoridad en importaciones y muchas personas acuden a ti desde todos los rincones, incluso desde fuera de Inglaterra, para hacerte encargos. Necesitas una esposa de la que puedas sentirte orgulloso, no una a la que tengas que esconder o decir que guarde silencio para que no te avergüence delante de los demás. De todas formas, no te has declarado, así que no hay problema.

Latimer miró hacia la puerta del 7A; gracias a Dios, estaba cerrada.

—Te he dicho que te quiero y que deseo casarme contigo. Tú ni siquiera me has dicho si me correspondes, pero creo que sientes algo por mí.

Jenny estaba al borde de las lágrimas y Latimer no sabía cómo proceder.

—Siento muchas cosas por ti. Nunca he sentido nada tan grande por nadie en mi vida, y no creo que vuelva a sentir lo mismo jamás. Si queremos a alguien, no somos tan egoístas como para dejar que el otro haga algo que lo perjudique. No pienso perjudicarte, Latimer.

Por fin, pensó Latimer, estaban progresando.

—¿Estás preocupada por mí porque me quieres? —Jenny

asintió y las lágrimas empezaron a resbalar por sus mejillas–. ¿Y eso te hace desgraciada? –él estaba estático.

–Impotente.

–No tienes por qué. Jenny... –remetió un rizo en la trenza que llevaba enrollada en lo alto de la cabeza–. Vas a ser la mejor esposa que ha tenido nunca un hombre. Eres la única mujer para mí.

–Ahora no puedo decir nada más, Latimer.

–Ven –la agarró de la mano y la condujo al 7A, donde abrió la puerta con la sonrisa más amplia que pudo improvisar–. Ah, estás aquí, Finnie.

–Sí, aquí estoy –dijo Finnie–, donde sabías que me encontrarías. Tú mismo me dijiste que entrara –no lo miraba a él, sino a Jenny.

–Así es. Quiero que conozcas a Jenny McBride, una joven maravillosa. Jenny, mi hermana Finch, vizcondesa Kilrood.

Jenny inclinó la cabeza e hizo una reverencia, pero cuando se irguió, no alzó el rostro.

–Hola, Jenny –dijo Finch–. Me alegro de conocer a alguien a quien mi hermano tiene en tan alta estima.

–Sí –dijo Jenny–, y yo me alegro de conocer a la hermana de Latimer.

Se hizo un incómodo silencio en el que Finch, con sus ojos castaños llenos de desolación, miraba a Jenny con fijeza y ésta rehuía su mirada. La caída de sus hombros era prueba de su aflicción.

Había cometido un error. Obligar a Jenny a conocer a Finch a aquella hora tardía después de los acontecimientos del día, incluido su abrazo en el salón, había sido una temeridad. Jenny le había suplicado posponer el encuentro pero él, canalla obstinado que era, no había podido contener su impaciencia. Había querido presentársela a Finch y que Finch se alegrara de que por fin hubiera encontrado a una mujer que completara su vida.

–No le has dado ni un beso ni un abrazo a tu viejo hermano –dijo en tono alegre, y se acercó a Finch para estrecharla entre sus brazos–. Cada día estás más hermosa y encantadora.

Junto a su oído, Finch murmuró:

–¿Se puede saber qué estás haciendo con esta muchacha?

Latimer se apartó.

–Los tres estamos cansados. Dentro de nada, acompañaré a Jenny al 7B y, después, a ti al número 8. Diablos, debería hablarte de Lumpit, pero es muy tarde.

–Mañana –dijo Finch–. Tengo una vaga idea de quién es ese hombre, aunque no entiendo qué hace en mi casa cuando, según parece, no se le ha perdido nada aquí.

–No –corroboró Latimer–. Pero como bien dices, mañana te lo explicaré. Finnie, no quiero despedirme sin darte nuestra noticia –le tendió una mano a Jenny y ésta la aceptó a regañadientes y con alarma en la mirada–. Por fin he encontrado a la mujer de cuya existencia dudaba. Jenny McBride. Vamos a casarnos.

Jenny profirió un gemido ahogado, y Latimer notó que se ponía rígida. Finch abrió ligeramente la boca; miró a Latimer; después, a Jenny.

–¿Casaros?

–Sí. Por primera vez en la vida, sé lo que es la felicidad –y si Jenny decía algo similar, se sentiría aún más dichoso.

–Entiendo –dijo Finch–. Eso es maravilloso.

–Eso pensamos nosotros –dijo Latimer, aunque no se sentía muy eufórico.

Finch, preciosa con su vestido de tafetán verde, rehuyó la mirada de su hermano y dijo:

–¿Dónde os conocisteis?

–Aquí –contestó Latimer–, en el número 7. Jenny es una vieja amiga de Sibyl y también conoce a Desirée.

La mirada que Finnie dirigió al atuendo de Jenny no podía pasar desapercibida.

–Ah, sí; el grupo que solía reunirse aquí. He oído hablar de eso.

Al oír aquello, Jenny se sonrojó.

—Y eso fue hace más de un año —dijo Latimer, que preveía la siguiente pregunta y estaba forzando un poco la verdad.

—¿Y por qué no me habías presentado antes a Jenny? —preguntó, y miró a Latimer con severidad—. ¿Hay algo más que quieras decirme?

Maldición, le estaba preguntando si había dejado a Jenny embarazada.

—No mucho, salvo que espero que Jenny y tú os hagáis buenas amigas.

—Latimer ha dicho la verdad —intervino Jenny con una voz serena y nítida que desató un hormigueo por la espalda de Latimer—. No me ha presentado antes porque, aunque tuve la fortuna de ser aceptada en el círculo de Sibyl, pasamos meses sin vernos, y sólo hace poco empezamos a encontrarnos en Bond Street. Yo trabajo en esa calle, en una sombrerería. Soy la ayudanta de la sombrerera. Después, Latimer averiguó que estaba en apuros y no quiso dejarme que me las arreglara yo sola.

De haber podido hablar, lo habría hecho, pero la dicha que lo embargaba también lo enmudecía. Allí estaba ella, erguida, con los hombros rectos, luciendo uno de los vestidos desgastados a los que tendría que poner remedio, con su pelo cobrizo llameante y con una pose altiva capaz de eclipsar la de cualquier dama de la alta sociedad.

La quería; la quería de verdad.

—Entonces —dijo Finch—, ¿desde cuándo os conocéis, exactamente?

—Supongo que...

—Yo me ocupo de esto, Jenny. Finch: Jenny y yo estamos prometidos. Es mi decisión, y no la debes cuestionar. Si te atreves a interferir en mi...

—¡No! —lo interrumpió Jenny—. Los hermanos deben cuidarse los unos a los otros. Tu hermana quiere lo mejor para ti. No hables más de ese tema por ahora, te lo ruego.

Aquello era perfecto; de repente, la mujer a la que amaba acudía en defensa de su hermana.

—Tienes razón —dijo Finch; se acercó a Jenny, se colocó a su lado y le puso la mano en el brazo—. Mi hermano siempre ha tenido un gusto inmejorable... en todas las cosas.

Si ella supiera... Pero ése era un pensamiento atroz.

—Y él tiene la mejor de las hermanas.

Latimer suspiró. Cerraría la boca y dejaría que se dirigieran cumplidos la una a la otra.

—Ahora que hablamos de la familia, Latimer, estaba pensando en que hiciéramos un viaje a Cornualles.

—¿A ver al viejo? —Latimer silbó—. Tiene gracia, hacía siglos que no pensaba en él.

—Estamos hablando de nuestro padre —le dijo a Jenny—. Nuestra madre murió. Papá nos dejó sin ingresos, aparte de una pequeña asignación, cuando Latimer decidió montar su negocio en Londres, y yo me vine con él porque me encantan las antigüedades. Y, por supuesto, porque quiero a Latimer.

—Gracias, Finnie —dijo su hermano con sinceridad.

—Me entristece el problema con vuestro padre. Me parece muy triste tener un padre y no poder verlo.

Latimer detectó la melancolía en su voz y avistó la mirada sagaz de Finch. Al ver que su hermana no le hacía preguntas a Jenny sobre su familia, sintió deseos de abrazarla.

—Somos casi de la misma altura y complexión —dijo Finch de repente, mirando a Jenny de soslayo. Estiró un pie en el que lucía un elegante botín verde—. Levántate las faldas y hagamos una prueba.

A Latimer se le erizó el vello de la nuca. Con turbadora desgana, Jenny se levantó apenas las faldas y dejó al descubierto sus botas limpias pero viejas. Tras una leve vacilación, Finch puso su pie junto al de Jenny.

—¡Ja! —exclamó, y Latimer reconoció que había logrado parecer contenta—. Lo que pensaba, gastamos el mismo número. ¡Perfecto!

Jenny miró a Latimer, pero a éste no se le ocurría nada que decir.

—Latimer —dijo Finch—. No te imaginas lo desesperada que estoy por hacer sitio en los roperos del número 8. Vivir unas temporadas aquí y otras en Escocia es muy complicado, ¿sabes, Jenny? —dio una palmada—. Será divertido. Ven a pasar el día mañana a mi casa y te probarás todo lo que tengo. Creo que habrá que ceñir un poco la cintura de los vestidos, pero haré llamar a una modista que lo resolverá en un abrir y cerrar de ojos. ¿Y manoletinas y botas? Tengo tantas que no voy a volver a ponerme... Son tuyas. Qué maravilla. Di que vendrás.

—Tengo que ir a trabajar —anunció Jenny. Su voz no tembló y Latimer dio gracias por ello.

—*Trabajar* —replicó Finch—. ¿Para qué vas a estar cosiendo sombreros para otras personas cuando vas a casarte con Latimer? Mi hermano no permitirá que te dediques a eso.

—Hago sombreros porque ése es mi trabajo. Me pagan por ello y necesito el dinero. No soy una mantenida... ni quiero serlo. Es cierto que Latimer ha persuadido a *lady* Hester, bendita sea, para que me aloje aquí, pero cuando pueda, le pagaré mi estancia en el 7B. Tengo deudas, ¿sabe?, y pago mis propias deudas. Tampoco acepto caridad.

Se hizo el más horrible de los silencios, como si una pesada manta hubiera caído sobre ellos. Latimer sabía que Finch tenía buen corazón y que había hecho el ofrecimiento con bondad, pero también sabía lo orgullosa que era su Jenny y lo resuelta que estaba a mantener la cabeza bien alta en la adversidad.

—Te he ofendido —dijo Finch, y se sentó en una de las sillas verdes de Latimer—. Y estoy avergonzada. Me dejo llevar, siempre lo he hecho. Pregúntaselo a Latimer. Sólo pensaba que estarías preciosa con uno de mis vestidos. Tengo demasiados y eso no está bien. De todas formas, todo lo que es mío, cualquier cosa que quieras usar, es para ti.

Latimer estuvo a punto de gemir. Finch resoplaba como un surtidor de agua en manos de una fregona eficiente.

—Gracias —dijo Jenny. Latimer notó que le temblaba la mano y creyó ver que se balanceaba un poco. Carraspeó, la rodeó con un brazo y dijo:

—A Jenny no le faltará de nada. De hecho, ya tiene todo lo que necesita. Pero ha sido un día muy largo para ella. La llevaré a su apartamento y bajaré a acompañarte a tu casa.

—Sí, sí, claro —dijo Finch, y se retorció las manos—. Te pido disculpas por haber sido tan tonta.

—No ha sido tonta, sino amable. Es que no soy lo bastante refinada para expresarme con propiedad. Le deseo buenas noches.

Finch entró en acción al instante. Se levantó de un salto de la silla y avanzó con pasos rápidos y cortos hasta colocarse justo enfrente de Latimer y Jenny.

—¿Qué ha sido de mis modales? Debes venir conmigo, Jenny. Latimer puede acompañarnos a las dos al número 8. Hay una habitación preciosa contigua a la mía y será ideal para ti. Necesitas descansar y recibir atenciones.

«En realidad, quiere protegerla de mí». Latimer estrechó a Jenny con más fuerza. Jenny lo miró con alarma en el semblante y dijo:

—*Lumpit*.

Latimer puso los ojos en blanco y repitió:

—Lumpit.

—¿El clérigo? —preguntó Finch—. ¿El que se aloja en mi casa?

—Sí —confirmó Latimer—. El que se aloja en tu casa y está decidido a persuadir a Jenny de que se case con él. Se niega a aceptar que Jenny no quiere ser su esclava y agradecerle todos los días el haberla rescatado de una existencia penosa y sórdida. Son sus palabras, no las mías, ¿verdad, Jenny?

—Sí —contestó—. Si no le importa, prefiero dormir en el 7B.

—Dios mío, ¡qué extraño es todo! —Finch se meció sobre los talones—. Sí, claro, supongo que preferirás pasar la noche en el número 7. Aunque quizá debería quedarme yo aquí también.

Lo que quería era no dejar a Jenny a solas con él.

—Tú tienes tu propia casa —dijo Latimer—. Aquí no estarás cómoda.

—Bueno... —Finch se balanceó un poco más—. Sí, claro, tienes razón. Entonces, vendré mañana a desayunar.

—Jenny sale temprano a trabajar, y yo tengo que estar en el almacén casi antes del amanecer.

—Sí, claro, entiendo. Pero vendréis los dos a cenar mañana a mi casa. No, no intentes declinar la invitación o no te lo perdonaré después del viaje tan largo que he hecho para venir a verte, Latimer.

—Gracias —dijo Jenny—. Será un placer cenar en su casa. Buenas noches.

20

—¿Señor?

Latimer apenas dedicó una mirada a la mujer que había aparecido junto a él. Llevaba una hora observando a Sibyl y a Desirée, que habían ido de compras a la tienda de *madame* Sophie y estaban absortas en su conversación con ésta y con Jenny mientras eran atendidas por ellas. No faltaba mucho para la hora de cierre.

—¿Señor?

—Siga su camino —dijo Latimer—. Soy un hombre ocupado —a decir verdad, no quería arrancar la mirada de Jenny.

—Me estoy exponiendo a un grave peligro al venir aquí —insistió la mujer—. Si me ven, estoy acabada.

Latimer la miró con fijeza por primera vez. Era de corta estatura. Envuelta en un sobretodo gris oscuro y una toca, con las manos enguantadas y un grueso velo ante su rostro, apenas llamaba la atención... salvo por su abundante pecho, la cintura de avispa y las caderas redondeadas. Centró su atención en el rostro velado pero sólo distinguió el brillo de sus ojos.

—Sólo será un momento —prosiguió—, y no volveré a molestarlo. No he venido porque me resulte fácil, pero no me habría quedado con la conciencia tranquila si no hubiera intentado prevenirlo.

—Acabemos con tanto misterio, ¿quiere? Las intrigas no me merecen la más mínima admiración.

—He venido a hacerle un favor. No tenía por qué hacerlo, pero no me gusta ver cómo utilizan a personas buenas sólo para que otra salga beneficiada. Corre un grave peligro, señor More.

Al ver que conocía su nombre, se puso alerta.

—Muy bien, la escucho. Pero antes, dígame, ¿qué gana usted con esto?

—Soy una mujer religiosa —contestó—. Intento limpiar los pecados del pasado haciendo buenas obras. No necesita saber más. Pero si prefiere marcharse, hágalo.

La mujer ya había captado su atención.

—Diga lo que haya venido a decir.

—No es fácil —repuso—. Envíe lejos, muy lejos a la joven escocesa y asegúrese de que nunca regrese a Londres. Hágalo por el bien de ella y el suyo propio. No es lo que aparenta. Sígala a ciegas y lamentará haberla conocido.

Latimer alzó una mano.

—¿Cree que no me doy cuenta de que está repitiendo como un loro lo que otros le han encomendado que diga? Vuelva con sus amigos y dígales que nos dejen en paz. Si no nos hacen daño, yo tampoco se lo haré a ellos. Si insisten en comportarse así, los llevaré ante los tribunales.

—No tengo ningún amigo —dijo la mujer—, y será usted quien acabe ante los magistrados si ciertas personas se salen con la suya. Usted es un estorbo para ellos.

Latimer tenía la garganta seca. No estaba dispuesto a creer una sola palabra de lo que decía aquella mujer, pero ¿qué mal podía haber en escucharla hasta el final?

—Prosiga.

—No siente ningún afecto por usted. Y conoce secretos que nunca le revelará. No crea lo que le dice; la han enviado para enredarlo, nada más. Para enredarlo en una trama tan importante que su vida será prescindible si se interpone. Y ya se ha interpuesto. Deshágase de ella.

—Aléjese de mí —dijo Latimer, y se encaró con la mujer—. ¿Qué mentiras son éstas? ¿Y por qué intenta manchar la reputación de Jenny? ¿Qué le ha hecho ella? Váyase o haré que la detengan por agravio.

La mujer retrocedió, se dio la vuelta y empezó a alejarse. A unos pasos de distancia, volvió a mirarlo y le dijo:

—Le daré algo en qué pensar. ¿Cuántas muchachas ha conocido que vivan en tugurios, trabajen por una miseria y puedan leer cualquier libro que le pongan delante?

—Dudo mucho que Jenny sepa leer bien.

—¡Póngala a prueba, señor! Dudo mucho que necesite su ayuda con los libros. Mi consejo es que la saque de esa casa y de Londres cuanto antes.

Latimer deseaba que la condenada mujer no estuviera llamando la atención de los transeúntes con sus gritos.

—Buenos días —le dijo.

—Buenos días tenga usted, señor More. Me pregunto si también sabrá escribir. ¿Cómo de bien conoce a Jenny McBride, señor?

21

En cuanto Latimer abrió la puerta principal, Jenny dijo:

—No te preocupes, estaré preparada a tiempo para la cena —y se refugió en el 7B, desesperada por estar sola e intentar descifrar el extraño comportamiento de Latimer desde que había ido a recogerla en carruaje a la tienda de *madame* Sophie. Había estado callado y con el ceño fruncido, y en varias ocasiones lo había sorprendido mirándola de forma inquietante.

—Jenny, querida. ¡Qué bien que te encuentro! —con *sir* Edmund un paso por delante de ella en actitud servicial y sosteniéndole la mano, *lady* Hester bajó al rellano del 7B. Sobre el brazo llevaba varios vestidos de distintos tonos, todos ellos preciosos—. La traviesa de Desirée se ha ido a Mont Nuages. ¡Mont Nuages! Donde su padre, el monarca, se preocupará menos de su llegada que de su ausencia. Todos sabemos que los hombres como él no cambian nunca. Sinceramente, los jóvenes de hoy resultan irritantes.

Jenny hizo una reverencia y sonrió con comprensión a *lady* Hester, pensando que si hubiera conocido a su madre, le habría encantado que fuera una dama que se preocupara por los demás tanto como lo hacía *lady* Hester Bingham.

—En cualquier caso —dijo *lady* Hester en tono solemne—, Desirée tiene buen corazón. Rezaremos y nuestros ruegos nos la devolverán. Toma estos vestidos, por favor, Jenny; empiezan a pesarme. Edmund, querido, ¿dónde has puesto la caja?

Jenny se vio obligada a aceptar el montón resbaladizo de lujosas telas. *Sir* Edmund se volvió a medias, pasó entre dos jarrones con forma de tigres y desagradables ojos rojos y entró en una habitación repleta de libros. Permaneció ausente unos momentos y regresó con una caja de madera.

—La había dejado en la biblioteca —dijo.

—Bien pensado. Déjala en las habitaciones de Jenny, ¿quieres? —*sir* Edmund sonrió a Jenny, quien, haciendo juegos malabares con los vestidos, abrió la puerta del apartamento—. Déjala ahí dentro —siguió indicándole *lady* Hester a *sir* Edmund, y señaló el dormitorio—. Puedes soltar los vestidos sobre la cama, Jenny. Desirée me los ha dado para ti. Ya se ha ido, ¿sabes? Si no los quieres, y éste es el mensaje que me ha dejado para ti, hay que hacer trapos con ellos y conociendo tu orgullo; son sus palabras, no las mías, tú misma te ofrecerás a empuñar las tijeras. Por otro lado, y sigo citándola, sugirió que dejaras a un lado ese orgullo absurdo, aceptaras que todos sabemos que no tienes dinero y nos hicieras felices disfrutando de este regalo. También me pidió que te dijera que rechazar un regalo de una amiga es una grosería muy dolorosa.

Jenny soltó los vestidos sobre la cama y trató de refrenar su impulso natural de pedir unas tijeras. Entonces, comprendió lo infantil que era la idea y dijo:

—Gracias. La princesa Desirée es una joven muy especial. Quizá, cuando le escriba, podrá transmitirle mi agradecimiento y decirle que me pondré sus hermosos vestidos cuando se presente la ocasión.

—Chica lista —dijo *lady* Hester, y su sonrisa intensificó el azul de su mirada. Estaba radiante con aquel vestido turquesa de escote bajo bordado de aljófares, un collar de perlas alrededor del cuello y una gorra turquesa con más aljófares—. Tengo entendido que esta noche vas a cenar en casa de

Finch; no hay duda de que será una ocasión más que apropiada para lucir uno de esos vestidos. Ahora, debemos irnos; *sir* Edmund va a llevarme al teatro. Una de las obras del señor Shakespeare, la favorita de la reina Isabel, según he oído. *El sueño de una noche de verano*. Que disfrutes de la velada.

–Gracias. Y usted también, milady.

Sir Edmund se inclinó con elegancia y ambos descendieron el último tramo de escaleras hasta el vestíbulo.

Latimer daba vueltas con paso lento por el vestíbulo. Con el paso de las horas se había recuperado, poco a poco, de las acusaciones formuladas por la mujer de gris. Por fin, respiraba con normalidad y había recobrado el raciocinio. Jenny no le había hecho insinuaciones en ningún momento, incluso había intentado reducir al mínimo sus conversaciones en Bond Street. Jenny McBride no le había pedido nada, y había hecho lo posible para persuadirlo de que la olvidara.

Quienquiera que fuera la mujer de gris, apostaría cualquier cosa a que mantenía una estrecha relación con Morley Bucket. El muy gusano estaba desesperado y de ahí aquellos intentos frenéticos de desacreditar a Jenny... e incluso de sugerir que la sacara de Londres. Sin duda, Bucket pretendía raptarla en el camino.

Era la mujer más adorable del mundo, y sería suya. Sonrió, pero cuando oyó suaves pasos en las escaleras y se dio la vuelta, sintió cómo se le disolvía la sonrisa.

Jenny descendía hacia él con una mirada baja que contradecía su postura erguida y el mentón levantado. Había visto a muchas mujeres hermosas y elegantemente vestidas, pero ninguna había tenido el poder de conmoverlo como Jenny McBride. Llevaba un vestido de encaje azul sobre raso blanco de un estilo sencillo pensado para una joven. Unas franjas de raso blanco, cosidas en diagonal, adornaban las mangas cortas y ahuecadas de la prenda, y se había puesto un chal de crespón azul pintado con flores blancas... a juego con las flores blancas que se había prendido en la gruesa corona de trenzas que se había hecho con su pelo.

Jenny se acercaba cada vez más y Latimer seguía sin saber qué decir. En los pies llevaba unas manoletinas de cuero azul sobre medias de seda blancas acanaladas.

—¿Llego tarde? —le preguntó al detenerse frente a él—. No estoy acostumbrada a ponerme ropa complicada, aunque ha sido divertido. La princesa Desirée me ha dejado esta prenda y muchas otras más. Se las acepté a *lady* Hester porque creo que le habría aguado la tarde si me hubiese negado —le sonrió con la mirada—. Y, si te soy sincera, la tentación era demasiado fuerte.

—Dios —exclamó Latimer cuando recuperó la voz—. Estás magnífica. Más que magnífica. Jenny, estás hecha para lucir cosas bellas —era cierto; estaba imponente.

Jenny le enseñó un pie.

—Mira, las manoletinas son muy delicadas, y me encantan los lacitos que llevan de adorno. Nunca había tenido un zapato que hiciera juego con el vestido o cualquier otra prenda.

Su sencillez y modestia lo deleitaban.

—A partir de ahora, no tendrás más que calzado a juego con tus trajes. Tenía pensado llevarte de compras, pero me habías hecho temblar con tu fiera determinación de impedir que nadie hiciera algo agradable por ti. ¿Me dejarás que lo haga ahora?

—Creo que no, Latimer. Hasta que no sea el momento adecuado, no. Pero gracias. Voy a ponerme los vestidos de Desirée porque se pasarán de moda si está ausente tanto tiempo como dice y porque así no te avergonzarás de mí.

Latimer le ofreció la muñeca, y ella se la quedó mirando.

—Pon tu mano encima —le dijo, sonriendo—. Me pondré el sombrero e iremos a casa de Finch. Hace una noche preciosa.

Jenny obedeció y dijo:

—Esta postura parece un poco tonta. No es nada cómoda.

—Pero así es cómo se hacen las cosas de vez en cuando, de modo que, compláceme. Estamos practicando. Entra un momento conmigo en el 7A.

Jenny lo siguió al interior del apartamento. Latimer estaba muy apuesto con traje de etiqueta negro, y el contraste con la camisa blanca de hilo lo favorecía.

—Cierra un momento la puerta, por favor.

Jenny pensó en protestar pero, cautivada por aquellos ojos negros, obedeció. Latimer se acercó a ella en dos rápidas zancadas.

—Ya te he dicho que te quiero, Jenny. La palabra suena débil; te adoro. Confiaba en encontrar algún día a la mujer que querría como esposa, pero dudaba que existiera. Esa mujer eres tú, y eres más de lo que imaginaba —hincó una rodilla en el suelo y se llevó la mano de Jenny a los labios—. No voy a volverme atrás. Día y noche sueño con hacerte mi esposa, con tener hijos contigo y formar una familia. Jenny, amada mía, ¿quieres casarte conmigo?

—Esto sólo ocurre en los cuentos de hadas —dijo Jenny con voz débil. Latimer le sonrió.

—Esto no es un cuento de hadas. Jenny, ¿Qué me respondes?

—¿No te he respondido ya?

Latimer apoyó la frente en el dorso de su mano.

—Dejas exhausto a cualquiera. En cierto sentido, sí, ya me has respondido. Pero lo he hecho todo al revés. No llegué a pedírtelo formalmente, lo di por hecho. Ésta es mi declaración oficial.

Jenny se inclinó sobre él, le besó el pelo y acercó su mejilla a la de Latimer. Después, se arrodilló y dijo:

—Sí, muchas gracias por pedírmelo, y estaré encantada de aceptar tu proposición oficial.

Latimer rió y elevó la barbilla hacia ella.

—Las mujeres no se arrodillan cuando un hombre pide su mano.

—No me importa lo que hagan las mujeres en general. Yo soy sólo una y quiero honrarte tanto como tú me honras a mí —entreabrió los labios, cerró los ojos e inclinó la cabeza. Latimer la abrazó y la besó... hasta que oyó un pequeño tintineo de advertencia en su cabeza. El siguiente beso sería más ardiente; después, querría besarle los hombros, los senos... y se olvidarían de la cena.

Del bolsillo del chaleco extrajo el anillo de compromiso de su madre. Se lo había dado antes de morir y le había hecho prometer que se lo regalaría a su futura esposa. Latimer tomó una de las manos de Jenny y se lo puso en el dedo.

—Como prueba de mis intenciones —le dijo—. Pertenecía a mi madre, y me lo dio con este fin. La habrías hecho muy feliz.

Jenny alzó la cabeza poco a poco, y Latimer la agarró de la cintura, se puso en pie y la ayudó a levantarse. Estaba atónita. Contemplaba con fijeza el diamante rodeado de zafiros oscuros, y Latimer advirtió que tenía las manos enrojecidas por el trabajo y, seguramente, por no llevar guantes. Pero sus gráciles dedos estaban hechos para llevar anillos hermosos y el diamante y los zafiros centelleaban en su mano.

—No puedo ponerme esto —susurró Jenny—. No estaría bien. Debería ser de Finch.

—Finch tiene muchos anillos hermosos. Éste era mío, no de Finch. Y ahora, es tuyo. Estamos prometidos, Jenny. Vamos a convertirnos en marido y mujer —se sentía fuerte y vital. Si creyera que ella se lo permitiría, pediría una licencia especial para casarse con ella aquel mismo día.

—Sí —dijo Jenny, y levantó el encaje azul del vestido para sacar brillo al anillo frotándolo contra la falda de raso que llevaba debajo. Latimer la abrazó. Era increíblemente espontánea, e increíblemente deseable.

Sin embargo, quedaba una formalidad que ultimar.

—No sería correcto que no hablara con tu padre, y estoy seguro de que querrás que tu familia comparta este momento de alegría.

Vio a Jenny tragar saliva.

—No sé dónde están.

—¿Crees que se han mudado desde que viniste a Londres?

—No llegué a conocer a mis padres. Me abandonaron.

Latimer se estremeció al oír aquella crueldad.

—Pero yo creía...

—Dejé que pensaras que tenía familia pero que no estábamos muy unidos. Al no contarte todos los detalles sobre mi situación, mentí. Ya habías visto cómo vivía y no podía soportar la idea de parecerte aún más patética. Lo siento.

—¿Dónde te criaste? Quiero decir, ¿quién cuidó de ti?

—Tuve suerte. Estuve al cuidado de unas buenas mujeres en un orfanato.

Latimer podía imaginar la clase de infancia que había vivido.

—Y cuando saliste, decidiste venir a Londres a probar fortuna.

—Había aprendido a ser de utilidad con los más pequeños —le explicó Jenny—. La señora Penny me enseñaba cosas y yo aprendía deprisa y podía enseñárselas a otros.

«Aprendía deprisa».

—¿Como leer y escribir? Claro, has estado enseñando a Toby —y nunca lo había ocultado.

—Sí. Es fácil enseñarle —Jenny lo miró a los ojos—. A los trece años, tuve que dejar el orfanato porque no tenían medios para mantenerme más tiempo. Estuve viviendo entre los puestos del mercado, al pie de los muros del castillo, pero tenía mucho miedo. Regresé al hogar y me ayudaron como pudieron. La señora Penny conocía a una persona con un cargo en la casa de un comerciante. Me aceptaron y, a cambio de las tareas que realizaba, me daban cama y comida. Fui bastante feliz allí.

—¿Por qué no te quedaste? —¡cuánto se alegraba de que no lo hubiera hecho!

—Me echaron cuando tenía quince años —se sentó en una silla con el rostro tenso—. Sorprendieron al hijo del señor entrando en mi habitación por la noche. Dijeron que lo había seducido y que debía irme.

—¿Cuántos años tenía ese hijo?

—Veintisiete. Lo bueno fue que lo sorprendieron entrando en mi habitación la primera vez que lo intentó. Me apenó mucho perder mi trabajo... y quedarme sin referencias.

Latimer cerró los puños y lamentó no tener la oportunidad de hundirlos donde correspondía: en el rostro de un hombre de veintisiete años por intentar mancillar a una quinceañera.

—Pero salí adelante. Ya había aprendido a coser y me gustaba, así que busqué trabajo en una fábrica y estuve allí hasta que vine a Londres. Así que ya ves —suspiró—, tu prometida no es ninguna joya.

Latimer sentía deseos de romper algo. Quería hacer pagar a todas las personas que habían sido crueles con Jenny.

—Jenny, mírame —Jenny obedeció, pero cuando Latimer se acercó a ella, se horrorizó al ver que se encogía—. ¿Crees que podría pegarte? —le preguntó, apenas capaz de pronunciar las palabras.

—No, claro que no.

—Tal vez yo no, pero te has encogido como si pensaras que ibas a ser castigada. ¿Pensabas que en cuanto oyera tu historia te gritaría y te daría de lado?

—No sabía qué pensar. Supongo que estaba preparada para recibir un castigo... por ser quien soy, por no ser nada. Y tuve la impresión de ir a recibir un golpe.

—Los hombres decentes jamás golpean a las mujeres —dijo Latimer con rigidez. Pero Jenny necesitaba ternura, no muestras de cólera—. Yo nunca te haría daño. Eres mi vida y serás mi esposa. Ningún ser humano es *nada*, y tú vales mucho más que la mayoría. Eres una joya muy valiosa para mí. Y, míralo de esta manera —le ofreció su mano y sonrió—. No les deseo a tus padres ningún mal, pero me alegro de no tener que pedirles su bendición.

Jenny le dio la mano y, finalmente, le devolvió la sonrisa.
—No puedo expresarte todo lo que siento. No tengo palabras para explicarme, pero amo a un hombre perfecto.
—No soy perfecto, Jenny, pero tengo un gusto perfecto con las mujeres —y preferiría que ella jamás descubriera lo mucho que distaba de haber sido perfecto en el pasado.

22

Finch caminaba delante hacia el invernadero. Espléndido en el creciente atardecer veraniego, la fragancia de las gardenias y el color intenso de las orquídeas convertía la estructura de cobre y cristal en un lugar mágico. Las palmeras acariciaban los cristales del techo y unos emparrados exuberantes se enroscaban en sus troncos. Había una mesa redonda colocada bajo una lámpara de araña de piezas de cristal verde y dispuesta con mantel de hilo blanco, vajilla de plata y cristalería fina.

Finch se acercó a la mesa y Lumpit se apresuró a retirarle la silla para que se sentara. Después, ocupó el asiento de la derecha, aunque su anfitriona no le había dado permiso.

—Jenny, sé que rompo las normas de protocolo, pero quiero que te sientes a mi lado —dijo Finch—. Latimer, tú puedes sentarte enfrente.

Conteniendo una risita, Latimer se sentó entre Lumpit y Jenny. Finch sorprendió su mirada y, a juzgar por la forma en que se mordisqueaba el labio inferior, ella también estaba esforzándose por no reír. La cualidad más pasmosa del señor Larch Lumpit era ser un bufón sin percatarse de ello.

Jennings, el mayordomo, apareció con un lacayo al que Latimer sólo conocía de vista y la cena comenzó. Latimer y Lumpit bebían madeira, y a las damas les sirvieron champán.

Lumpit mantenía la cara inclinada hacia la comida y apenas conversaba entre plato y plato.

—Jenny —dijo Finch a mitad de la comida—. Estás preciosa con ese vestido.

—¿A que sí? —Latimer buscó la mano de Jenny debajo de la mesa. Se la apretó y confió en que entendiera su petición de no mencionar los vestidos desechados por Desirée.

—Gracias —dijo Jenny—. *Lady* Hester y *sir* Edmund me han traído montones de vestidos. Antes de marcharse a Mont Nuages, la princesa decidió que no volvería a necesitarlos y me los dejó. Sé que no debería aceptar estos regalos, pero *lady* Hester me aseguró que se echarían a perder si no lo hacía. La princesa había dejado instrucciones de hacer trapos con ellos si insistía en ser demasiado orgullosa. Ésas fueron sus palabras.

Al final de la explicación, Latimer se había recostado en la silla. Jenny era franca y no había nada que él pudiera, o debiera, hacer para cambiarla.

Esperó a que Finch reparara en el anillo de su madre en la mano de Jenny, pero ésta procuraba mantener la mano izquierda en el regazo siempre que se lo permitían los modales. Latimer creía entender por qué: no deseaba mantener una conversación personal delante de Lumpit. Después de la cena, tendrían que hallar la manera de deshacerse de él.

El ritual prosiguió hasta que les sirvieron helado de melocotón de postre.

—Ahora —dijo Lumpit, con el rostro marrón rojizo y los labios lustrosos—, tengo una petición que hacer. ¿Podrían las damas quedarse con los caballeros mientras revelo algo muy embarazoso pero que considero mi deber contar?

—Estoy segura de que preferiría... —empezó a decir Jenny.

—No me quedaré sin ti, Jenny —le dijo Latimer.

—Y yo —añadió Lumpit— quiero que tú y *lady* Kilrood oigáis lo que tengo que decir. Así comprenderéis por qué mi comportamiento puede haberos parecido extraño en algún momento. He vivido una serie de acontecimientos extraordinarios; la mayoría me han parecido coincidencias inauditas pero, más bien, estimo que un poder superior me está guiando y que las circunstancias son las que debían ser.

Finch hincó los codos en la mesa, entrelazó los dedos por debajo de la barbilla y siguió escuchando atentamente todas y cada una de las palabras de Lumpit. Latimer vio el placer necio que experimentaba el clérigo acaparando la atención y se preguntó si se podría volcar una silla sin delatarse.

—Por favor, no piensen mal de mí —dijo Lumpit—, pero la tercera esposa del hermano de mi bisabuelo era una hija bastarda.

El rostro de Finch no se movió, pero Jenny dijo:

—Qué lástima.

Latimer meditó lo que podía decirse a un hombre que pensaba que tal revelación podía empañar su reputación; una revelación sobre un familiar tan lejano que Latimer seguía ocupado desentrañando los parentescos.

—Ivy Willow debería haberme acompañado a Londres, pero cuida de una pareja de ancianos y el marido está demasiado frágil para que pueda separarse de ellos en estos momentos. Si estuviera conmigo, esto habría sido menos penoso; me habría ayudado a hacer las cosas bien, y Jenny se habría sentido tranquila en su presencia. Quizá pueda reunirse con nosotros...

Sin previo aviso, la araña, con sus elegantes brazos y prismas verdes de cristal, tintineó como un repertorio de campanillas, y la lámpara entera se meció.

—¿Latimer? —dijo Finch con sobresalto, y se puso en pie—. ¿Qué ocurre? ¿Qué está pasando?

Lumpit había reaccionado con más celeridad y se había apartado de la mesa. Movía los labios como si rezara en silencio.

El tintineo cesó y la araña se quedó inmóvil.

—No pasa nada, Finnie —dijo Latimer, y se inclinó sobre Jenny—. No pasa nada, cariño. Quizá la tierra se haya movido un poco. Un hecho insólito; de hecho, jamás había experimentado nada parecido aquí. Pero he estado en Oriente y allí estas cosas suceden con regularidad. Trae café, Jennings, por favor. Y tranquiliza al servicio. En las cocinas deben de haber notado el temblor. Y sentaos otra vez. Tomaremos café y un poco de coñac para tranquilizar los nervios.

Latimer acercó su silla a la de Jenny.

—Si la tierra no se ha movido, quizá el señor Lumpit estuviera recibiendo un mensaje de su poder superior —Latimer recorrió los rostros con una sonrisa, pero clavó su atención en Lumpit, que no había hecho ademán de regresar a la mesa; movía la cabeza de vez en cuando y tenía la vista fija en la araña—. Sólo estaba bromeando, Lumpit. Acérquese y únase a nosotros.

—Intentaré recordarlo todo —dijo Lumpit—, y regresó con paso tambaleante a la silla, como si estuviera en trance.

—Aquí tiene —dijo Latimer—. Tome un poco de madeira, le fortalecerá —Latimer tenía la mano en el muslo y Jenny deslizó la suya por debajo de su palma. Cuando la miró, ella le sonrió como si estuvieran solos. ¡Cómo deseaba tenerla para él solo! Lumpit volvió a hablar y Jenny se sobresaltó.

—Esta mujer que nació fuera del matrimonio —prosiguió mientras movía en círculos su copa—, la tercera esposa del hermano de mi bisabuelo... Pobre criatura. Su madre desapareció; seguramente, la enviaron lejos cuando cayó en desgracia. Ya saben cómo son estas cosas —dirigió a Latimer un guiño obvio y sagaz.

—Como Jenny ha dicho —comentó Latimer—, es una triste historia.

—Mientras sucedía no debió de serlo —dijo Lumpit—. Tengo entendido que la madre era un poco casquivana y que le gustaban mucho los pantalones.

Latimer apretó los dientes. Nada de lo que dijera borraría el ultraje de que hubiese hablado con vulgaridad delante de las damas... una de las cuales estaba soltera. Quizá no debería haberle ofrecido más madeira.

—El padre de la niña ya estaba casado; pero eso ya se lo

habrán imaginado. Todos sabemos lo que ocurre en estas mansiones —Lumpit miró hacia el techo, como si se estuviera refiriendo al número 8—. Un matrimonio deslumbrante y admirado, pero el marido no es recibido en el lecho de su esposa con suficiente asiduidad. Por la noche, encuentra cerrada la puerta del vestidor que da al dormitorio de la dama. El marido se enreda con... —Lumpit tomó otro trago de madeira y se secó los labios con la mano—. El marido se enreda con una criada voluptuosa más que dispuesta a darse un revolcón con él por su dinero. Claro que no habría dinero de por medio, estoy seguro. En cuando la hubiese hecho suya, ella tendría que haber guardado silencio por temor a perder su puesto en la casa. Como debería ocurrir cuando las clases bajas reciben la atención de sus superiores. Estará de acuerdo conmigo, More...

Una vez más, la araña tintineó, aunque no con tanta fuerza en aquella ocasión. Sin embargo, la mesa se inclinó en una dirección, después en la otra, y las cuatro patas fueron levantándose una a una del suelo de mármol aunque, milagrosamente, sin que nada cayera al suelo.

—Dios mío —dijo Finch en voz queda. Con la excepción de Lumpit, todos se habían puesto en pie—. Ojalá Ross estuviera aquí.

—Es natural que quieras estar con tu marido, Finch —dijo Jenny—. Esto es aterrador —arrojó los brazos en torno al cuello de Latimer—. Abrázame, por favor.

«Una tarea terrible», pensó Latimer con ironía, y la estrechó entre sus brazos.

—No tardaremos en irnos de aquí —le susurró—. Esta noche no estarás sola.

Jenny se apartó un poco de él y lo miró con intensidad. Era una muchacha vulnerable y una seductora al mismo tiempo.

—Debo recobrarme —dijo Lumpit—, intento explicar algo muy importante. La niña vivía en la casa, pero no como la hija del amo. Los criados la cuidaron hasta que se convirtió en uno de ellos. Era una sirvienta en su propia casa. Eso fue antes de que su padre la pusiera a trabajar para otra familia. Entonces, tuvo la fortuna de conocer al hermano de mi bisabuelo tras la muerte de su segunda esposa.

—¿Y qué trascendencia tiene para nosotros esta desdichada historia? —preguntó Latimer.

Jennings regresó con el café y el coñac. Después de servirlo, permaneció de pie junto al aparador. Finch se bebió el café de inmediato y se quedó con la taza entre las manos como si tuviera frío.

—No sé muy bien qué trascendencia podría tener para ustedes —dijo Lumpit con ojos lastimeros—. Pero han sido tan buenos conmigo que pensé que deberían saber que soy pariente carnal de una muchacha ilegítima que nació en el número 7 de Mayfair Square.

Latimer y Finch se miraron entre sí y transcurrieron varios segundos hasta que ésta se acordó de cerrar la boca. Se inclinó hacia Lumpit y dijo:

—No había dicho nada sobre...

—¿Sobre mi vergüenza? —la interrumpió—. Ya sabe lo que dicen: hay que estar en el pellejo del otro para saber cómo se siente la otra persona. Ustedes nunca han estado ni estarán en mi pellejo, pero esta mancha de mi pasado me incomoda enormemente. Necesito limpiar mi vergüenza.

—Eso no tiene sentido, señor Lumpit —dijo Jenny—. Y, de todas formas, se equivoca. No es pariente carnal de una mujer que se casó con el hermano de su bisabuelo.

—En realidad, no —dijo Lumpit, mientras se secaba las lágrimas con la servilleta—. Pero acarreo la desgracia de igual modo. Me pareció inconcebible que la joven de la que Ivy Willow y Phyllis Smart habían hablado se estuviera alojando precisamente en el número 7 de Mayfair Square. Apenas recordaba la infame dirección.

A Latimer se le estaba agotando la paciencia.

—Olvídelo, ¿no le parece? No conviene hurgar en el pasado.

—Cuando supe que Jenny estaba aquí, comprendí que era un presagio. Debía salvarla del mismo destino sufrido por la tercera esposa del hermano de mi bisabuelo, e intentar averiguar lo posible sobre la esposa del hermano de mi bisabuelo, por supuesto. Era lo menos que podía hacer.

Jennings carraspeó.

—¿Se ha tranquilizado el servicio? —le preguntó Finch—. Espero que no haya habido desperfectos.

—Ningún desperfecto, *milady* —dijo Jennings—. No ha ocurrido nada en las cocinas, ni en ningún otro rincón de la casa.

—¿Cómo que no ha ocurrido nada? —inquirió Finch con el ceño fruncido—. ¿Qué quieres decir?

—Que si la tierra tembló —dijo Jennings—, sólo lo hizo en el invernadero.

—Imposible —declaró Latimer.

—No hay nada imposible —dijo Lumpit—. Nada en absoluto. A fin de cuentas, ¿se habrían imaginado que un hombre tan eminente como yo pudiera estar emparentado con tanto *pecado*?

—Pero no está emparentado —insistió Jenny. Parecía angustiada.

—No estás instruida, Jenny —repuso Lumpit—. Pero habrás oído de la culpa por proximidad. Uno no puede rozar la depravación y no resultar afectado. Pero... he tenido un presagio de que podré borrar mi vergüenza limpiando las manchas de la familia. Demostraré que, a pesar de ese hombre, hemos crecido fuertes.

—¿Qué hombre? —preguntó Latimer, sin poder contenerse.

—El padre de la joven ilegítima, claro. Hay que desenmascararlo, por supuesto, y quienquiera que se hubiese beneficiado de él de alguna forma, debería mantenerse alejado de las personas decentes.

Finch fue quien recobró la compostura lo bastante para preguntar:

—Y ¿quién, señor Lumpit, cree usted que es el padre ilegítimo?

—El padre no era ilegítimo —la corrigió Jenny—, sino la hija.

—La vizcondesa ha tenido un desliz —dijo Lumpit—; cosa frecuente en las mujeres —hizo una pausa—. El padre se llamaba Spivey.

Os habla Spivey.

En todas mis vidas jamás, jamás, había sido testigo de tanto ultraje. Y podéis borrar esas muecas burlonas de vuestras caras porque no soy el único hombre llamado Spivey que ha vivido en esta casa.

Cielos, ¿empezaba a defenderme de ese increíble torrente de sandeces que ha vertido Lumpit? Olvidadlo si lo he hecho. Ni una sola de las palabras que ha pronunciado contra el nombre de Spivey es cierta. Nunca ha habido una hija ilegítima... Bueno, quiero decir que los acontecimientos de los que ha hablado esa rata no sucedieron aquí.

Despecho. Un hombre necio esgrimiendo a diestro y siniestro una espada con la esperanza de herir a sus superiores. Patético.

Y no pienso disculparme por mis habilidades. Si os parecen «manidos recursos fantasmales», la próxima vez, encargaos vosotros de balancear la araña... sin tocarla. Logré distraer la atención de los embustes de Lumpit, ¿no? ¿Que contó su historia de todas formas, decís? ¡Seréis...! No, no me rebajaré a increparos. Además, los balbuceos de Lumpit son mi principal preocupación.

La cuestión es que Lumpit está pensando por sí mismo. ¡Ay, le advertí que no debía hacerlo! Incluso está mostrándose ingenioso. Ha estudiado al enemigo y ha llegado a conclusiones correctas. La gentileza y la amabilidad pueden volverse contra aquéllos que insisten en ser *amables*. Sabe que, aunque no crean su historia sobre *otro* hombre llamado Spivey, nunca tendrán valor para ponerlo de patitas en la calle. Es otra oveja perdida y en esta casa son maestros en acoger a los desamparados. Le permitirán permanecer en el número 8, y seguirá interfiriendo, importunando y creando problemas, problemas y más problemas.

Mmm. Creando problemas...

Bueno, ¿por qué fingir cuando ya habéis adivinado la verdad? Ni una sola palabra de las que brotaron de los labios de Lumpit era suya. Todo esto ha sido cosa mía. No pensaba decíroslo porque no me gusta presumir, pero sé que os sentiréis más tranquilos sabiendo que aquél a quien más admiráis es, ciertamente, brillante.

Todo se ha desarrollado a la perfección, valga la modestia. Las semillas de la duda, aunque se trate de un antepasado, sólo requieren un mínimo de cuidados y alimento para crecer con fuerza, y pienso apilar toda la basura que encuentre.

24

La puerta principal del número 7 se abrió antes de que Latimer pudiera introducir la llave en la cerradura. El viejo Coot apareció ante ellos, balanceándose peligrosamente sobre los dedos de los pies.

—Buenas noches, Coot —dijo Latimer.

Jenny sólo pensaba en que iban a pasar la noche juntos y que era la mujer más feliz de la tierra aunque la aguardaran grandes obstáculos en su camino.

—Buenas noches, señor —dijo Coot—. Será mejor que entre enseguida, señorita Jenny. Hace mucho frío ahí fuera.

—Hace una hermosa noche —respondió Jenny, y así era—. Pero entraré de buena gana de todas formas.

No podían subir juntos las escaleras delante del mayordomo.

Jenny miró a Latimer en busca de orientación, pero éste estaba escuchando a Coot, que susurraba con frenesí. Latimer movía la cabeza repetidamente, pero Coot seguía hablando. Cuando Latimer se enderezó, Coot dijo:

—Dice que usted la conoce, que han hablado hace poco y que querrá escucharla.

Jenny seguía esperando al pie de la escalera. Miró hacia arriba y, después, a la pilastra más cercana, e intentó abstraerse fijándose en la delicadeza con que había sido tallada. Se sentía estúpida, fuera de lugar.

—Disculpadme —dijo a modo de interrupción—, pero quería darte las gracias porque me hayas llevado al número 8, Latimer. Y por esta interesante velada. Será mejor que me acueste ya.

—Espera —dijo Latimer y, aunque era una orden, la había pronunciado con suavidad—. Coot, Jenny y yo estamos prometidos. Estoy seguro de que querrás felicitarnos.

Coot se volvió para mirar a Jenny; después, giró de nuevo hacia Latimer. A Jenny no le había pasado desapercibida la conmoción que se había reflejado en su rostro fugazmente.

—Sí, claro. Enhorabuena, señor.

—Gracias —dijo Latimer—. ¿Serías tan amable de acompañar a Jenny a sus habitaciones? Me gustaría saber que está en buenas manos. Será mejor que me ocupe de esta visita.

Entró en el salón de los inquilinos y su mirada se cruzó con la de Jenny un momento antes de que cerrara la puerta con firmeza. Latimer subiría a verla más tarde; Jenny había leído la promesa en sus ojos oscuros.

A Latimer lo enojaba que aquella mujer interrumpiera sus planes. Insistía en presentarse envuelta en gris, como si se tratara de un uniforme de mal agüero que la volviera irresistiblemente misteriosa.

Hasta el momento, no había dicho nada de importancia. Al entrar en el salón, la había encontrado sentada en el sofá, con las manos en el regazo y la espalda recta. Después de limitarse a decir «buenas noches», se había levantado y se había puesto a vagar por la habitación, suspirando hondo y manteniendo los dedos entrelazados delante de ella.

Latimer empezaba a perder la paciencia. Quería estar con Jenny.

—Cuando nos conocimos en Bond Street, no fui del todo sincera con usted.

—¿Quiere decir que ha cambiado de idea sobre Jenny? Puede que no sea la serpiente que me acecha para morderme. No la creí, señora, pero le agradezco que haya venido a contarme la verdad.

—Es cierto que no fui a verlo porque me hubieran enviado unos «amigos», sino por lo que había oído comentar a unos conocidos —contestó—. ¿Cómo puede fingir que el señor Morley Bucket haya dejado de ser una amenaza para su amiga?

No podía negar que la pregunta lo había tomado por sorpresa, pero no le haría ver a aquella mujer que había tocado una fibra sensible.

—No sé de qué me habla. Se hace tarde. Preferiría ser educado, pero ¿podría decirme a qué ha venido y marcharse, por favor?

La mujer se detuvo en seco y volvió su rostro velado hacia él.

—Señor, es usted un grosero. No tardará en llegar el día en que me dé las gracias por mi valor al venir a esta casa. Al principio, lo hacía porque lo tomaba por un caballero de verdad. No lo es. Pero persistiré en nombre de la justicia... y porque otra persona que conozco y que me importa más que ninguna otra sufrirá si se lleva a cabo el complot organizado contra usted.

En aquella ocasión, el velo se tensó por debajo de su mentón y ascendió como una cortina de gruesas telarañas hasta el borde de su sombrero. Un broche de azabache sujetaba el velo. Era una criatura segura de sí, y se movía con aire decidido y siniestro.

—Debería haberme hecho caso y haber sacado de Londres a su amiga. De esta forma, sólo conseguirá indisponer a ciertas personas contra usted. Tendrán que actuar para proteger sus intereses, y lo harán... con la ayuda de su amiga.

El enojo hizo que Latimer cerrara los puños a los costados.

—Hasta ahora lo único que ha hecho es insinuar. Ha atacado la imagen de la mejor mujer que he conocido nunca pero no me ha dicho de qué se supone que es culpable, ni por qué. Y no me ha enseñado ni una sola prueba que respalde sus acusaciones.

—Tiene deudas.

Latimer se sirvió una copa de coñac y elevó la licorera para ofrecer un trago a aquella entrometida. La mujer lo negó con la cabeza.

—Estoy al corriente de las dificultades de Jenny —Latimer tomó un sorbo de coñac—. ¿Por qué no la llama por su nombre? Al menos, sea clara en eso.

La mujer se encogió de hombros.

—Jenny, pues.

—¿Y usted es?

—La señora Smith.

Latimer hundió la lengua en la cara interna de la mejilla y dijo:

—Por supuesto.

—Jenny le debe una buena suma de dinero al señor Bucket, que es un hombre vengativo. Sabe cómo conseguir que la gente haga lo que él quiere.

Quizá estuviera juzgando mal a la señora Smith, pensó Latimer. Se equivocaba sobre Jenny, pero ella misma podría haber sufrido en manos de Bucket... y podía haber oído comentarios sobre Jenny.

—Si le doy la suma que debe Jenny, ¿podría llevársela a Morley Bucket y saldar la deuda?

La mujer rió por primera vez. En otras circunstancias, a Latimer le habría parecido un bonito sonido.

—Usted no es de esos hombres sedientos de venganza, ¿verdad, señor More? Bucket no descansará hasta que no ajuste las cuentas con Jenny. Se negará a recibir dinero de nadie que no sea ella porque sabe que no puede pagarle. Eso es justo lo que quiere. Mientras ella esté en deuda con él, la tendrá bajo su poder.

—¿Venganza? —barbotó Latimer—. ¿Venganza por qué? Jenny no podía pagar lo que le debe por ese cuchitril en el que vivía pero le dijo que saldaría la deuda lo antes posible.

—Dios, ¿es que no quiere comprender lo que le digo? Bucket busca la atención de Jenny y, para conseguirla, la amenazará porque no conoce a las mujeres lo bastante para saber que ella nunca lo querrá. Ya le ha hecho varias amenazas.

Latimer la miró con aspereza, intentando descifrar el papel que interpretaba ella en todo aquello.

—¿Y quién es esa persona que le importa más que ninguna otra?

La señora Smith bajó la cabeza y dijo:

—No puedo revelar el nombre. Es demasiado peligroso.

—Estoy cansado —declaró Latimer, aunque sabía que no hallaría la paz hasta que no se deshiciera de Bucket y de sus parásitos. Y Lumpit también debía desaparecer—. No hay duda de que ha venido a decirme que me deshaga de Jenny... otra vez.

—No he venido a decirle nada. Voy a proporcionarle cierta información que me costaría la vida. Lo que haga es cosa suya. Señor More, va a tener lugar un robo y está todo planeado para que lo acusen a usted del delito.

Latimer se quedó helado, pero se aseguró de no reflejar ninguna emoción.

—Tendrá que hablar con más claridad.

—Las mujeres deberían ser amigas entre sí —dijo con un quiebro en la voz—. No quería hablarle mal de Jenny, pero ha decidido que debe sacrificar algo, o a alguien, para salvarse. Si cree que Bucket la dejará ir por su propia voluntad, es una estúpida, pero como no es una mujer de mundo, todavía se hace ilusiones. Es su Judas, señor More. Recuerde bien lo que le digo. Jenny McBride es una traidora y, aunque no querrá hacerlo, lo acusará a usted cuando la policía venga a buscarlo. Los bienes robados serán encontrados y usted será detenido. A no ser que la haya apartado de su lado para entonces.

Latimer le dio la espalda a la señora Smith y deslizó las manos por debajo de los faldones de su levita.

—No puedo creer que Jenny se dejara persuadir para urdir un complot contra mí.

La señora Smith volvió a reír.

—Usted frustró los planes de Bucket interponiéndose entre él y Jenny. Ahora, Bucket está empleando su poder para obligarla a obedecerlo, y espera que ella vuelva corriendo a él cuando usted esté acabado. En realidad, Jenny es una víctima inocente y lo mejor para ella es hacer lo que le he dicho. No puedo decirle nada más, y debo ponerme en camino. Todo esto ocurrirá en poco tiempo pero, si no me escucha, no me sentiré culpable de no haber intentado prevenirlo.

Había transcurrido una hora desde que Latimer le había dicho a Coot que acompañara a Jenny a sus habitaciones. Jenny había visto pasar cada minuto en el reloj. Suponía que una hora no era mucho tiempo, pero anhelaba la compañía de Latimer y no toleraba la idea de pasar la noche sin su presencia reconfortante en la cama. Ya se había puesto un camisón grueso de algodón blanco y una bata de Desirée, unas braguitas de algodón blanco y gruesos calcetines de lana. Si aun así pasaba frío sobre la colcha, se cubriría con el edredón de la cama de Meg.

Latimer debía de estar poniéndose la camisa de noche y unas pantuflas para estar cómodo. Jenny estaba dispuesta a ir en su busca, pero parecería débil y dependiente. A Latimer no le gustaban las mujeres débiles; de lo contrario, no la habría elegido a ella.

Se tumbó sobre la cama y se puso de costado para poder contemplar la vela y el pequeño reloj esmaltado. Pasaron otros quince minutos. Flexionó las rodillas y cruzó los brazos con fuerza. ¿Por qué no aparecía?

25

Jenny debía de estar esperándolo.

Latimer ya había permanecido en su habitación demasiado tiempo. Lo que le habían contado era una distorsión. ¿Qué podía ser si no? Pero ¿cómo podía estar seguro? ¿Qué era lo que sentía, duda? ¿Dudaba de Jenny?

Si iba a verla, ¿cómo debía comportarse?

Sus partes reaccionaron y Latimer apretó los dientes. ¿Qué diablos era aquello, estar locamente enamorado de una mujer que lo deseaba, o así lo hacía ver, pero que había sido acusada de tramar algo contra él? No podía creer que fuese cierto, pero tampoco tenía pruebas de que no lo fuera.

Maldición, necesitaba respirar un poco de aire fresco para pensar con claridad. Descolgó una capa y tomó su bastón de ébano, el que tenía una empuñadura de marfil con la forma de una hermosa mano de mujer. El agradecido cliente chino que se lo había regalado había insistido en que todo hombre debía llevar consigo un cuchillo. La hoja que se escondía en el bastón era delgada y letal.

En Mayfair Square soplaba una inesperada brisa. Dio la vuelta a la plaza bordeada de mansiones y repitió el trayecto. Jenny debía de estar encerrada en su cuarto, como le había pedido que hiciera siempre que estuviera sola. Y estaría pensando en él.

La sangre bombeaba con fuerza en sus venas y su erección no fue sino predecible.

Las rosas de los jardines centrales desprendían un dulce aroma, incluso a aquella distancia. Latimer atravesó la calle para pasear entre los parterres. Quizá debería llevarle una rosa a Jenny y pedirle perdón por haberse demorado tanto. Pensó en los pétalos naranja de seda que habían aparecido junto a él, en las arañas tintineantes... y en las mesas que se movían. Era un hombre rodeado de rarezas, y no precisamente de las que le gustaba comprar y vender.

—¿Problemas para conciliar el sueño, Latimer?

Sobresaltado, la hoja ya estaba saliendo de su escondite cuando reconoció a Adam Chillworth, sentado como estaba en un banco.

—Maldito seas —dijo con la respiración agitada—. Podría haberte atravesado. No vuelvas a darme un susto así.

El silencio fue la única respuesta y Latimer se acercó. Adam también llevaba una capa y tenía la cabeza descubierta.

—¿Y a ti qué te pasa? —preguntó Latimer—. ¿Qué haces aquí sentado en la oscuridad, acechando a un hombre para darle un susto de muerte?

—No te creas tan importante —repuso Adam—. Te he visto dar vueltas por la plaza y no he hecho intento alguno de abordarte. No te estaba acechando y, si no hubieras estado a punto de tropezar conmigo, no habrías sabido nunca que estaba aquí.

—Al cuerno con tu dramatismo —masculló Latimer, sumamente irritado—. Repito, ¿qué te pasa? Hace días que no eres tú mismo. Aunque no hayas dejado de ser un bellaco malhumorado, esto pasa de castaño oscuro.

—Al menos, no me paseo con un cuchillo por si acaso me apetece degollarte —repuso Adam—. Te deseo buenas noches.

—¡Y un cuerno! —estalló Latimer. Después, bajó la voz—. Si quisiera acabar contigo, no perdería el tiempo cortándote el cuello... sería demasiado lento. No, señor, te arrancaría el corazón y lo freiría para desayunar –apretó los labios pero se echó a reír al instante. Las risas de barítono de Adam no tardaron en sumarse a las de él, y Latimer se dejó caer pesadamente sobre el banco–. Vaya par de deshechos.

–Lo dirás por ti. Un hombre debería poder tomar el aire y pasar un rato solo entre las flores sin que su vida corriera peligro.

Latimer estudió a su amigo pero no dijo lo que estaba pensando: que Adam estaba afligido por la marcha de Desirée y que se sentía muy solo.

–Te has enamorado de la pequeña escocesa, ¿verdad? –dijo Adam de improviso–. Esos grandes ojos verdes y pelo cobrizo te han vuelto loco.

–Me he enamorado de mucho más que eso –dijo Latimer, pero se arrepintió enseguida–. Pero cambiemos de tema. Tengo problemas y no son agradables.

Adam le dirigió toda su atención.

–Lo sabía –le dijo–. En cuanto te vi dando vueltas a la plaza, supe que ocurriría algo malo. Déjame que te ayude.

–Ojalá pudieras –Latimer hablaba con gravedad–. Estoy en una de esas situaciones en las que uno tiene que entender las cosas por sí mismo e intentar decidir qué es lo mejor.

–No tiene nada de malo contarle las preocupaciones a un amigo. A veces, todo suena más claro cuando se oye. Y, otras veces, el amigo ve cosas que a uno se le escapan.

Latimer daba golpecitos en el suelo con su bastón.

–No voy a presionarte, por supuesto –añadió Adam–. Pero aquí me tienes por si me necesitas.

–La quiero –masculló Latimer–. Quiero casarme con ella.

Adam guardó silencio durante largo rato. Luego dijo:

–Por lo que he visto, es una joven de buen corazón, y realmente bonita. Pero está el problema de su falta de instrucción. Tú te mueves entre los ricos y tienes amigos influyentes. En tu negocio, ¿no necesitas una esposa elegante e inteligente?

—Jenny es inteligente, y posee una elegancia natural.

—Pero, según has dicho, tienes problemas. ¿Los dos los tenéis?

Latimer asintió pero luchó contra el sentimiento de que estaría traicionando a Jenny si comentaba lo ocurrido.

—Me han dicho algunas cosas sobre ella, nada más.

—¿Quieres decir que alguien está intentando apartarte de Jenny? ¿Por sus orígenes humildes? Siempre he pensado que la obsesión por la clase social es exagerada.

Latimer se cubrió los ojos.

—Tú mismo lo has sacado a relucir. Has hablado de su falta de instrucción.

—Te estaba poniendo a prueba.

—Te lo pasaré por alto. No sé qué hacer y no es lo que piensas. Se trata de algo mucho más complejo —vio contraerse un músculo junto a la boca de Adam y decidió contárselo todo. Cuando terminó, Adam lo miraba con seriedad.

—¿Qué prueba tienes de que Jenny piensa perjudicarte?

—Ninguna.

—¿Crees que ella también te quiere?

—Sé que me ama.

Adam se recostó en el respaldo del banco y declaró:

—Entonces, es fácil. Confía en ella. Pídele que se case contigo lo antes posible, tan pronto como podáis obtener la licencia. Si es culpable de lo que la acusan, saldrá corriendo.

26

Jenny había apagado la vela y estaba intentando dormir cuando oyó unos golpecitos en la puerta. Se incorporó y se envolvió con el viejo edredón de Meg.

Había sentido mucha tristeza en la vida, pero ninguna tan desgarradora como en las últimas horas.

Los golpecitos se repitieron y se levantó. Arrastrando la colcha por el suelo, fue a abrir la puerta y a mirar quién era. Latimer. Estaba turbador con el pelo alborotado y la capa colgada a medias de los hombros. Sin decir nada, entró de forma imperiosa en el apartamento, empujándola al pasar.

—Echa la llave —le ordenó, y Jenny obedeció. A la luz del fuego encendió una vela y la llevó al dormitorio.

A Jenny le latía el corazón con frenesí mientras lo seguía tímidamente y se quedaba inmóvil al pie de la cama. Latimer encendió la vela apagada con la nueva y dejó las dos sobre la mesilla. Señaló la cama y le dijo a Jenny:

—Métete.

—Te toca a ti dormir debajo —dijo Jenny—. Tengo un edredón y me tumbaré encima.

Latimer se llevó el puño a la frente.

—Haz lo que quieras, pero hazlo ya. La noche no dura eternamente.

Jenny apenas podía mantenerse en pie porque le temblaban las piernas. Hizo ademán de tumbarse sobre la cama sin desembarazarse del edredón, pero Latimer se lo quitó y dijo:

—Túmbate —cuando Jenny obedeció, volvió a cubrirla con el edredón—. Llego tarde —anunció—. He tenido que ocuparme de unos asuntos inesperados. Perdóname.

—Claro que te perdono. Pero te he echado de menos.

Latimer entornó los ojos pero no respondió a su comentario.

—Tienes cara de cansado; descansa un poco, por favor.

—¿Descansar? —dijo, y profirió una fría carcajada—. Dudo que descansemos esta noche —se despojó de la capa y de la levita—. Métete debajo de la colcha —añadió con aspereza.

—No. Es tu turno y yo estoy muy feliz donde estoy.

—¡Al diablo con todo! —exclamó Latimer, y cayó de rodillas junto a ella—. ¿Por qué no puedes resultarme insípida a la vista? Sólo Dios sabe cuánta ropa te has puesto encima. Pareces una niña en un atado, con trenzas y todo. Pero eres lo más bonito que existe para mí.

La besó con tanta brusquedad, que Jenny no pudo tomar aliento. Agitó los brazos y Latimer se cernió sobre ella, la inmovilizó sobre la cama con su peso y le abrió tanto la boca que le dolían las mandíbulas. Pero el beso creó en su vientre unas sensaciones intermitentes y placenteras, y elevó las caderas involuntariamente. Le rodeó el cuello con los brazos, pero Latimer la soltó y se puso en pie con dificultad. Se desembarazó del pañuelo de cuello, se desabrochó el chaleco y se lo quitó.

Jenny se negaba a desviar la mirada de los ojos de Latimer, negros y extraños como estaban. Los hombres eran dados a mirar con fijeza a las mujeres, como si quisieran entrar en su piel y conocer todos sus pensamientos. Pues bien, el señor Latimer More no le arrancaría sus secretos... a no ser que ella se dejara.

Haciendo como si no advirtiera aquel silencio tenso e inmóvil, salvo por la manera en que Latimer paseaba la mirada por su figura yacente y deslizaba la lengua por el labio inferior, Jenny le sonrió y retiró la colcha en el lado de la cama que correspondía a Latimer. Éste gimió.

—Me torturas —dijo con voz ronca—. No puedo pensar en nada más que en ti, aunque... Eres lo único que importa. Rezo para que me guíen en este dilema.

Jenny seguía sonriendo aunque no había comprendido gran cosa de lo que Latimer había dicho.

—Primero, disfrutaré de ti —declaró—. El resto vendrá después.

Estaba empezando a asustarla y el miedo le producía una excitación prohibida. Latimer se despojó de toda la ropa y Jenny no podía hacer nada salvo mirarlo, fascinada y aturdida por la emoción. Una vez desnudo, en lugar de meterse en la cama, se tumbó encima y entrelazó las manos por debajo de la cabeza.

—Te vas a helar —dijo Jenny, mientras estudiaba su cuerpo, apenas capaz de frenar el impulso de tocarlo—. Bueno, si insistes en ponerte cabezota, compartiremos el edredón —y lo cubrió mientras se preguntaba si el peso de la tela resultaría incómodo para su creciente virilidad.

—Gracias —dijo Latimer—. Lo mío es tuyo. No toleraré que hagas todo este sacrificio al que te crees obligada.

Para darle más edredón, se arrimó hasta que sus costados entraron en contacto.

—Si esto es un sacrificio, me han mentido, porque no se sufre.

Latimer profirió un sonido extraño y se volvió hacia ella. Jenny se colocó de costado y sus rostros quedaron separados por apenas unos centímetros. Impulsada por la necesidad, no la osadía, Jenny salvó poco a poco el espacio que quedaba entre las bocas de ambos y lo besó con suavidad con los labios cerrados.

Latimer apoyó una de sus amplias manos en la mejilla de Jenny. Ésta notaba que se estaba conteniendo, y se preguntó cómo podría decirle que no quería que la privara de nada.

Había aprendido lo bastante para saber que estar de aquella manera con él podía desembocar en una situación ilícita para un hombre y una mujer que no estaban casados.

—¿Te han enviado para atormentarme? —preguntó Latimer—. En ese caso, alguien debe de sentirse muy satisfecho de su trabajo.

—Nos han enviado el uno al otro porque estamos hechos para estar juntos. Enséñame lo que te agrada —iría hasta donde él quisiera llevarla. Sí, estaba decidida.

—Ten cuidado con lo que pides —Latimer le mordisqueó el labio inferior y después lo atrapó entre los dientes. Introdujo la lengua en la boca de ella pero sólo un instante antes de lamerle el labio superior. Jenny se apretó contra él. Latimer tenía el pecho primero áspero, luego suave, y la piel de los costados tenía una textura distinta. Bajo la piel, los músculos sobresalían y se movían según los tocaba—. ¡No!

Aquel repentino grito la alarmó.

—¿Qué he hecho?

—Me has dado placer, eso es lo que has hecho. Y me estás conduciendo a un punto en el que quizá no pueda controlar mi instinto. ¿No sabes lo que le ocurre a un hombre cuando tiene a una mujer en los brazos que lo besa y lo acaricia con las manos?

«No muy bien».

—Supongo que tengo las manos demasiado frías para ti. Me las frotaré.

—No lo entiendes y me alegro. Pero estoy confuso, Jenny. Sé lo que quiero y sé que me lo darías sin preocuparte por el precio que supondría para ti, pero no estaría bien. No puedo yacer contigo así.

«No debía abandonarla».

—No te tocaré —dijo Jenny—. Perdóname por ser tan atrevida. De todas formas, tengo una idea. Caramba, qué tonta soy, ¿por qué no se me había ocurrido antes?

Metió la cabeza debajo del edredón y realizó un movimiento similar al de las zambullidas que de niña había hecho con los demás niños del orfanato cuando los llevaban al río a nadar, pero con la dificultad añadida de la ropa y la tendencia del edredón a resbalar.

—Jenny —oyó decir a Latimer, pero estaba demasiado absorta en alcanzar la posición buscada para responder.

—¡Ya está! —anunció cuando por fin apoyó la cabeza donde antes habían descansado sus pies y volvió a taparse con el edredón—. Así será más fácil que no te distraigas —asomó la cabeza por debajo del edredón y advirtió que tenía las piernas dobladas sobre la almohada y que estaba mirando a... a los muslos de Latimer. Necesitaba escurrirse un poco más abajo, pero tenía miedo de mover un solo músculo por temor a que Latimer se molestara y se marchara.

—Jenny —dijo de nuevo, con regocijo—. ¿Qué crees que has conseguido?

—Nos he apartado de la tentación —respondió.

—¿Ah, sí? Es extraño lo diferentes que pueden ser las reacciones de dos personas —le puso una mano en la cadera y le quitó las medias con toda naturalidad—. Hueles deliciosamente bien —afirmó, y le frotó la espinilla con la mandíbula rasposa. Jenny no sabía lo que hacer, así que dijo:

—Gracias. Es el jabón de Sibyl.

—Cada mujer tiene su propia fragancia, ¿lo sabías, Jenny?

Jenny se sonrojó. Latimer hacía de todo algo íntimo.

—Supongo que sí. Los hombres también. Al menos, tú. No podría describirlo, pero me produce sensaciones extrañas y maravillosas.

—Háblame de las sensaciones.

—No puedo —impulsivamente, enterró el rostro en los muslos de Latimer. Los tenía muy firmes, y eso le gustaba.

Latimer deslizó los dedos dentro de las braguitas y Jenny contuvo el aliento.

—Tu cambio de posición ha sido una idea magnífica. No hay duda de que me has salvado de la tentación.

—Bueno, gracias —el miembro de Latimer se movió, le

rozó los senos, y ella se puso rígida. Respiraba con la boca abierta. Latimer parecía contentarse con descansar tranquilamente, salvo por acariciarle el vientre y deslizar la mano por detrás de la cadera para tocarle las nalgas. Pero lo hacía con ánimo somnoliento, así que Jenny dio por hecho que estaba relajado. Quizá estuviera acariciándola mientras dormía.

Ella también debía procurar dormir. Volvió a sentir el movimiento en sus senos; no podría conciliar el sueño mientras tuviera tan cerca su virilidad. Con mucha vacilación, intentando tocarlo pero sin que él se percatara de su curiosidad, Jenny puso la yema de un dedo en... bueno, en la punta misma del miembro. ¡Estaba húmedo! Y Latimer movió las caderas. Empujaba su virilidad contra el dedo de Jenny como si le gustara tocarlo y quisiera más.

Jenny dejó de respirar y cerró los dedos en torno a su miembro... y se preguntó si todos los hombres acarreaban una carga tan soberbia como aquella.

El edredón cayó al suelo. Latimer la agarró por las rodillas, se tumbó de espaldas y arrastró a Jenny con él hasta colocarla encima. Con su... Cielos, sentía el aliento de Latimer dentro de las braguitas, y su propio rostro estaba en... en el regazo de él.

—Jenny, Jenny —murmuró—. Si me lo pides, intentaré parar. Pero no quiero.

Jenny lo frotaba hacia delante y hacia atrás con la mejilla, y dijo con voz aguda y tonta:

—Yo tampoco quiero.

—Me estás matando.

Jenny se quedó inmóvil.

—¿Cómo?

—Es una forma de hablar —jadeó Latimer—. No interrumpas lo que estabas haciendo.

La despojó de las braguitas... y besó la cara interna de sus muslos.

—Quítate la bata y el camisón —le ordenó—. Prometo mantenerte en calor.

Era más fácil decirlo que hacerlo, concluyó Jenny mientras tiraba de las prendas que se habían quedado atrapadas entre sus cuerpos. Por fin, se las sacó por encima de la cabeza y las dejó caer al suelo.

—¿Así está mejor? —preguntó. Latimer estaba ocupado salpicando de besos su entrepierna. Jenny empezaba a sentir el ansia en el vientre y dudaba que pudiera soportar que se interrumpiera.

—Mejor —profirió una risita—. ¿Qué tal estás ahora? ¿Tienes frío o calor?

—Mucho calor —contestó Jenny. Latimer había tirado de ella y tenía los senos apoyados en el vientre de él, con lo cual, su rostro quedaba justo encima de su soberbio pináculo. Cielos, estaba volviendo a recordar todo lo que habían leído las mujeres del club de Sibyl. Tonterías sobre féminas que se sacrificaban sobre pináculos.

La boca de Latimer se cerró sobre su parte más íntima y Jenny arqueó la espalda. La sujetaba con firmeza con un brazo mientras, deslizando una mano entre sus cuerpos, le acariciaba los senos. Después, Latimer empezó a lamerla. Movía la punta de la lengua hacia delante y hacia atrás hasta que la agonía de Jenny se convirtió en un dolor irresistible. Tal vez aquello no estuviera bien entre personas solteras, pero no lo detendría, no quería detenerlo.

—No lo hagas si te repele —dijo Latimer—, pero me gustaría que me tomaras dentro de tu boca.

Jenny comprendió lo que le decía y experimentó un momento de pánico. Había tantas cosas que no sabía...

Latimer seguía haciendo movimientos rítmicos con la lengua y Jenny no podía mantener quieto el trasero. Cerró los ojos e introdujo el miembro de Latimer dentro de su boca. La belleza de sentirse unida a él hizo que se le saltaran las lágrimas. Con cuidado de no lastimarlo, Jenny lo tomó aún más dentro y sincronizó la caricia con el ritmo que Latimer marcaba en su entrepierna.

Cada vez más deprisa, Latimer movía la boca y los dientes sobre ella, sin dejar de estrujarle las nalgas, sostener sus muslos con manos fuertes e insistentes, buscar sus senos una y otra vez y jugar con sus pezones hasta que Jenny sintió deseos de gritar.

Empezó a sentir fuego por dentro, un fuego abrasador, y abrió las piernas aún más para moverse contra el rostro de Latimer. Jenny elevaba y bajaba la cabeza, frenética en su deseo de complacerlo. Había partes de él sólidas y redondas y también las acarició con las manos.

Latimer le rodeó la cintura con las manos y Jenny se percató de lo grande que era en muchos sentidos.

—Para —le dijo a Jenny, pero ella lo negó con la cabeza y continuó—. Tendré que darte una azotaina por esto —concluyó Latimer, y cerró los labios sobre ella. Jenny lo oyó lamer y sintió un estallido en su interior seguido de una oleada que le recorrió el cuerpo entero. Profirió un débil grito. Al mismo tiempo, las caderas de Latimer ascendieron y descendieron como el mazo de un herrero y lo único que ella pudo hacer fue mantener la boca abierta para recibirlo.

—Aparta la cara —dijo con voz ahogada—. Rápido, ya no aguanto más.

En lugar de obedecer, Jenny cerró la boca en torno a él y fue al encuentro de cada sacudida. Latimer estaba bañado en sudor y ella misma tenía los cabellos adheridos al rostro.

Una última y poderosa embestida y Latimer abrió los brazos. Se movía adelante y atrás, y Jenny saboreó su esencia.

—Suelta —dijo Latimer, jadeando, mientras le acariciaba la espalda—. Suelta.

—No puedo —contestó Jenny, sintiéndose débil y cálida... y segura. Latimer dejó de darle órdenes, pero la puso otra vez boca arriba y la atrajo a sus brazos. Se besaron durante largo tiempo y Latimer la estrechó hasta estrujarle las costillas, pero Jenny no se quejó.

—Eres mi amor —dijo Latimer cuando el corazón empezó a latirle más pausadamente contra el pecho de Jenny—. Una maravilla. Un regalo que no me merezco. No tengo excusa para lo que acabo de hacer, pero no me arrepiento. Creo que somos tal para cual.

—Yo sí tengo excusa para lo que acabo de hacer —Jenny le besó el cuello y dejó un rastro de besos en dirección a su boca—. Quería hacerlo, y querré hacerlo otra vez. Te quiero, Latimer More. Y haré siempre lo que tú me digas.

—¿Cómo hace apenas unos momentos?

Jenny se reclinó pesadamente sobre él y sonrió.

—Justo así.

—Tengo que pedirte una cosa —dijo Latimer—. Pero te he dejado exhausta, así que duerme primero, querida mía. Hablaremos por la mañana.

Jenny balbució un «sí» deliberadamente somnoliento y se quedó inmóvil, esforzándose por conciliar el sueño.

Jamás se había sentido más despejada, ni más consciente de lo que la rodeaba. Latimer respiraba hondo y despacio. ¿Se enojaba un hombre si una mujer se mostraba exigente... con el sexo? No lo sabía, pero si no lo intentaba, seguiría sumida en la ignorancia.

Hincó un codo en el colchón y apoyó la cabeza en la mano. Las velas seguían titilando, y concluyó que podía quedarse mirando a Latimer eternamente. Aunque tenía los rasgos más relajados, veía arrugas en los rabillos de sus ojos, y una línea recta que descendía en vertical por debajo de cada pómulo. Había visto cómo se le formaban hoyuelos allí cuando sonreía.

Latimer tenía la clase de boca que una mujer haría bien en admirar siempre que pudiera. El labio inferior era más generoso que el superior y, relajado como estaba, distinguía los bordes de sus dientes blancos y cuadrados. La sombra de barba incipiente que le cubría el rostro le agradaba, así como los rizos que se le formaban en el cuello. Y en los hombros. Jenny apoyó la palma de la mano en el hombro izquierdo y cerró los dedos en torno al músculo que allí refulgía. Latimer todavía tenía el vello del pecho húmedo por el esfuerzo. Jenny se sentía orgullosa de su capacidad de cansarlo, y un poco pícara por haber disfrutado tanto de él.

Cuando volvió a mirarlo a la cara, él la estaba observando. A Jenny le dio un pequeño vuelco el corazón.

—Pensaba que ibas a dormir.

—Bueno, soy más joven que tú. Puede que tenga más energía y recupere antes las fuerzas.

La sonrisa traviesa de Latimer desató hormigueos por todo su cuerpo.

—Siempre puedes negarte —le dijo a Latimer—, pero si te da lo mismo, me gustaría repetir lo que hemos hecho... y ver si averiguamos otra forma arriesgada de hacerlo.

Latimer elevó el mentón y recostó la cabeza en la almohada.

—Es culpa mía. Tenía que ocurrir. He encontrado la horma de mi zapato y es insaciable.

—Sí —anunció Jenny con júbilo, y se incorporó para sentarse a horcajadas sobre él—. Soy insaciable. Quiero que me enseñes todo lo que sabes. ¿Qué más podemos hacer con esto? —levantó su miembro parcialmente erecto y lo acarició con cuidado. Lo acarició hasta que notó que revivía, y se inflamaba, y se ponía rígido. Cuando estaba así, aunque intentara bajarlo, se elevaba automáticamente.

—Tienes unos senos de ensueño —dijo Latimer—. A partir de ahora, te miraré de cierta manera y sabrás que te estoy viendo desnuda, y que en mi mente tengo tu pecho en mis manos y mi lengua en tu boca y que estaré dentro de ti.

Jenny se quedó inmóvil. Latimer le pellizcó los pezones y ella se retorció sentada como estaba sobre las caderas de él, pero reflexionó en lo que acababa de decir.

—¿Dentro de mí?

—Ha sido un desliz —rió—. No pretendía decirlo.

—Pero eso es lo que hacen los hombres y las mujeres, ¿no es así? Así es como tienen niños.

—Sí, pero no se hace un bebé cada vez que una pareja se une.

—Entiendo. Suena maravilloso, sé que me gustaría. Pero supongo que debemos tener cuidado. He visto lo que les pasa a las mujeres solteras que tienen bebés.

—Tú no eres como ellas —dijo Latimer—. Cualquier hijo tuyo será hijo mío y muy querido por sus padres.

Jenny se sintió como si una bandada de mariposas hubiese echado a volar en su interior.

—Sí, pero debemos esperar a hacerlo.

Latimer volvió el rostro, pero otra vez movía el pulgar hacia delante y hacia atrás entre las piernas de Jenny. La chispa instantánea de placer la sorprendió.

Jenny se arrodilló y sacudió la almohada que Latimer tenía debajo de la cabeza. Colocó su miembro viril contra su vientre y se balanceó hacia delante y hacia atrás sobre él hasta que Latimer empezó a moverse y a intentar sujetarla.

¿Cabría todo aquello en su interior?, se preguntó Jenny. Dios no podía haber creado mal al hombre y a la mujer para lo que debían hacer. Sin darse más tiempo a pensar, lo agarró y apretó la punta de su mástil contra la entrada de su cuerpo. Poco a poco, descendió sobre él, sintiendo cómo la llenaba. Empezó a llorar sin saber por qué, pero no podía parar.

Latimer profirió un gemido, la agarró de las caderas y la penetró. La conmoción fue enorme y estuvo a punto de caer de bruces sobre él, pero Latimer la sujetó y empezó a moverse.

—No puedo creer que estemos haciendo esto tan pronto —le dijo—. Pensé que te asustaría hacer más cosas esta noche.

—¿Asustarme? ¿Por qué?

—Granuja —le dijo, y se puso en cuclillas sin salir de ella—. De nada, no hay duda. Lo importante es la profundidad, cariño mío. Veamos hasta dónde puedo llegar.

La tumbó de espaldas, le levantó las rodillas hacia el pecho y se hundió en ella hasta que Jenny no creyó poder aceptar más. Y, de nuevo, se movieron al compás, salvo que en aquella ocasión fue diferente. Las sensaciones crecieron pero él estaba dentro de ella. Latimer hizo una pausa para inclinarse sobre Jenny y lamerle los senos. Trazó círculos en torno a sus pezones con la lengua y ella hizo lo posible para acercarse más a él.

—Dame las manos —dijo Latimer, y cuando lo hizo, las llevó a donde se unían sus cuerpos y la penetró con más fuerza y celeridad. Jenny sintió la cálida liberación de Latimer dentro de ella y gritó.

—Jenny, mi amor, ¿te he hecho daño?

—Ni una pizca. Todo esto es maravilloso, y me siento dichosa y abrumada. Y un poco asustada de tanta dicha.

Latimer se separó de ella y los dos se cubrieron con el edredón. Con la cabeza de Jenny apoyada en el hueco de su hombro, Latimer le besó la frente y el pelo y la sostuvo entre sus brazos con suavidad pero sin exigencias.

—Cariño, quiero pedirte una cosa —dijo Latimer, en un tono inusual en él—. Se trata de nuestro compromiso. ¿Sigue haciéndote feliz la idea de casarte conmigo?

—¿Bromeas? —repuso Jenny, y le dio un ligero puñetazo en el pecho—. Después de lo que hemos hecho, ¿me preguntas si me hace feliz la idea? Estoy impaciente por casarme contigo, Latimer. Y prometo esforzarme por ser una buena esposa para ti. Tengo muchas cosas que aprender, pero soy avispada y haré que te sientas orgulloso de mí.

Latimer le sonrió junto a sus cabellos cobrizos.

—Ya estoy orgulloso de ti —carraspeó—. ¿Conoces a una tal señora Smith?

—Podría ser —dijo Jenny, pensativa—. Seguramente. Hay muchas señoras Smith. ¿Por qué?

Latimer suspiró y dijo:

—Simple curiosidad —hizo una pausa—. Jenny, ¿te casarías conmigo ya mismo?

—¿Ya mismo? —repitió, despacio—. ¿Cómo que ya mismo?

—En un par de días. Podríamos solicitar una licencia especial y casarnos en una capilla que conozco. No quiero esperar.

Jenny pensó que no resultaría fácil ultimar todos los preparativos necesarios para una boda en tan poco tiempo.

—Jenny, ¿qué dices?

Ella hundió los dedos en sus cabellos negros e intentó mirarlo con seriedad, incluso fruncir el ceño, como si estuviera reflexionando mucho sobre aquella petición, pero lo echó todo a perder riendo.

—Digo que sí. Sí, sí, por favor.

27

—¿Qué ha sido de la creencia de que una esposa debe obedecer a su marido? —le preguntó Latimer a Jenny mientras la señora Barstow trajinaba en torno a la mesa donde aquél había comido desde su llegada al número 7. Estaba colocando tres servicios para el desayuno.

Jenny, envuelta en su viejo vestido verde de zaraza, hacía repetidos esfuerzos por ayudar a Barstow, se interponía en su camino y era despachada.

—No soy tu esposa, Latimer, así que no eres mi marido. Tengo cierto sentido del deber y sé que lo correcto es que hoy vuelva al trabajo. *Madame* Sophie ha sido muy buena conmigo y no quiero decepcionarla.

—¿Y tienes que llevar puesto...? —Latimer cerró la boca y meditó dos veces lo que iba a decir—. Muy bien. Te admiro por tus principios y te llevaré yo mismo a Bond Street después del desayuno. Finch aparecerá de un momento a otro; tenemos muchas cosas que tratar con ella.

Barstow había olvidado lo que tenía entre manos. Tarareaba con suavidad, pero con una oreja vuelta hacia ellos.

—Señora Barstow —dijo Latimer—, debe de preguntarse a qué viene este alboroto. Habrá mucho movimiento en el número 7 durante unos días, y no creo que recuperemos la calma enseguida. Verá, Jenny y yo vamos a casarnos.

Ataviada con su acostumbrado vestido gris y con el aro de llaves tintineando en su cintura, Barstow se enderezó. Sonrió y se ruborizó.

—Bueno, es cierto que me extrañaba la conversación. Pero me alegro mucho por ustedes, por supuesto. Mucho.

La puerta se abrió de par en par y Finch apareció en el umbral. Evans estaba detrás, y parecía un poco agitado.

—Latimer More, eres un hombre exasperante. Anoche cenaste en mi casa pero no te molestaste en decirme que ya estabas llevando adelante tus planes de boda —llevaba un ramo de rosas en la mano—. He tenido que oír la noticia de boca de Evans al presentarme aquí con tu invitación para desayunar.

—Y tú, querida hermana, no te fijaste en el anillo que llevaba anoche mi prometida.

Barstow salió y cerró la puerta para impedir que Evans siguiera contemplando la escena desde la entrada. Finch corrió hacia Jenny y le levantó la mano izquierda. Se le llenaron los ojos de lágrimas, pero sonrió y estrechó a Jenny entre sus brazos.

—El anillo de nuestra madre —declaró—. Madre era hija de un pescador. Mi padre la adoraba y estaba muy orgulloso de su elegancia natural. Le encantaban las cosas bellas, y creo que le habrías gustado mucho, Jenny. Ojalá pudiera estar aquí. El anillo te queda precioso —dejó las rosas y forcejeó con el enganche del broche que llevaba en el cuello del vestido—. Mi pequeño regalo en este día tan especial. También era de nuestra madre.

—No puedo aceptarlo —dijo Jenny—. Ya me preocupa bastante que no te guste verme con el anillo. Y te lo daré si te gusta porque...

—Calla —dijo Finch—. Yo ya tengo mis propios anillos. El que llevas en la mano se lo dio mi madre a Latimer para la mujer con la que fuera a casarse. Déjame que te coloque el broche, Jenny.

Era el favorito de su madre, un abejaruco hecho de oro

oscuro con incrustaciones de zafiros en el lomo. Finch lo prendió al harapiento vestido de Jenny como si llevara un traje de fiesta, dio una palmadita a la lustrosa joya y dijo:

—Le queda perfecto, ¿verdad, Latimer?

—Sí. Estoy conmovido, Finnie. Eres la mejor hermana del mundo.

—Soy la única hermana que tienes —le recordó.

—Mujeres —masculló Latimer, y alzó las palmas—. ¿Qué pecado he cometido para estar siempre rodeado de mujeres demasiado espabiladas para su propio bien?

Barstow entró de nuevo cargada con una bandeja de comida, y Foster la seguía con el café. Toby caminaba detrás sosteniendo una fuente de plata cubierta que desprendía un aroma delicioso.

Los tres dejaron las viandas y empezaron a salir en fila india.

—Toby, quédate, por favor —dijo Jenny antes de que el niño hubiese desaparecido por la puerta—. ¿Has desayunado ya?

—Sí. Ahora siempre desayuno nada más levantarme.

—¿No podrías comer un poco más?

Toby era un muchacho avispado, y Latimer incluso lo veía más alto últimamente. No había duda de que llenaba más la ropa.

—Supongo que sí.

Latimer apartó la mesa de la pared y colocó una de sus sillas verdes y doradas en el lado que quedaba libre.

—Para ti —le dijo a Toby—. Siéntate y únete a nuestra celebración. A fin de cuentas, de no ser por ti, puede que todavía estuviera buscando a Jenny.

—Qué va. Habría seguido yendo a la tienda a hablar con ella —Toby se sentó en la elegante silla mostrándose muy satisfecho de sí mismo.

—No nos han presentado, Toby —dijo Finch—. Soy la hermana del señor More.

—Lo sé —Toby recordó sus modales y se puso en pie al

instante–. La señora Barstow me lo dijo. Su marido es un vizconde y debo llamarla *lady* Kilrood.

Se sentaron los cuatro a la mesa y Finch sirvió café; para Toby también vertió un poco en una frágil taza de porcelana china a la que Latimer tenía un cariño especial.

La fuente cubierta contenía esponjosos huevos revueltos, riñones guisados, arenques ahumados, tomates fritos y pan. Latimer deseó tener el apetito de Toby, o incluso el de Finch. Jenny y él no mostraban interés por la comida. Latimer prefería mirarla, y contemplar cómo ella lo observaba de la misma manera. De vez en cuando, Jenny se tocaba el broche del abejaruco o se miraba el anillo. No eran lo bastante hermosos para rivalizar con ella.

Sin preocuparse por la falta de educación, se inclinó para susurrarle algo a Jenny al oído; ésta asintió y le miró la boca mientras lo hacía. Las partes de Latimer volvieron a agitarse y endurecerse. Por debajo de la mesa, Jenny le estrujó el muslo y él le atrapó la mano con la suya.

–Toby –dijo Jenny–. Esto es una celebración porque Latimer y yo vamos a casarnos.

–Lo sé –dijo el niño–. La señora Barstow lo acaba de decir.

Finch profirió una risita; después, logró recuperar el semblante serio.

–Bueno –dijo Latimer–, Barstow no debería meterse... perdón. Barstow debería dejar que los demás anunciaran sus buenas nuevas.

–No le dijiste que guardara el secreto –señaló Jenny.

Toby levantó la valiosa taza entre las manos para tomar un buen sorbo de café. Volvió a dejar la taza en el plato y añadió varias cucharaditas de azúcar. Lo removió con vigor, haciendo tintinear la cucharilla dentro de la taza mientras lo movía.

–Me alegro mucho por usted –dijo Toby, en tono tan formal que Jenny se quedó boquiabierta–. Es un hombre con suerte, señor Latimer. Nuestra Jenny es muy especial.

Nunca he conocido a nadie que se preocupara tanto por la gente sin importancia, ni a nadie con tan buen corazón. No tiene familia que la defienda, así que estaré aquí por si alguna vez me necesita.

Jenny se echó a llorar y se cubrió la cara. Toby se levantó al instante y la rodeó con los brazos. Con lágrimas en sus ojos, Finch los contemplaba sonriendo.

—Finnie —dijo Latimer, para intentar restar emoción al momento—. ¿Crees que el arzobispo nos daría su bendición?

—Claro —Finnie se sorbió las lágrimas—. Es un buen amigo nuestro. ¿Cuándo será la boda?

—El viernes.

Sus lágrimas se secaron de inmediato.

—¿Dentro de tres días? Pero...

—Dentro de tres días —repitió Latimer—. Hay muchas cosas que desconoces pero me quedaré mucho más tranquilo cuando Jenny se encuentre legalmente bajo mi protección. ¿Estás de acuerdo, Toby?

El chico tragó el bocado que estaba masticando y dijo:

—Sí, estoy de acuerdo. Usted cuidará de ella.

—Voy a pedirle a Adam Chillworth, de la buhardilla, que haga de padrino —anunció—. ¿Podrías acompañarlo tú, Toby? —le preguntó al muchacho sin tenerlo planeado.

—Di que sí —le pidió Jenny con suavidad—. El día no sería lo mismo sin ti.

—Será un placer —respondió Toby con rostro solemne y la espalda recta.

—Tres días —murmuró Finch, todavía incrédula—. Dios mío, debo enviarle un mensaje a Ross de inmediato. Debería ser él quien lleve a Jenny al altar. Si a ti te parece bien, Jenny.

Jenny parecía perpleja. Asintió.

—La capilla de San Estéfano, en Saint John's Wood —prosiguió Latimer—. Es un lugar bonito y, como seremos un grupo pequeño, habrá sitio de sobra.

—Habrá que invitar a tus socios —señaló Finnie—. Y a nuestro padre.

Latimer parpadeó y se quedó mudo.

—Hay que invitarlo —insistió Finch. Jenny le dio la mano a Latimer por encima de la mesa y dijo:

—Por supuesto.

—No vendrá —vaticinó Latimer.

—Rezaré para que lo haga —repuso Jenny en voz baja.

—Yo también —añadió Finch—. Querrá conocer a sus nietos.

Latimer miró a Jenny pero ésta había bajado los ojos y se había ruborizado. Quizá fuera una amante insaciable, pero seguía siendo tímida en compañía de otras personas.

La puerta se abrió otra vez y en aquella ocasión fue *lady* Hester, todavía con el gorro de dormir en la cabeza, quien apareció envuelta en una bata de suave color rosa, claramente turbada.

—¿Os parece justo planear una boda sin ni siquiera informarme del compromiso? Estoy atónita. No, humillada por vuestra falta de consideración —un suspiro elevó su abundante pecho. Tenía el rostro brillante por alguna pomada que se había aplicado.

—Caramba, milady —dijo Jenny—. No haríamos nada sin su conocimiento. Tengo que ir a trabajar, pero, cuando vuelva, Latimer y yo iremos a verla y le contaremos todos nuestros planes. No sé muy bien cuáles son, salvo que vamos a casarnos el viernes.

—¿El viernes? ¿*El viernes?* —*lady* Hester desplegó un abanico de seda rosa pintado con amapolas y se dejó caer en una silla—. ¿Que os vais a casar este viernes? Finch, ¿cómo has podido permitir que ocurriera una cosa así? Latimer es un poco ambiguo algunas veces, pero tú...

—Acaba de enterarse —dijo Jenny—. Y estoy segura de que si a milady no le agrada la idea podríamos...

—Nos aseguraremos de asignarle un sitio de honor en San Estéfano, *lady* Hester —dijo Latimer antes de que Jenny pudiera terminar—. Le gustará la capilla. Es...

—Sé muy bien cómo es San Estéfano —lo interrumpió *lady*

Hester con labios apenas entreabiertos–. Toby, querido, busca a Barstow y dile que empiece a preparar las invitaciones. Sabrá lo que debe escribir y podrá empezar sin mí. Han de ser enviadas de inmediato a todos los invitados... que se encarguen unos jinetes –inclinó la mejilla y Toby se la besó al pasar a su lado–. Las prisas no son decorosas, Latimer. Espero que sea tu ardor, y no otro pequeño inconveniente, la causa de esta precipitación.

¿Cuándo había perdido el control de su vida privada?, se preguntó Latimer.

–No sé a qué te refieres –le dijo a *lady* Hester–. Jenny y yo queremos estar juntos lo antes posible.

–¿Te llevará tu padre ante el altar, Jenny? –preguntó *lady* Hester.

–No.

–Entonces, se lo pediré a *sir* Edmund. Haría cualquier cosa para agradarme, y es tan distinguido...

Latimer carraspeó y dijo:

–Ross será quien la lleve, *milady*, pero estoy seguro de que le parecerá bien. Aunque ha sido un detalle proponer a *sir* Edmund.

El abanico de *lady* Hester se movía con energía.

–Tienes razón, es más correcto que lo haga tu cuñado. ¿Habéis pensado en el vestido?

«No, no había pensado en el condenado vestido. Si de él dependiera, se casarían en la cama y desnudos».

–Eh... ¿Hemos pensado en un vestido? –preguntó, a nadie en particular.

–Dada la poca antelación, tendrá que ser uno de los de la princesa Desirée –anunció *lady* Hester–. Lo elegiremos entre las mujeres y le diremos a la modista que haga los arreglos pertinentes. ¡Santo Cielo!, enséñame ahora mismo ese anillo.

Jenny se apresuró a obedecer y *lady* Hester estudió la joya con sus impertinentes.

–Vale su peso en oro –declaró–. Esa baratija no te desmerecerá, Latimer, hijo mío.

—Era de mi madre. Me lo dio con este fin y ahora es de Jenny.

Lady Hester dio una palmada y sus ojos cobraron una mirada soñadora.

—¡Una boda! La sola idea me conmueve. E insisto en ofrecer aquí el banquete. Abriremos el pequeño salón de baile a ese efecto. ¿Y el trayecto hasta la iglesia, Latimer? Imagino que ya habrás pensado en eso. ¿Este viernes? ¿Y la licencia? Debéis pedirla de inmediato.

—Ross es amigo del arzobispo, así que no habrá problema —dijo Finch.

Latimer se puso en pie con intención de llevar a Jenny a Bond Street.

—Hoy debo ocuparme de un cuantioso envío procedente de la China. Aprovecharé la ocasión para dar instrucciones especiales a mis empleados; así podrán encargarse del negocio mientras yo me ocupo de menesteres mucho más gratos —sonrió a Jenny—. Este viernes serás mi esposa —aunque, en realidad, lo que necesitaba era tiempo libre para asegurarse de que ni Bucket ni ninguno de sus compinches obstaculizaban la boda.

—Casi se me olvida —exclamó Finch—, ¡las rosas! El señor Lumpit me las ha dado para ti, Jenny. Dice que son una muestra de su estima. Me temo que el coadjutor está suspirando de amor.

—Pobre hombre —dijo *lady* Hester—. Lo conocí el otro día y se mostró muy servicial, aunque a *sir* Edmund no pareció agradarle mucho.

—Hombre listo —comentó Latimer, y no pudo evitar parecer desagradable—. Ese odioso Lumpit es un fastidio.

Finch se meció sobre sus pies y dirigió su mirada a *lady* Hester.

—*Milady*, el señor Lumpit le agradecería que lo recibiera dentro de un rato. Tiene un asunto personal que desea revelarle.

Latimer abrió la boca para ordenarle a *lady* Hester que

hiciera caso omiso de Lumpit pero comprendió justo a tiempo que no tenía derecho a hacerlo.

—Ojalá pudiera quedarme —dijo Jenny—, pero *madame* Sophie me necesita.

Los cuatro se dispusieron a salir del 7A, pero el viejo Coot apareció con una caja que mantenía en equilibrio sobre su prominente vientre. Las piernas le flaqueaban un poco por el peso que llevaba.

—Para el señor More y la señorita McBride —entonó—. Ha llegado hace un rato.

—¿Quién lo ha traído? —preguntó Latimer. Coot dejó la caja sobre la mesa y se apartó con expectación. Frunció el ceño y dijo:

—Rayos, no lo sé. Lo dejaron junto al ropero. James dice que lo aceptó él, pero lo dudo. De todas formas, nunca se acuerda de nada.

—Vamos, abridla —dijo *lady* Hester, bullendo de entusiasmo—. Debe de ser vuestro primer regalo de bodas. Es posible que alguno de los lacayos ya esté propagando la noticia por todo Londres.

—Yo no conozco a nadie —dijo Jenny—, así que debe de ser para ti, Latimer. Puedo ir sola a Bond Street, no está tan lejos.

Latimer la atrajo a su costado y la besó en la frente... y oyó suspirar a las otras dos señoras. Sentó a Jenny en una silla junto a la mesa y utilizó la pequeña navaja que siempre llevaba encima para abrir la tapa. Lo que había dentro estaba envuelto en muchas capas de papel blanco y atado con un lazo amarillo. Lo extrajo con suavidad y se sorprendió del peso.

Cortó el lazo con la navaja y desenvolvió el regalo. Las tres señoras profirieron una exclamación de asombro.

—¡Es precioso! —dijo *lady* Hester—. Un tesoro, diría yo.

—Dios mío, Latimer —murmuró Finnie.

Miró a Jenny, pero ésta contemplaba atónita lo que, a primera vista, parecía un reloj de sobremesa de oro con forma hexagonal. Latimer no tardó en calcular que había sido fabricado en Francia en el siglo XVI y que valía una fortuna.

—Hay una tarjeta —dijo Finch, y la recogió del suelo, donde estaba caída. Se la pasó a Jenny—. Ábrela.

Latimer se contuvo de insistir en leerla él primero.

—Qué papel más bonito —comentó Jenny, mientras abría el sobre y extraía la tarjeta—. Es muy grueso y cremoso. Dice: «Me alegro por vosotros. Un amigo». ¿Quién puede ser?

Un movimiento en el vestíbulo llamó la atención de Latimer y vio a Adam allí en pie, mirándolo. El pintor lo saludó con la mano y empezó a subir las escaleras.

—Este buen amigo es un hombre tímido —dijo Latimer—. No le gusta reflejar sus emociones. Creo que lo conozco mejor que él a sí mismo.

28

El turbante de noche en el que Jenny estaba trabajando era para *lady* Lloyd. Mientras cosía la trenza dorada al terciopelo púrpura, se sentía aturdida pensando que Sibyl y *sir* Hunter estarían presentes en su boda. Tenía la impresión de estar soñando. Todas las personas distinguidas a las que Latimer conocía estarían allí, y la responsabilidad la abrumaba.

Sólo que no debía sentirse así por un acontecimiento que sería la mayor alegría de su vida y que tanto significaba para Latimer.

Latimer. Durante unos minutos, casi había olvidado que aquel irritante granuja estaba sentado sobre una vieja silla inestable en el rincón de su taller, observando todos sus movimientos mientras fingía dormitar. Hacía más de una hora que estaba allí, desde las tres, con las piernas estiradas y el sombrero en el regazo. Tenía la barbilla apoyada en el pecho y si la poca luz reinante no hiciera destellar sus ojos entornados, Jenny creería que estaba dormido de verdad.

Latimer se movió, cruzó los brazos y elevó los hombros. Cualquiera que lo viera pensaría que no se había percatado de que el sombrero se le había caído al suelo.

—Vaya —dijo Jenny en voz alta—. Me pregunto si las cosquillas se notan cuando uno está dormido.

Latimer ni siquiera elevó las comisuras de los labios. Respondió:

—Una pluma es un buen instrumento para torturar haciendo cosquillas, según tengo entendido. Esa pluma de pavo real sería ideal... o quizá esa otra de avestruz.

Se oyó el crujido de las faldas de *madame* Sophie y la mujer bajó los peldaños del minúsculo taller. Latimer se puso alerta al instante, se levantó y le sonrió.

—Por fin la veo, *madame* Sophie. Confiaba en que apareciera pronto.

Era un sinvergüenza, pensó Jenny con afecto.

—¿Recibió mi invitación a la boda?

—Sí, gracias —dijo *madame* Sophie—. Estaré encantada de asistir a la celebración.

Jenny miró alternativamente a Latimer y a *madame* Sophie y tuvo que acordarse de cerrar la boca. *Madame* Sophie no le había dicho ni media palabra de que hubiera recibido la invitación.

—Me alegro —dijo Latimer. Se sacó una caja del bolsillo y se la entregó a la patrona—. Hoy he recibido un cuantioso pedido del Oriente. Cuando vi esto, pensé en usted. Quiero que lo tenga como un presente de Jenny y mío. Ha sido muy buena con ella.

Madame Sophie aceptó la caja blanca atada con un lazo de plata y Jenny tuvo la sensación de formar parte del público de una función de teatro.

—¿No es cierto, Jenny?

Jenny miró a su alrededor y dijo:

—Siempre muy buena.

Madame Sophie abrió el regalo con prontitud y extrajo una exótica flor tallada en una piedra azul pulida y perfilada con oro. Se llevó una mano a la mejilla y profirió una exclamación.

—No puedo aceptarlo, es demasiado hermosa.

—Es una anémona, y la piedra es lapislázuli. Hay opiniones divididas sobre sus orígenes. Yo creo que es antiquísima y que, posiblemente, la tallaran en Egipto. Y es suya. Por la tienda, sé que el azul y el dorado son sus colores favoritos. Sólo usted la valorará como se merece.

Iba a casarse con un hombre con pico de oro. Jenny tomó la flor de manos de *madame* Sophie y se sorprendió de lo mucho que pesaba.

—Tienes buen gusto, Latimer —le dijo, y devolvió la pieza a su nueva dueña—. Y sabes cómo escoger el regalo adecuado para cada persona.

Madame Sophie le dio las gracias formalmente pero sostenía el lapislázuli como si jamás fuera a soltarlo y sonreía con deleite.

La conversación fue decayendo. Hubo carraspeos y *madame* Sophie tarareó un poco. Jenny dio otras puntadas más al turbante pero no lograba concentrarse.

—Hay alguien a quien quiero que conozcas, Jenny —dijo *madame*, y retiró una de las cortinas de la entrada a la tienda—. Ven, Elsie —se volvió hacia Jenny y habló en voz baja—. Una muchacha agradable que sabe coser. No tan bien como tú, pero servirá.

A Jenny se le secó la garganta. Buscó los ojos de Latimer pero éste tenía la mirada clavada, con cierto aire de culpabilidad, en el suelo.

Elsie no podía tener más de quince años. Rechoncha, de pelo oscuro, con mejillas lavadas y sonrosadas y ojos castaños, entró en lo que habían sido los dominios de Jenny en los últimos años y paseó la mirada alrededor con una enorme y suave sonrisa. Se acercó a Jenny y miró el turbante.

—Es magnífico —dijo—. Son unas telas muy finas, y eres muy hábil con la aguja. Algún día, me gustaría llegar a ser igual de hábil que tú.

—La muchacha es muy modesta —dijo *madame* Sophie—. Es mañosa, a pesar de su juventud. Con vestidos más que sombreros, pero aprenderá deprisa. ¿No hemos sido afortunadas al encontrarla, Jenny, ya que tú vas a casarte dentro de nada y debes dedicar todo tu tiempo a los preparativos?

—Muy afortunadas —respondió Jenny cuando alcanzó a hablar. Era tan evidente que Latimer estaba detrás de todo aquello que empezó a tramar venganzas. Por desgracia, dudaba que le desagradaran las ideas que se le ocurrían.

—Espero que vengas a visitarme cuando tengas tiempo —le dijo *madame* Sophie—. Quizá nos permitas hacerte los sombreros.

Jenny se levantó despacio. Se sentía extraña, irreal.

—Vendré a verla —dijo, con la sensación de que estaban esperando a que se fuera—. Éste es un lugar precioso para trabajar, Elsie. *Madame* Sophie te enseñará a hacer hermosos sombreros. Me alegro mucho por ti.

La muchacha se sentó de inmediato en la silla que Jenny había desocupado y tomó el turbante. Estudió con atención las puntadas y examinó la pieza por dentro y por fuera. Después, la aguja empezó a moverse y Jenny comprobó que Elsie ocuparía tan bien su lugar que a ella no la echarían de menos mucho tiempo.

Después de una despedida que se prolongó demasiado, Latimer salió con ella a la calle y la ayudó a subir a su elegante carruaje de color verde oscuro. El cochero plegó la escalerilla y cerró la puerta, y los cascos de los caballos no tardaron en resonar sobre los adoquines.

—Es un día perfecto para un nuevo comienzo —dijo Latimer en cuanto se sentó a su lado—. Cálido. Con un luminoso cielo azul.

—Hace un buen día, sí.

—Tenemos muchas cosas que hacer, así que tendremos que sacudir la pereza.

—Yo nunca he tenido pereza en mi vida. Ni quiero tenerla.

El pecho de Latimer se inflamó.

—Eso no lo dudo.

—Entonces, ¿qué tienes pensado que haga para pasar las horas? ¿Ahora que ya no tengo trabajo?

—Te daré otro —declaró—. Tengo muchas tareas que asignarte —golpeó el techo del carruaje con el bastón y le gritó al cochero—. ¡A Whitechapel, Samuel! —se volvió hacia Jenny—. Nos tomaremos unos preciados minutos de nuestro tiempo para que veas mis almacenes. Estoy seguro de que encontrarás muchas cosas que hacer allí.

Dentro de un edificio inmenso en el que había cajas apiladas contra las paredes, Latimer le fue presentando a todos sus hombres, que interrumpían sus tareas un momento para saludarla. En algunos rincones se erguían estatuas, en otros, había muebles. La cerámica y el cristal parecían fuera de lugar en las estanterías del almacén. Conoció a Will Austin, la mano derecha de Latimer, un hombre agradable de pelo rubio y complexión fuerte que demostró conocer a fondo el negocio.

—Ya te los he presentado a todos —dijo Latimer por fin.

—Tienes a buenas personas trabajando para ti —le dijo Jenny—. Lo tienen todo controlado y yo aquí no tengo nada que hacer... como tú bien sabes.

Latimer le frunció el ceño. Se había quitado la chaqueta y se estaba remangando la camisa. Parecía lleno de vida y de salud.

—Echa un vistazo a mi despacho y nos iremos. Creo que tu vestido de novia es la próxima gestión del día.

Entró precediéndolo en un amplio despacho situado en el centro del almacén. Estaba cerrado con ventanas esmeriladas por todas partes. Vio más cajas, y un amplio escritorio. Sobre un estante descansaba una bandeja con un servicio de té. Budas de jade, marfil tallado, figuritas blancas de mármol, cajas con tapas enjoyadas y puñados de piedras pulidas cubrían todas las superficies.

—Parece la guarida de un hechicero —comentó Jenny—.

Esperaría que sucedieran cosas mágicas entre todas estas figuras misteriosas.

—¿Ah, sí? —Latimer colgó la chaqueta de una percha y cerró la puerta con llave—. Por seguridad —le dijo.

—¿Qué es esta piedra? —preguntó, y le enseñó una cajita de bordes dorados con incrustaciones de piedras preciosas y con una joya verde y blanca en la tapa, una joya que enrojecía cuando inclinaba la caja.

Latimer abrió la mano de Jenny, le puso la caja en la palma y le cerró los dedos en torno a ella.

—Un ópalo de fuego —contestó—. Es tuya, para que puedas guardar el broche del abejaruco.

—No puedo...

Latimer sentó a Jenny en su mesa y la silenció. Apoyó una mano a cada lado de ella y la miró a los ojos.

—¿Plumas de pavo real? ¿De avestruz? Alégrate de que no tenga aquí ninguno de esos instrumentos de tortura.

Jenny asintió, pero Latimer empleó las yemas de los dedos para hacerle cosquillas hasta que Jenny se retorció e intentó apartarlo.

—Ya basta, Latimer —apenas podía recuperar el aliento—. Tus hombres nos oirán.

—Si nos oyen, se pondrán celosos —la besó y siguió atormentándola. Se comportaba como si las manos de Jenny fueran mariposas que tuviera que espantar cuando ella intentaba impedir que le hiciera cosquillas en las corvas. Latimer hizo una pausa, jadeando él también, y dijo:

—Algún día te explicaré lo que quiero decir, pero acepta que sólo estoy manteniendo mi reputación. Soy un hombre osado.

Acto seguido, la apretó contra él para soltarle los corchetes del vestido, desnudarla hasta la cintura y tumbarla de espaldas sobre la mesa. Todo ello sin dejar de hacerle cosquillas.

—Latimer —gimió Jenny, pero debía de resultarle difícil a un hombre prestar atención cuando estaba concentrado en lamer círculos en torno a los senos de su amada y abriéndose los pantalones al mismo tiempo. Cuando ella se agitó y volvió a pronunciar su nombre, él metió la cabeza debajo de sus faldas y Jenny olvidó lo que iba a decir.

29

—Ven aquí ahora mismo, Jenny —dijo Sibyl—. Finch, ¿puedes hacer algo con ella? Latimer saldrá en cualquier momento hacia la capilla, y si levanta la vista hacia la ventana, la verá. Y eso trae mala suerte —Sibyl estaba casi llorando cuando terminó de hablar.

—Jenny, querida —dijo Finch—. Para complacer a la que está a punto de convertirse en tu hermana política, ¿podrías apartarte de las ventanas?

De no estar tosiendo de nerviosismo cada vez que abría la boca, Jenny se reiría de aquellas dos amigas que habían decidido hacer de madres mientras *lady* Hester descansaba sobre un sofá azul y plata y aparecía serena con un vestido de ensueño de color azul intenso.

—¡Jenny! —exclamó Sibyl.

—Haz lo que te dicen, pequeña —intervino *lady* Hester—. Enseguida. Te estás comportando como un pato malcriado... y no es una combinación muy atractiva.

Jenny suspiró, volvió la cabeza y le dio la espalda a las cortinas de encaje.

—¿Cómo puede un hombre ver a través de unas cortinas? —preguntó, pues ansiaba vislumbrar los hombros anchos del novio cuando saliera de la casa y pasara por debajo de la ventana. Junto con Adam y Toby, entraría en la berlina negra que los aguardaba con la puerta abierta y un cochero vestido con la librea de *lady* Hester de pie a un lado. Habían atado lazos multicolores a los pomos de las puertas, a la parte posterior del carruaje donde otros dos lacayos, apenas unos muchachos, quizá con uniformes un poco pequeños para su edad, se erguían vestidos de púrpura y amarillo, y en los lustrosos barrotes de ambos lados del pescante. Los cuatro caballos lucían una escarapela a juego en la brida.

—Ven aquí y no te muevas —le ordenó Sibyl—. Es una lástima que Meg y Jean-Marc hayan partido hacia Irlanda. Meg sería la más indicada para dar los últimos toques a este vestido.

Alguien llamó a la puerta y *lady* Hester lo hizo pasar. Evans entró con un centro de flores veraniegas.

—Del señor More —anunció, y las dejó en la mesa—. Y desea que la novia lleve esto.

Le entregó a Jenny un ramillete de flores silvestres mezcladas con rosas blancas y amarillas y sujeto con un lazo multicolor a juego con los que estaban prendidos en el carruaje.

—Muy acertado —dijo *lady* Hester—. Evans, ¿dónde está Coot?

—Indispuesto, *milady*. Tantas emociones pueden con él.

—Entonces, debe descansar para que pueda disfrutar del banquete. Ten la amabilidad de decirle que no venga a la capilla si no se ha recuperado por completo.

—Sí, *milady*. El señor More deseaba recordarle a la señorita McBride que perecerá si sigue haciéndolo esperar.

—Entonces, ¡debo ir enseguida! —exclamó Jenny, y se levantó las faldas para echarse a correr.

—¿Y llegar antes que el novio? —repuso *lady* Hester, pero sonrió—. Un muchacho impertinente, pero estoy orgullosa de él. He sido testigo de su triunfo laboral y personal. Resulta muy gratificante ver que uno de mis protegidos ha prosperado tanto. Igual que tú, Finch. Y que

Sibyl y Meg. Gracias, Evans. Debo decirte que estoy más que agradecida a *sir* Edmund por recomendarte. Coot siempre tendrá su puesto de mayordomo en esta casa hasta el final de sus días, pero eres un espléndido mayordomo segundo.

—Gracias, *milady* —dijo Evans, y salió de la habitación tras hacer una reverencia.

—Deja las flores —ordenó Finch, mientras daba vueltas en torno a Jenny—. Sibyl, ¿está el dobladillo a la misma altura? ¡Suelta las flores, Jenny!

—Ni hablar —dijo Jenny, y las apretó contra su pecho. Se las había enviado Latimer—. Quiero verlo.

Finch puso los ojos en blanco y dijo:

—Te estás comportando como una niña. Latimer aún no ha salido hacia la capilla. Cuando lo haga, y a pesar de su advertencia, esperaremos un intervalo decoroso y saldremos nosotras. Después, y ni un momento antes, verás al novio. Y si ha perecido, puedes dar gracias por no haberte casado con un debilucho.

Finch se rió de su propia broma pero a Jenny se le llenaron los ojos de lágrimas... por enésima vez.

—Meg y Jean-Marc cruzando ese temible mar para ver una propiedad irlandesa que ni siquiera tienen tiempo de administrar. Por hermosa que sea, que no lo dudo —se quejó Sibyl—. Y Desirée en Mont Nuages, donde su terrible padre no le prestará atención.

—Finch —dijo Jenny—, ¿puedo decir algo sobre *tu* padre?

—¿Qué se puede decir? —Finch apretó los labios con gravedad.

—Siento mucho que no respondiera diciendo que vendría. Latimer me ha dicho que en tu boda ocurrió lo mismo. No hay duda de que los dos estáis tristes, pero tu padre debe de estarlo mucho más. No sabe lo que se pierde.

—Es demasiado orgulloso —dijo Finch—. Nos amenazó con darnos la espalda si nos íbamos de Cornualles y así ha sido. Pero mentiría si dijera que no lo echo de menos... a pesar de las malas pulgas que tiene.

—Sí —dijo Jenny. Habían trasladado un espejo de cuerpo entero a su habitación del 7B y giró despacio para mirarse una vez más—. Si hay algo mal en mi aspecto, seguirá mal —concluyó—. ¿Creéis que las rosas que llevo en el pelo se marchitarán antes de que lleguemos a la capilla?

Lady Hester se echó a reír y se abanicó su bonito rostro.

—Sois incorregibles. Mañana nos reiremos juntas de estas tonterías. Jenny, las rosas no se marchitarán y el vestido es perfecto. Nunca había visto un tono verde menta más pálido que ése; realza de maravilla tu tez. Sibyl, da una vuelta alrededor de las faldas y comprueba que los adornos de hojas están rectos —cada hoja de satén tenía una margarita blanca también de satén en su base y una mariposa amarilla reposaba sobre los pétalos. El vestido era de tul, sobre el gro verde pálido de Nápoles—. ¿Os he dicho que Birdie lleva un vestido a juego con el mío? —prosiguió *lady* Hester.

Lo había hecho, y varias veces, pero Jenny dijo:

—Seguro que está preciosa.

—Parece que tuvieras rocío en la piel —dijo Finch—. Pero no creo que debas ponerte el abejaruco.

—Pienso llevar el broche —declaró Jenny, sintiéndose tan obstinada como parecía—. Por ti y por tu madre... y porque me gusta.

—Las perlas te quedan muy bien en el pelo —dijo Sibyl—. Destacan mucho sobre tus cabellos cobrizos.

—Bah —exclamó Jenny, y provocó un coro de risas—. Estoy espléndida y os agradezco que lo reconozcáis. ¿Podemos irnos ya?

Se oyó el ruido inconfundible de la puerta principal al cerrarse con fuerza. Jenny intentó correr a la ventana pero fue detenida por un par de manos fuertes que la sujetaron de los brazos. Se rindió fácilmente y permaneció con la cabeza gacha, escuchando las voces que se oían en la calle.

Una de ellas se elevó por encima del resto, una voz viril impregnada de humor.

—¡No tardes, Jenny! —gritó Latimer—. ¡Estaré esperándote!

Adam se había quedado callado y Toby estaba arrodillándose sobre el asiento para mirar por la ventanilla y no perderse detalle. Latimer cerró los ojos y utilizó el rítmico balanceo del carruaje y el repiqueteo de los cascos de los caballos para concentrarse.

La concentración era difícil de lograr cuando el corazón insistía en distraerlo. Era el día de su boda. Apenas hacía unas semanas, aquello no había sido más que un sueño difuso que se había prometido a sí mismo hacer realidad. Jenny y él iban a casarse con cierta precipitación, pero Adam había estado en lo cierto: la aceptación inmediata de Jenny invalidaba las acusaciones de las que había sido objeto. Y, de todas formas, Latimer había querido que fuera su esposa lo antes posible.

Abrió los ojos. Las mentiras no tenían cabida entre un marido y su esposa. Las mentiras o la falta de sinceridad. Jenny debía saber que su precipitación había sido una prueba.

Pero aquel día no. Nada echaría a perder aquel día.

—Me siento culpable —dijo Adam—. Te he empujado a hacer esto.

—Así es. Gracias.

Adam apoyó los codos en las rodillas.

—Todavía estamos a tiempo de volver. Jenny es una joven sensata. Dile que necesitáis más días para preparar la boda.

Latimer le dio una fuerte palmada en la espalda y dijo:

—Ya es demasiado tarde y jamás me había alegrado tanto de nada. Jenny es lo mejor que me ha pasado en la vida.

—¿Estás seguro? —Adam lo miraba con sombríos ojos grises.

—Segurísimo.

—¿No aporrearás mi puerta esta noche ni me pedirás cuentas por haberte arruinado la vida?

Latimer empleó la empuñadura de marfil de su bastón para levantarse el ala del sombrero y desplegó una mueca burlona.

—Dudo mucho que me veas el pelo esta noche, viejo amigo. Si te sientes solo, pásate por el número 8 y haz compañía a Lumpit —todavía estaba buscando la manera de agradecerle a Adam el costoso regalo de bodas.

—¿Qué quiere decir, que el señor Chillworth lo ha obligado a casarse con nuestra Jenny?

—Toby —Latimer se había olvidado de que el muchacho estaba presente—. No era más que una broma entre Adam y yo. Somos viejos amigos y teníamos dudas de quién de los dos se casaría antes. Adam se refiere a que respaldó mi decisión de pedir la mano de Jenny, nada más.

—Ah —dijo Toby, y volvió a contemplar los edificios y jardines junto a los que pasaban.

Mientras que Adam y Latimer llevaban levitas negras y pantalones de color gris oscuro, Toby lucía una levita azul oscura y pantalones de color ante. Era un granuja muy apuesto y avispado.

—Pensaba que íbamos a Saint John's Wood —dijo Toby. Tenía la nariz pegada al cristal.

—Y así es —afirmó Adam—. Debe de ser una zona que no conoces.

—No he pasado mucho por aquí, donde viven los nobles —dijo el niño—, pero conozco el barrio bastante bien. Pensaba que San Estéfano no estaba muy lejos de Regent's Park.

—Y no lo está —dijo Latimer, prestando atención a su entorno por primera vez desde que habían salido de Mayfair Square—. Adam, el chico tiene razón. El parque no está por aquí, y hemos dejado atrás Saint John's Wood —miró la hora en su reloj de bolsillo—. Maldita sea, ¡qué cochero más idiota! Llegaremos tarde.

Adam ya estaba aporreando el techo del carruaje. Latimer abrió la trampilla y le gritó al cochero.

—¡Alto! Se ha equivocado de calle. Hay que dar media vuelta enseguida.

El cochero no se inmutó, ni el hombre que estaba sentado a su lado.

—¿Había dos cocheros? —preguntó Latimer a Adam.

—No.

—Ahora los hay —utilizó el bastón para hundirlo en la espalda del hombre más próximo pero no sirvió de nada. Latimer cerró la trampilla—. Algo va mal. Esos hombres no tienen nada que ver con el número 7 y no piensan detenerse. Al contrario, cada vez van más deprisa.

—¿Qué pretenden, robarnos? —inquirió Adam—. En ese caso, se han tomado muchas molestias. Pero ¿qué podría ser si no?

—Bucket —dijeron Latimer y Toby al unísono.

—¡Dios! —Adam se quitó la levita y la dejó en el asiento. Latimer lo imitó—. Tendremos que pelear, maldita sea.

—¿No tienen una espada? —preguntó Toby—. Podríamos matarlos a través de esa pequeña ventana sin necesidad de salir. Luego, yo conduciré hasta la capilla. No podemos hacer esperar a Jenny.

La idea de que Jenny estuviera aguardando en la iglesia le resultaba intolerable, pero la propuesta de Toby, aunque era una bravuconada, no funcionaría. No del todo.

—Adam —dijo Latimer—, tenemos que detener el carruaje y ocuparnos de esos hombres. Toby, tú podrás sernos de ayuda. No salgas del coche hasta que no sea el momento adecuado. Y sabrás a lo que me refiero cuando ocurra. Entonces, sube al pescante y aguanta a los caballos.

Toby parecía feliz, como si no estuviera en un carruaje que avanzaba a galope tendido por las afueras de Londres entre grupos de árboles y terreno accidentado y ondulante.

—¿Listo? —le preguntó Latimer a Adam—. Allá voy.

Desenvainó la delgada hoja de su bastón de paseo, calculó el ángulo de los dos traseros sentados sobre el pescante y apuntó. Dio dos pinchazos cortos a cada posadera y los vio levantarse. La sangre se derramaba entre los dedos abiertos de los impostores y unos gritos de rabia llegaron a oídos de los pasajeros. El carruaje seguía avanzando.

Latimer repitió la práctica de puntería, en aquella ocasión hundiendo más la hoja en los cuartos traseros del enemigo.

Los gritos se volvieron aullidos y el coche se balanceó, los caballos protestaron con estrépito y las ruedas chirriaron sobre la tierra dura y seca al detenerse. Adam estaba agazapado con la mano en el pomo de la puerta, dispuesto a abrirla y saltar. Latimer se preparaba para saltar detrás de él y Toby estaba en su puesto al otro lado.

–Los lacayos –dijo Latimer–. Podrían ser amigos o enemigos. Si son enemigos, la pelea estará descompensada. Obremos deprisa. Con espantarlos bastará.

El carruaje ya casi se había detenido cuando Adam saltó. Fue derecho a la parte de atrás, donde los lacayos seguirían agarrados al carruaje.

Latimer esperó un momento más y, con la espada en la mano, saltó al suelo. Se abalanzó hacia los caballos, rezando para que los dos rufianes del pescante no llevaran pistolas.

Gritos y gemidos de súplica se oían en la parte trasera del coche, y Latimer confió en que los oponentes de Adam no fueran rivales para él aunque fuesen dos. Necesitaban milagros y Latimer estaba dispuesto a suplicarlos.

Manteniéndose agachado, Latimer alcanzó el caballo que iba en cabeza por aquel lado y saltó sobre el lomo desnudo. Permaneció tumbado, confiando en que el caballo de atrás hiciera de escudo, y tiró de la brida. Susurraba al caballo y lo tranquilizaba mientras sentía que el animal aminoraba el paso. Los demás lo imitaron.

Un disparo resonó en los oídos de Latimer. «Maldita sea». Desmontó a tiempo de ver a dos hombres fornidos descendiendo del pescante entre maldiciones y muecas de dolor y a Toby trepando por el otro lado. El elemento sorpresa podía darle tiempo para recoger a Adam y salir corriendo.

Unos bramidos y el ataque rápido aunque tambaleante de un tipo que llevaba la librea de *lady* Hester eliminó la esperanza de Latimer de una huida fácil. A caballo, había sostenido la delicada hoja como un sable. En aquellos momentos, la empuñó como una espada y se mantuvo plantado donde estaba.

—Pagarás por esto, engreído hijo de perra —decía el hombre que se aproximaba, pero se había detenido.

—¿Dónde está la condenada pistola? —gritó su acompañante—. Dámela.

El primer hombre se miró las manos vacías y se quedó boquiabierto. Se dio una palmada y dijo:

—Yo no la tengo. ¿No la llevas tú?

—Ese chulo flacucho te la dio a ti, ¿recuerdas? —respondió el segundo hombre—. Dijo que sólo tenía una y te la dio. La usaste para deshacerte de los otros. ¡Dios, la has perdido! Entonces, acaba con éste de la ridícula espada —y se alejó hacia donde se oían gemidos y ruidos de pelea en la parte posterior del carruaje.

Pero Latimer había oído un disparo.

El secuestrador no le quitaba los ojos de encima a la «ridícula espada».

—Tírala al suelo o la usaré contra ti.

—Entonces, quítamela —dijo Latimer, mientras movía la punta de la espada y se ponía en posición—. Vamos, quítamela. ¿Cómo si no vas a usarla contra mí?

—¿Cómo si no? —repitió Toby en voz alta y beligerante. Latimer sonrió un poco. El cochero impostor, no. Por desgracia, tampoco lo distrajo el grito de Toby.

Latimer se movía en círculo empuñando la hoja y amagaba a su contrincante, pero el hombre estaba clavado en el suelo. Volvió a llevarse una mano a las nalgas y contempló los dedos sangrientos que retiraba.

—Hijo de perra —masculló—. Mira que atacar a un hombre por detrás...

—¡Atacó su trasero por detrás, querrás decir! —gritó Toby, y se rió de su propia broma.

Latimer no quería matar a aquella rata; sería mejor que sufriera mucho más tiempo. El tipo estaba sin resuello y tenía el rostro surcado de sudor. Latimer comprendió que estaba asustado, y no sólo de la hoja. De haber sido sólo eso, habría huido.

—Morley Bucket es un amo severo, ¿verdad? —preguntó—. Mandará que te azoten el trasero dolorido si nos dejas escapar, ¿no?

—Cierra el pico.

Latimer miró a Toby y sus miradas se cruzaron. Después, volvió a mirar al hombre sudoroso. Repitió el proceso, deseando que Toby comprendiera.

Resonó otro pistoletazo y supo que debía reunirse con Adam.

—Salta sobre él, Toby —gritó, pero Toby ya se estaba abalanzando sobre el hombre desde el pescante. Entre maldiciones y brazos carnosos que se agitaban como aspas de molino, Toby cayó sobre su cuello y cabeza y con su peso logró derribarlo. Latimer se echó sobre el impostor al instante y le sujetó las manos detrás de la espalda hasta que el hombre gritó de dolor—. Algo con qué atarlo —le dijo a Toby, que ya estaba subiendo otra vez al pescante. Buscó debajo del asiento y profirió una exclamación de triunfo al descubrir una rienda de repuesto. Se la arrojó a Latimer quien, con la ayuda de la espada, no tuvo dificultad en cortar tramos de cuero y atar las manos y los tobillos de su asaltante. Lo dejó retorciéndose y aullando sobre el suelo.

Agazapándose, empezó a dar la vuelta al carruaje, y a punto estuvo de tropezar con el segundo falso cochero. Daba la impresión de estar inconsciente y la sangre le chorreaba de un golpe en la sien. Tenía múltiples cortes en la cara y no podría abrir fácilmente los ojos aunque quisiera.

El surco que le recorría la nuca sólo podía ser resultado de una herida de bala.

—¡Adam! —gritó Latimer—. ¡Por el amor de Dios, no sabía que llevabas una pistola! —sin esperar una respuesta, se abalanzó sobre la amalgama de brazos y piernas, sedas negras y púrpura arañadas y los mechones ondeantes de Adam.

Los lacayos no eran muchachos, sino hombres menudos que bien podrían haber sido boxeadores por la forma en que empleaban los puños. Latimer recibió un golpe en la esquina del ojo que lo dejó ciego unos momentos. La rabia lo invadió.

—Esto es para ti, sabandija —elevó el puño y lo hundió en la cabeza del tipo, lo golpeó con la otra mano en el vientre, y vio que perdía la conciencia.

Adam sostenía al otro «muchacho» boca abajo sobre el camino polvoriento, y seguía hundiendo su rostro en la tierra aun cuando el hombre había dejado de forcejear.

—¡Adam! —gritó Latimer—. Adam, lo has dejado sin sentido. ¿Dónde está la pistola?

—Aquí —contestó Adam, y se dispuso a maniatar al hombre inconsciente con tiras que rasgaba de la ropa de éste.

Latimer hizo lo mismo con su hombre y tanto Adam como Latimer se apresuraron a inmovilizar al que había caído detrás del carruaje.

—¿Cómo han podido hacer esto? —dijo Latimer—. Diablos, alguien lo va a pagar caro. Mi Jenny ya debe de estar esperando en la capilla. Hasta puede que se haya ido —se volvió hacia Adam y sintió que se le retorcían las tripas—. ¿Lo comprenderá?

—Sólo con verte bastará, amigo mío —dijo Adam—. Siempre llevo una pistola encima, pero hoy estuve a punto de echarme atrás. Da gracias por que cambiara de idea.

—Tienes un aspecto deplorable —le dijo Latimer.

—¿Yo? Tú vas a tu boda con un ojo morado y la cara ensangrentada.

30

Un conjunto de cuerda y trompeta tocaba la misma pieza de música por segunda vez. Jenny se encontraba en el pórtico de la capilla de San Estéfano, agarrándose con fuerza al brazo de Ross, vizconde Kilrood y marido de Finch, a quien había conocido por primera vez momentos antes de que salieran juntos del número 7. El vizconde le cubrió la mano con la suya y dijo:

—Tranquila, Jenny. Las bodas son un infierno. Algún día de éstos, Finch y yo te hablaremos de la nuestra. Estuvo a punto de no celebrarse —su voz tranquilizó un poco a Jenny; era sonora y grave y tenía un leve acento escocés, como la de ella.

—A Latimer le ha pasado algo —dijo Jenny con voz trémula—. Salió un cuarto de hora antes que nosotros y llevamos aquí veinte minutos. Se ha echado atrás, no va a venir.

—Si aprecia su vida, vendrá —dijo *sir* Hunter Lloyd, el marido de Sibyl, que daba vueltas con las manos entrelazadas a la espalda y una expresión borrascosa en su rostro—. Ese gusano se las verá conmigo.

Jenny miró alternativamente a *sir* Hunter, con su pelo castaño claro y ojos tan verdes como los de ella y al vizconde Kilrood, de ojos de un tono azul tan claro que costaba trabajo mirarlos, sobre todo por el contraste tan llamativo con su pelo y cejas oscuras. Dos hombres apuestos y masculinos. Jenny se acaloró por la audacia de sus pensamientos. Pero eran viriles, y sus esposas, bellísimas con vestidos de brocado, elegantes peinados y joyas resplandecientes en cuello, muñecas y manos, eran el complemento perfecto de sus maridos. Nunca podría ser el complemento ideal de Latimer. Era lógico que hubiera recobrado la sensatez y decidido no seguir adelante con la boda.

—Latimer es un buen tipo —dijo Sybil, dirigiendo el comentario y un ceño de enojo a su marido—. De verdad, Hunter, creo que deberíamos estar más preocupados por la seguridad de Latimer que...

—Sss —la ordenaron los otros tres al unísono, y Jenny sintió todas las miradas sobre ella.

Finch tenía razón, ¿y si había resultado herido? ¿Y si Latimer, Adam, y también Toby, estaban desangrándose en alguna parte mientras ella lo culpaba de su ausencia y abrigaba estúpidos pensamientos sobre no ser amada? ¡Pues claro que Latimer la amaba! Y la deseaba.

—¿Dónde está? —a Jenny no le importaba que se le quebrara la voz ni que las lágrimas estuvieran anegando sus ojos—. Deberíamos ir a buscarlo.

—Si nos vamos, se presentará cuando nos hayamos ido —dijo Finch, y Sybil lo corroboró con un balbuceo.

La música sonaba por tercera vez, y a sus oídos llegaban los cuchicheos de los asistentes. Con paso notablemente ligero para un hombre tan grueso, Larch Lumpit salió de la capilla. Tenía el ceño fruncido y parecía estar al borde de las lágrimas.

—¿Qué ocurre? —preguntó—. La querida *lady* Hester está desconcertada, y yo también. El único que mantiene la calma es *sir* Edmund, y ya ha dicho que si Latimer More no se presenta a su propia boda, es que Jenny estará mejor sin él.

Jenny bajó la cabeza. Se sentía incapaz de mirar a nadie a los ojos.

—¿Os parece que vaya a buscarlo? —dijo Lumpit, para asombro de Jenny—. Podría si alguien me diera una idea de por dónde empezar. Podría habérsele salido una rueda del carruaje, o quizá uno de los caballos se ha lastimado una pata. No estés tan triste, Jenny... Te quiere, eso se ve enseguida. Ha sufrido un contratiempo que lo está retrasando, nada más.

Jenny besó a Lumpit en la mejilla y dijo:

—Eres un cielo, pero no creo que puedas encontrarlos cuando ninguno de nosotros tiene una idea clara de dónde pueden estar —inspiró con dificultad—. Deberían haber realizado el mismo trayecto que nosotros. Es muy extraño.

Lumpit entrelazó las manos y asintió. Tres ancianas lujosamente vestidas salieron de la capilla. Miraron a Jenny con ojos lastimeros y abandonaron el edificio. Las siguieron otras personas, primero de forma intermitente, después, con fluidez.

El vizconde carraspeó y Jenny alzó la vista. Vio cómo le dirigía a Finch una mirada significativa y cómo ella asentía.

—Jenny —dijo—. Habrá una explicación para todo esto, pero dudo que la boda se celebre hoy. Nos gustaría llevarte a casa para que te encuentres más cómoda hasta que averigüemos cuál ha sido el problema.

Jenny soltó el brazo del vizconde.

—Id vosotros —anunció, sintiéndose como una isla diminuta en pleno océano—. Por favor, volved a casa y no os preocupéis. Latimer vendrá, y cuando lo haga debe encontrarme aquí.

A Finch se le llenaron los ojos de lágrimas; le temblaban los labios.

—Azotaré a Latimer con mis propias manos —masculló *sir* Hunter, que estaba abrazando a la llorosa Sibyl.

—Dejadme aquí, os lo ruego —dijo Jenny—. Me gustaría esperar sola.

Las dos puertas de la capilla estaban abiertas. En los bancos delanteros seguían sentados *lady* Hester, *sir* Edmund y los servicios del número 7, número 8 y número 17, que se habían adelantado para formar un frente común. Birdie y *lady* Hester estaban juntas, con sus vestidos azules a juego. Jenny también vio a *madame* Sophie.

Jenny se apartó de aquellos que le ofrecían su amable apoyo y avanzó despacio por el pasillo central. Con cada paso, se sentía morir un poco. Cuando alcanzó los primeros bancos, se volvió hacia los invitados que quedaban.

—Latimer vendrá, pero no sé cuándo. No es un hombre capaz de causar tanto sufrimiento a nadie a no ser que le ocurriera algo que no pudiera controlar.

Oyó murmullos y supo que la mayoría de los presentes pensaban que Latimer era un canalla y ella una ingenua.

—Se lo ruego, vuelvan a casa —les dijo—. Iré a Mayfair Square cuando haya averiguado algo sobre Latimer. Hasta entonces, me quedaré aquí —nadie se movió—. Por favor —dijo, mientras reprimía las lágrimas—. Me gustaría estar sola, si no les importa.

Dio varios pasos hacia la sacristía, donde la puerta estaba entreabierta y podía vislumbrar a un sacerdote con lujosas túnicas sentado en una silla y con los pies apoyados en una banqueta. Estaba leyendo.

«Matando el tiempo hasta que alguien le diga que puede irse». Jenny enderezó la espalda y palpó los capullos que llevaba prendidos en el pelo. Notó gotitas de agua todavía adheridas a los pétalos. *Lady* Hester había dicho que aguantarían hasta la capilla, y así había sido.

En el edificio se hizo un silencio cavernoso. Jenny se detuvo a unos cuantos metros de la sacristía y se apoyó en el reclinatorio de un banco. Esperaría... para siempre, si hacía falta.

Oyó cascos de caballos en la calle y hombres gritando, pero los sonidos se extinguieron y volvió a reinar el silencio. Detrás de ella permanecían los invitados que no podían consentir que sufriera sola.

Unas botas resonaron en las baldosas de piedra. Se oían

voces ininteligibles rebotando en las paredes. Jenny vio que el sacerdote cerraba el libro y creyó verlo sonreír. La puerta de la sacristía se abrió de par en par y Latimer avanzó hacia ella. Jenny profirió una exclamación de horror al ver su rostro ensangrentado y polvoriento y las ropas desgarradas, pero Latimer la abrazó y la estrechó con tanta fuerza que apenas podía respirar.

—No te has ido —murmuró junto a su oído.

—Te estaba esperando —le dijo Jenny—. No sabía cuándo vendrías, pero sabía que aparecerías. Mi pobre Latimer... ¿Qué te ha pasado? ¿Quién te ha hecho esto?

—Ahora no —le dijo Latimer—. Es el día de nuestra boda. Ya trataré con esas personas, pero no cuando tengo a mi amada en mis brazos y está a punto de convertirse en mi esposa.

—Te quiero, Latimer.

—Jenny, no tengo palabras para expresarte cuánto te amo.

Latimer la besó. Tomó el rostro de Jenny entre sus manos y la acarició con los labios hasta que Jenny creyó flotar y su entorno se disolvió. Con el beso reafirmaron su compromiso.

Una voz masculina carraspeó. Ellos siguieron besándose. Jenny hundía los dedos en los cabellos de Latimer.

—Ejem —intervino la misma voz—. ¿Os parece bien que celebremos primero la boda, hijos míos?

—Adelante —susurró Latimer—. Es lo que ansiamos. El hombre que nos va a casar es el arzobispo.

Entonces, Jenny vio a Adam, y a Toby, y el estado de sus ropas, los arañazos y la herida que había sufrido Adam en el ojo izquierdo. También tenía sangre seca en un corte cerca de la boca.

—Ven, cariño —dijo Latimer, y la hizo volverse hacia el vizconde Kilrood, que esperaba delante del arzobispo para llevarla al altar.

Y se casaron.

31

Soy yo, Spivey.

Muy conmovedor, debo decir. Ay... Sí, creo recordar cómo late un corazón en esos momentos.

Pero nada está sucediendo como había planeado. Estoy exhausto; lo que necesito es un buen descanso en mi pilastra. Hasta quizá pueda disfrutar imaginando el aroma de todas esas flores que han esparcido por el número 7, pero no, no debo bajar la guardia ni un instante, y menos cuando mis únicas manos tangibles pertenecen a ese tal Larch Lumpit. ¿Qué ha ocurrido? Piensa por sí mismo y se ha pasado al otro bando... aunque ese cabeza de chorlito no tenga idea de lo que hace, ni de lo que se encontrará a su regreso. Esperad a que entre en Santa Filomena, en Middle Wallop, sin saber muy bien por qué se fue ni cuánto tiempo lleva ausente y se enfrente con la ira del vicario.

Mmm, será un consuelo. Pero cada cosa a su tiempo. El juego no ha terminado aún, amigos míos, y os llamo amigos porque quiero creer que, pese a todo, existe la bondad en vosotros, con la ayuda inconsciente de Lumpit, la única ayuda que es capaz de procurar, quizá podamos ver a Latimer y a Jenny desalojando el número 7. ¿Qué estoy diciendo? Por supuesto que se marcharán. Necesitarán una

residencia apropiada, siendo él un protegido de quien Hester está tan orgullosa...
Pamplinas.
Tened fe en *sir* Septimus... y estad atentos.

32

Un violinista tocaba solos en el vestíbulo del número 7. Las flores abrazaban los pasamanos y formaban centros en rincones escogidos, y las serpentinas multicolores proporcionaban un aire alegre a la casa. Latimer utilizó su pañuelo para secar gotas de lluvia del rostro sonriente de Jenny, de su cuello y, con mucho cuidado, de su pelo.

—Mira que llover en el día de nuestra boda, ¡qué atrevimiento! —le dijo—. Aunque unas gotas de agua en estas pecas resultan deliciosas, señora More.

—Señora More —murmuró Jenny, y se puso de puntillas para retirarle a él la humedad de la mejilla—. Me gusta cómo suena. Y me gusta cómo te queda la lluvia en el pelo, y en las pestañas. Me gusta todo de ti, señor More —se recostó sobre él. El pequeño círculo de inquilinos del número 7, unos cuantos invitados leales que habían esperado la llegada de Latimer en San Estéfano y los miembros del servicio que habían podido interrumpir sus quehaceres suspiraron.

—Vamos —dijo *lady* Hester—. Subamos. Hunter, Sibyl y tú acertasteis al abrir el viejo salón de baile. Ya veréis, Latimer, Jenny. Está precioso. Un salón de cuento de hadas para una boda extraordinaria.

Latimer se contuvo de decir que ya había visto el salón de baile antes, durante y después de la reforma.

—¿Señor Latimer?

Miró a su alrededor y vio al viejo Coot rondando la puerta del 7A.

—Ah, Coot. He oído que estabas indispuesto. Me alegro de que hayas podido sumarte a la fiesta.

Coot se balanceó peligrosamente sobre los talones, y abrió los ojos de par en par, como si quisiera transmitirle a Latimer un mensaje sin hablar.

—Subid —les dijo Latimer a todos—. Congregaos en el salón para saludarnos cuando entremos.

—Exacto —dijo *lady* Hester.

Birdie subió las escaleras con Toby detrás. Charlando, sonriendo con afecto a Latimer y a Jenny, el resto del grupo no tardó en seguirlos. La voz de Ross se oyó por encima de las demás.

—Supongo que no les vendrá mal estar unos momentos a solas —la sugerencia fue acogida con risas.

—¿Qué ocurre, Coot? —preguntó Latimer.

—Perdóneme, señor —Coot movía la cabeza despacio—. Debería estar en la cama. He ingerido algo que me ha sentado mal, y la cocinera no se lo explica pero está muy afectada. Pero tengo que cumplir con mi deber, ¿verdad, señor? Tengo que encargarme de gobernar el número 7 como siempre he hecho.

—Sí, claro que sí —dijo Jenny—. Y deber irse a la cama para poder recuperarse y así seguir cumpliendo con su deber.

—Están ahí dentro —dijo Coot, y ladeó la cabeza hacia el 7A. Dos policías, aunque le parezca mentira. Al menos, *milady* no lo sabe. Han venido a verlo, señor, y quieren que le diga que tienen hombres vigilando en la calle por si acaso decidiera salir a dar un paseo. Son sus palabras, no las mías —bajó tanto la cabeza que no se le veía el rostro.

Latimer le dio una palmadita en el hombro.

—Has hecho lo que debías; ya me ocupo yo de esto. Jenny, querida, siento tener que pedirte esto, pero ¿podrías esperarme en el salón de los inquilinos? —alguien pagaría caro todo aquello.

—Me quedaré contigo —declaró Jenny sin ápice de dramatismo. Lo agarró del brazo y lo condujo hacia su propio apartamento. Latimer no podía insistir en que lo dejara entrar solo, así que abrió la puerta del 7A. Allí los esperaban dos tipos corpulentos de semblante grave.

—Buenas tardes —los saludó Latimer cuando cerró la puerta.

—Buenas tardes —dijo uno de ellos—. Hemos venido a hacerle algunas preguntas. No hace falta que la señorita esté presente.

—La señorita es su esposa —anunció Jenny con aspereza—. Lo que tengan que decirle a Latimer también es cosa mía.

El de menor estatura y más edad frunció los labios bajo su poblado bigote gris.

—Como quieran. ¿Es usted Latimer More?

—El mismo —respondió Latimer—. ¿Quién pregunta por mí?

—No tenemos obligación de decírselo. Somos representantes de la ley. Hemos venido a detenerlo por robo.

Jenny profirió una exclamación, pero se adelantó con las manos en las caderas.

—Están diciendo tonterías. Y acabamos de casarnos, así que será mejor que se vayan.

Los dos hombres parecían un tanto desconcertados. El más alto, que era rubio, se sonrojó.

—Sólo estamos cumpliendo con nuestro deber, señora —dijo—. Y raras veces somos testigos de un comportamiento tan audaz por parte de un delincuente como el del señor More.

—¿Delincuente? —dijo Jenny, y Latimer tuvo que hacerla retroceder o se habría abalanzado contra los agentes para contarles con exactitud lo que pensaba de ellos—. ¿Cómo se atreven a llamar delincuente a mi marido?

—Bueno, aquí está la prueba, a la vista de todos —dijo el hombre rubio—. Hemos recibido una nota anónima. No nos tomamos estas cosas a la ligera, así que seguimos la pista. Será mejor que nos acompañe sin rechistar, señor More. Pero ¿quiere explicarnos por qué ha participado en una pelea, y muy violenta a juzgar por su aspecto?

—Mis asuntos personales no son de su incumbencia —dijo Latimer—. ¿A qué prueba se refieren?

—A esta —dijo el del bigote—. En el centro mismo de la repisa, con todo descaro.

Era el regalo de bodas, el reloj.

—Nos lo ha regalado Adam —dijo Jenny. Tenía los ojos abiertos de par en par y estaba pálida.

—¿Y quién es Adam?

—Adam Chillworth —respondió Latimer—. Un amigo que también vive en esta casa. ¿Quieren decir que no saben quién sugirió que habían robado el reloj?

—Todavía no. Nos indujeron a creer que lo sabríamos en cuanto lo detuviéramos; así que no entorpezcan nuestra tarea. Lo hemos pillado con el bien robado en su posesión —el hombre más alto hablaba con desconcertante monotonía, como si no hubiera oído, o comprendido, que el reloj era un regalo.

Un fiero golpe de nudillos en la puerta anunció la llegada de Adam. Entró en la habitación y contempló la escena con un poderoso ceño.

—Adam —dijo Jenny, y corrió hacia él—. Estas personas acusan a Latimer de haber robado el regalo de bodas que nos has hecho. Dicen que han recibido una nota anónima. Sabíamos por la tarjeta que no querías que te diéramos las gracias, pero necesitamos tu ayuda.

Latimer contempló el rostro de su amigo y, aunque lo disimuló con rapidez, no pudo ocultar su confusión lo bastante deprisa para alguien que lo conocía bien. ¿Podía ser que lo que la mujer de gris le había adelantado estuviera allí mismo, sobre la repisa? Latimer contempló con incredulidad el reloj. La mujer había dicho que Jenny era «su Judas» y, ciertamente, Jenny podía haber tenido oportunidad de dejar la caja donde Coot pudiera encontrarla. Se sorprendió sonriendo sin importarle que aquellos desconocidos lo tomaran por loco. Jenny era sincera. No tenía por qué estar allí, a su lado, en aquellos momentos, y no habría querido estarlo si hubiera tenido algo que ver con aquel complot.

—Agentes —dijo Adam—. Estoy tan estupefacto que no sé qué decir. Es un buen reloj.

—Sí —dijo el hombre del bigote—. Muy bueno. ¿A qué se dedica usted, señor?

Adam desplegó una pícara sonrisa; después, adoptó un semblante modesto.

—Soy pintor. Un retratista muy famoso. Si quiere comprobarlo, solicite ver mis retratos de la princesa Desirée de Mont Nuages. Se encuentran aquí, en Londres. Puedo proporcionarle una larga lista de mis clientes. Y como insinúa que no puedo permitirme el lujo de regalar un valioso reloj a mi mejor amigo y a su encantadora esposa, sugiero que visite Carstairs y Pork, cerca de Burlington Arcade. Comercian con exquisitos relojes, la mayoría, ejemplares únicos, y fue a ellos a quienes se lo compré. Ahí tienen un dato que no es anónimo, amigos míos. ¿Por qué no van a hacer preguntas allí y nos dejan disfrutar de un delicioso banquete de bodas?

Los dos agentes se miraron entre sí. El rubio se subió el ala del sombrero con nerviosismo.

—Está bien —dijo, y elevó el mentón—. Iremos donde nos dice, pero si miente, lo buscaremos y lo detendremos junto con su amigo —con la cabeza señaló a Latimer.

Los hombres de Bow Street ya habían salido de la habitación y Adam había cerrado la puerta, pero seguía reinando el silencio en el 7A. Por fin, Adam dijo en voz baja:

—¿Qué diablos pasa, amigo mío? Yo no...

—Ya me he dado cuenta —dijo Latimer—. ¿Quién nos lo

regaló entonces? Alguien que quería perjudicarme, es evidente —no iba a perder tiempo hablando de la mujer de gris cuando debían decidir cómo proceder.

—Morley Bucket —dijo Jenny—. No piensa rendirse. Tiene al que quiere comprarme y... —se interrumpió y se quedó mirándolo con fijeza, con los ojos verdes sombríos de preocupación.

—¡Jamás! —estalló Latimer, helado como estaba—. ¿Por qué no me lo habías dicho antes?

—No quería que te enfadaras y fueras tras él. Temía por ti. No es un hombre justo y hará lo que haga falta para salirse con la suya. Toby te dijo algo la primera noche, cuando me seguiste. Lo cierto es que un hombre quiere pagarle y hacerme su... hacerme suya. Dudo que Bucket haya tirado la toalla.

—Maldición —dijo Latimer. La cabeza y el corazón le palpitaban con fuerza y sentía un impulso que lo asustaba: quería matar a Morley Bucket—. Debemos encontrarlo y obligarlo a que cuente la verdad. Y desenmascararemos a su *cliente*. Hay que darse prisa. Gracias por mentir por mí, Adam. O, mejor dicho, por fiarte de mí antes que de ellos, pese a tener que ponerte en una situación difícil.

Adam sirvió dos copas de coñac, le pasó una a Latimer y acercó el borde de la otra copa a los labios de Jenny para que tomara un sorbo. Jenny hizo una mueca cómica. El resto del coñac lo bebió Adam de un solo trago.

—Quizá debamos pedirle ayuda a *sir* Hunter —dijo Jenny—. Es un eminente magistrado.

—Todavía no —dijo Latimer—, aunque la idea es sensata. Hunter forma parte de la ley y no puedo ponerlo en este aprieto. Propongo que vayamos a casa de Bucket, Adam.

—¿Latimer? —dijo una vocecita desde el vestíbulo—. Soy Birdie.

—Maravilloso —comentó Latimer en voz queda—. Justo lo que necesito —abrió la puerta y la pequeña, todavía luciendo su bonito vestido azul, entró corriendo—. Imagino que te han encargado que bajes a buscarnos. Sé una buena chica y diles que no tardaremos en aparecer.

–He venido a ver a Jenny –dijo Birdie–. Sabía que estaría contigo. Jenny, ha sido terrible. Le puso la zancadilla y le metió algo en la boca. Se lo ha llevado.

Sin preocuparse por su vestido, Jenny se arrodilló y asió a Birdie por los hombros.

–Tranquilízate –le dijo–. ¿De quién estás hablando?

–De Toby –contestó la niña, y empezó a llorar con suavidad–. La mujer se lo llevó. Es muy fuerte y le puso algo sobre la cara y Toby se quedó débil. Creo que alguien la ayudó al doblar la esquina de la biblioteca. Me dijo que viniera a verte. «Habla con Jenny a solas», me dijo –la niña posó su mirada en Latimer y Adam y palideció aún más–. No diréis lo que le estoy contando a Jenny, ¿verdad? La mujer me dijo que Toby podía resultar herido si no lo hacía bien.

–Birdie –dijo Adam–. Siempre has sido una niña muy valiente. Tienes que serlo ahora. Una mujer le hizo algo a Toby y se lo llevó. ¿Qué te pidió que le dijeras a Jenny?

–Que tiene que ir a High Street y seguir andando hasta el parque que hay al final. El que pertenece a una gran casa. Que llame a la puerta o algo así. La mujer se reunirá allí con ella. Eso es si quiere recuperar a Toby.

Había sido imposible disuadir a Latimer de que la siguiera a cierta distancia. Jenny caminaba deprisa pero no corría porque temía llamar demasiado la atención. Su marido sabía lo que estaba en juego y no era tonto; no pondría en peligro la vida de Toby.

No hacía frío pero la lluvia era más densa y Jenny daba gracias por la voluminosa capa con la que se cubría el vestido de novia y la capucha que le tapaba el pelo. Volvió la cabeza pero no vio a Latimer. Había algunos transeúntes pero nadie que pudiera confundirse con él. Se estremeció de alivio.

Adam había permanecido a regañadientes en el número 7, con instrucciones de llevar a Birdie al banquete y realizar comentarios convincentes sobre los efectos embriagadores de la luna de miel en los novios. Acabarían apareciendo, debía decir a todo el mundo. Jenny hizo una mueca al imaginar las risas que provocaría aquella afirmación.

La lluvia crecía en intensidad. Jenny se había puesto unas botas de media caña que Adam había encontrado en el armario de Sibyl pero, aun así, tenía los pies mojados. A lo lejos, oyó retumbar un trueno, pero no había visto relámpagos, así que la tormenta debía de estar lejos.

Tapwell Park, ése debía de ser el parque al que Birdie se había referido. Casi sin poder respirar, Jenny se detuvo junto a una verja blanca que circundaba el parque y la casa. En realidad, era una mansión privada, pero como nadie vivía allí desde hacía años, la gente siempre hallaba la manera de entrar en el parque y merendar allí.

Un oso y un grifo se erguían a cada lado de la verja, sobre sus respectivas columnas. La verja tenía una cadena, pero la parte inferior estaba hundida y se abría hacia dentro. Jenny logró ceñirse las faldas lo bastante para pasar por el hueco.

Miró en todas direcciones mientras se secaba el agua que corría por su capucha y por su rostro. Al principio, no vio un alma, pero un leve movimiento atrajo su atención. A cierta distancia, un brazo se extendió fugazmente por detrás de un grueso roble. La mano agitó un pañuelo y desapareció.

Jenny siguió avanzando hundiendo las botas en el barro. No debía volver la cabeza o quienquiera que la aguardara sabría que la estaban siguiendo y huiría.

Cuando alcanzó el árbol, no vio a nadie. Estaba sin resuello, y el frío le cerraba la garganta.

–He venido –jadeó–. Como me dijisteis.

Un poco más adelante, cerca de una loma, se erguían más

árboles. A través de una abertura entre dos enormes sicomoros, el pañuelo volvió a aparecer.

El barro era cada vez más pesado y a Jenny le costaba caminar. Cuando alcanzó los sicomoros, tenía las piernas insensibles y se tambaleó entre los troncos con las mejillas surcadas de lágrimas.

Una vez más, no vio a la mujer.

—Jenny —la voz de Latimer estuvo a punto de derribarla del susto. Se acercó a ella y la atrajo a sus brazos—. Ya basta de tonterías. No puedo permitir que enfermes. Volverás a casa y seguiré adelante sin ti. Dile a Adam que venga. Dile que estaré registrando la zona.

—No pienso dejarte —declaró Jenny, y se apartó—. Y tengo que encontrar a Toby —con un brazo, se secó el rostro.

Acto seguido, oyó un gruñido y bajó el brazo a tiempo de ver a Latimer, con los ojos medio cerrados, cayendo desplomado hacia delante. Jenny gritó su nombre.

De rodillas junto a él, intentó ponerlo de espaldas, pero no lo logró. Tomó su cabeza entre las manos y la acercó a la suya. Latimer murmuró algo mientras ella le besaba la mejilla y repetía su nombre una y ora vez.

—Estás herido —le dijo—. Necesitamos ayuda.

Latimer intentó levantarse pero no tenía fuerzas. Murmuraba algo, y Jenny acercó el oído a sus labios.

—No ha sido más que un golpe. Están aquí, corre.

—Apártese, señorita —dijo un hombre, y ella se aferró a Latimer con todas sus fuerzas—. Tenemos cuentas que ajustar con este caballero —vio a un rufián con claridad, un hombre recio de cara redonda. Sostenía un palo corto y grueso en una mano—. Apártese si no quiere que la golpeemos también a usted.

—Entonces, pégueme —dijo Jenny—. Y a él déjelo en paz. No le hará ningún daño y es a mí a quien quieren.

—Tiene razón —dijo otra voz—. Vamos, pequeña. No causes problemas y nosotros no te los causaremos a ti. Y todos seremos felices.

Unas manos ásperas la arrancaron de la espalda de Latimer y la metieron en un voluminoso saco que le arañaba la piel. El saco se elevó en el aire y aterrizó contra una superficie dura. Esa superficie resopló y Jenny supo que el hombre se la había echado a la espalda.

—Acaba con él —le dijo al otro.

33

—Deja de forcejear.

A Jenny le dolía todo el cuerpo y no le importaba que quienquiera que le estuviera hablando quisiera que se quedara quieta dentro de aquel horrible saco. La habían arrojado sobre el suelo duro y había oído un portazo. De repente, descubría que había alguien esperándola para vigilarla.

Se dio la vuelta, aunque ni sus codos ni sus rodillas recibieron con agrado otro roce con la arpillera. Y profería gemidos. Por desgracia, había empezado a gritar en cuanto la habían capturado, por lo que su raptor había hecho un alto en el camino para amordazarla.

—¡No te muevas! Jenny McBride, ¿puedes oírme?

Jenny se quedó inmóvil y aguzó el oído.

—Así que puedes oírme. Soy Toby, y si no dejas de dar vueltas, no podré sacarte del saco. No tenemos mucho tiempo. Les he oído decir que te traerían aquí y que volverían por ti en cuanto llegara el ricachón.

Jenny notó los dedos de Toby desatando el saco y permaneció inmóvil. Sintió aire, aire cargado, pero fuera del saco estaba igual de oscuro que dentro.

—Vamos —dijo Toby, con voz clara en aquellos instantes—. Nunca me había alegrado tanto de ver a alguien. Claro que siempre me alegro de verte –la ayudó a salir del saco y a sentarse junto a él sobre el suelo.

–¿Dónde estamos? –susurró Jenny–. ¿Qué lugar es éste?

–Un armario muy grande –contestó Toby–. Volví en mí cuando me estaban subiendo por la escalera de la casa, pero no sé dónde está. Esa mujer es muy mala. Me estaban atando y me abofeteaba a la menor oportunidad

–Hablas en plural. ¿Quién la ayudaba?

–No vi nada. Me habían tapado los ojos, y ya me habían dicho que no saldría de aquí por mi propio pie.

Jenny inspiró con brusquedad.

–Tenemos que huir. Nuestras vidas no valen nada, y Latimer está medio inconsciente en Tapwell Park... o estaba. Nos atacaron dos hombres y el que me metió a mí en el saco le ordenó al otro que acabara con él.

Toby buscó a tientas la mano de Jenny y se la apretó.

–Entonces, estamos todos en un grave aprieto. El armario está cerrado con llave. Pero no vamos a rendirnos, Jenny. Vamos a ver si podemos forzar la cerradura. ¿Tienes una horquilla?

Jenny se alegraba de que la oscuridad le ocultara el rostro.

–Yo he oído un cerrojo.

–Yo no –repuso Toby con otro apretón.

–Han debido de dormirte con algo y no te diste cuenta. Yo he oído que cerraban la puerta por fuera con un cerrojo. No han usado llave, así que no habrá ojo de cerradura.

En aquel instante, el cerrojo se movió con la fuerza de un pistoletazo. Jenny y Toby se apretaron el uno contra el otro y se protegieron los ojos con la mano ante la invasión de luz de una lámpara.

–No alcéis la voz –dijo una mujer–. Si nos descubren, estamos todos muertos. Voy a ayudaros.

–¿Quién es usted? –dijo Jenny.

–Eso no importa.

—No, no importa —repitió Toby—. Muchas gracias. Díganos por dónde se sale y nos iremos.

La mujer dejó la lámpara a un lado y Jenny vio que era joven y bonita. Llevaba un vestido rojo y tenía el pelo negro recogido en bucles por encima de las orejas.

—Tengo un plan para sacaros de aquí, pero debemos darnos prisa. Seguidme sin hacer ruido.

Jenny tenía preguntas pero, como no tenía otra elección, guardó silencio y se incorporó en el almacén de techo bajo y curvo. Siguió a la mujer con Toby detrás, y chocó contra su espalda cuando la desconocida se detuvo en seco y gritó.

La mujer gritó y transformó el grito en risa.

—Señor Bucket, cómo le gusta asustarme. Estaba llevando a estos dos a donde corresponde.

—¡Zorra mentirosa! —exclamó Bucket con su inconfundible voz rasposa—. Los estabas soltando. He oído todo lo que les has dicho. Después de todo lo que he hecho por ti, quieres engañarme. Estás compinchada con alguien, ¿verdad?

—No, señor Bucket. Ya sabe que usted es mi único amor verdadero. Quería que creyeran que los estaba ayudando para que no me causaran problemas. Yo soy la del espíritu práctico, ¿recuerda? Me ocupo de los pequeños detalles.

Jenny escuchaba, pero también estudiaba su alrededor tanto como se lo permitía la luz del farol. Bucket ni siquiera tenía una vela. Lo único que distinguía era otro almacén, mucho más amplio, lleno de cajas. Veía otra puerta, pero estaba cerrada. Aquellos dos estaban lo bastante absortos el uno en el otro para que Jenny pudiera albergar esperanzas de huir. Debía sacar a Toby de allí y buscar a Latimer.

Para horror suyo, Bucket le dio un manotazo a la mujer en la cabeza y la derribó. Mientras permanecía encogida en el suelo, agarró a Toby del cuello y, aunque éste pataleaba en todas direcciones, volvió a meterlo en el armario y corrió el cerrojo.

—Volveré a ajustar las cuentas contigo, muchacho —dijo—. Arriba, Persimmon. Esta vez sé lo que he de hacer contigo, pequeña –le dio una patada y ella gimió. Jenny empezó a acercarse a la puerta.

–Señor Bucket, le he dado mi lealtad y mi afecto imperecedero. Esperaba que, dado que esto iba a ser un éxito, usted y yo podríamos finalmente... Bueno, ya sabe.

Jenny dio otro paso, y otro.

–Estúpida –dijo Bucket–. Puedo conseguir lo que quiero de ti por un pedazo de pan, ¿por qué iba a atarme a una cualquiera? Bueno, puedes entretenerme una última vez... sólo para ver si puedes convencerme de que te deje libre.

–Morley –gimió Persimmon–, te quiero. ¿Cómo puedes tratarme así? Déjala donde te han dicho y vayámonos a otra parte nosotros solos. A esa hermosa habitación rosa que tienes. ¿No la decoraste para mí?

Jenny estaba delante de la puerta y deslizó el brazo por detrás para asir el pomo. Lo sujetó con fuerza y lo giró. No ocurrió nada.

Bucket había levantado a Persimmon del suelo y estaba mirando a Jenny con su sonrisa de muelas de oro.

–No querrás disgustarme huyendo de mi hospitalidad, ¿verdad? Me ofendes.

Jenny se dio la vuelta y movió el pomo con frenesí, pero fue en vano. Bucket la apartó y unió sus labios a los de ella. Su beso era húmedo y repugnante, pero Jenny no se resistió. De cada movimiento que hiciera podía depender que pudiera encontrar a Latimer o no lo volviera a ver.

–No hagas eso –gimió Persimmon–. Al hombre que te paga no le hará gracia que manosees la mercancía. He hecho todo lo que me has pedido, Morley. Atrapé al chico y envié a la pequeña a que le diera el mensaje a Jenny para que viniera por él. Lo he hecho por nosotros.

Bucket miraba a Jenny con fijeza. Le desabrochó la capa mojada y la arrojó al suelo... y se relamió mientras contemplaba las curvas superiores de sus senos, que sobresalían por encima del escote del ajado vestido de novia.

–Está bien –le dijo por fin a Persimmon–. Espérame aquí

—levantó a Jenny y se la echó a la espalda—. Tenemos un asunto personal que resolver —declaró, y extrajo una llave para abrir la puerta—. Vamos arriba. Es un honor que puedas ir a donde te llevo. Muy pocas personas suben estas escaleras. El hombre que te desea es muy reservado.

—Suélteme —suplicó Jenny—. No puedo prometerle merced, pero saldrá mejor parado si no me hace daño.

Bucket profirió un gruñido burlón.

—No te preocupes, yo no voy a hacerte daño, sino un favor. Vas a estar con un caballero adinerado que te comprará lo que quieras. Ya lo tiene todo dispuesto, un hermoso lugar donde podréis estar juntos a solas. No escatimará en nada, te cubrirá de joyas —rió entre dientes—. De hecho, creo que le oí decir que no ibas a llevar encima nada más que joyas, y que estaba impaciente por ponértelas encima. Ahora, mantén la boca cerrada —estaba sacando otra vez unas llaves del bolsillo.

Jenny tenía el corazón desbocado. Estaba atrapada y le había fallado a Latimer. Permaneció inmóvil y sintió que la embargaba la calma. Calma... ¿pero no oía una voz lejana, alguien que le hablaba? Jenny no distinguía las palabras, pero la relajaban. Un pétalo de uno de los capullos que llevaba prendidos en el pelo le cayó sobre la mejilla y se le quedó adherido a la piel... sin duda, por las lágrimas. Jenny se lo quitó. No era de los capullos que llevaba en el pelo; el pétalo era de seda naranja. Latimer se había prendido una rosa naranja en el ojal para la boda. Su marido estaba cerca, lo presentía, y la sacaría de aquella pesadilla.

Bucket se detuvo en lo alto de las escaleras y, con Jenny a la espalda, traspasó el umbral de una puerta abierta. Jenny vio que tanto la puerta como las paredes estaban acolchadas por fuera.

—Ya hemos llegado —dijo Bucket, y la dejó de pie—. ¿Qué te parece? Aquí dentro hay una fortuna.

Jenny se apartó de Bucket y miró alrededor. La habitación contenía una colección de relojes tan excesiva que no podía imaginar al hombre capaz de atesorarlos. Descansaban sobre estantes que cubrían por entero las paredes. Había mesas apiñadas y cargadas con relojes de todos los tamaños, carillones arrimados a la pared y una vitrina en la que se exhibían relojes de oro molido con esmaltes delicados.

Había cientos de relojes, incluido uno enorme, de aspecto antiquísimo, ubicado en una estructura de hierro. Éste en cuestión hacía ruido suficiente para ahogar los tictac y los zumbidos de los demás artefactos. Jenny contempló el hombre de bronce que se hallaba encima de la estructura. Tenía cuatro brazos, ojos de malaquita y un casco sobre la cabeza. Con un mazo terminado en punta, golpeaba un bloque de granito a cada minuto que pasaba. Un péndulo reluciente se balanceaba dentro de la estructura y la cadena se deslizaba por el tren de engranajes. No era de extrañar que la habitación estuviera acolchada por fuera; de otro modo, el ruido se oiría en el resto de la casa.

—Ya veo que estás boquiabierta —dijo Bucket—. De lo cual me alegro, porque aquí es donde vivirás... En esta habitación no, por supuesto. Seréis la pareja perfecta.

—Yo ya tengo pareja —replicó Jenny, incapaz de seguir mordiéndose la lengua—. Y mi marido debe de estar buscándome. Me encontrará y se ocupará de usted.

—¿Ah, sí? —la mueca burlona y despreocupada de Bucket le hizo un nudo en la garganta—. No sé por qué, tu amenaza no me preocupa mucho.

—Déjeme ir, por favor —dijo Jenny. No le importaba suplicar por su libertad.

—*Déjeme ir, por favor* —la imitó Bucket con voz aguda—. No puedo. Alguien se dirige hacia aquí ahora mismo con intención de verte. Menos mal que conseguimos que tu supuesto marido no te hiciera suya. A tu amo no le gusta la mercancía usada.

Que Bucket hubiera juzgado mal su relación con Latimer no le importaba.

—¿Amo? ¿Yo no tengo amo? —«por favor, que venga alguien, alguien que me ayude».

Bucket sacó una silla y se sentó.

—Bueno, el amo que tú no tienes quiere hacerte suya por primera vez en esta habitación... dado lo mucho que significa para él —sacó sartas de cuentas de jade verde oscuro del bolsillo interior de su chaqueta—. Tienes que ponerte esto encima. Y hay brazaletes para las muñecas y los tobillos... y otra sarta para la cintura. Valen una fortuna. Están escogidas especialmente para que hagan juego con tus ojos —Bucket puso en blanco los suyos.

—No las quiero —dijo Jenny. Seguía aferrándose al pétalo de seda que sostenía en la mano pero ya no podía respirar con tranquilidad—. Devuélvaselas.

—Puedes hacerlo tú misma si quieres. Pero lo recibirás con ellas puestas. Vamos a empezar quitándote esa ropa.

34

Latimer estaba sentado en el barro, con la espalda recostada sobre un árbol, reuniendo fuerzas. Respiraba con dificultad. La furia podía proporcionar a un hombre la fuerza de varios, aunque hubiera recibido un golpe en la cabeza. El rufián al que le habían dado instrucciones de matarlo yacía en el suelo a pocos pasos de distancia. En el caso de que volviera en sí, no lo haría hasta transcurrido mucho tiempo.

La pelea había sido reñida porque Latimer estaba desarmado mientras que su oponente empuñaba un garrote pesado. Latimer era quien sostenía el garrote en aquellos momentos. En cuanto recobrara el aliento, se pondría en marcha, y sabía perfectamente adónde iría.

Vio el grupo de hombres que se aproximaban antes de oírlos. Caminaban sin hacer ruido, pero no podían evitar chapotear en el barro. Adam fue el primero en alcanzarlo.

—Te dije que te quedaras en el número 7 y te aseguraras de que nadie se ponía nervioso —lo regañó Latimer.

—Y tú —repuso Adam, señalándolo con un dedo alargado—, podrías dejar de dar órdenes y aceptar unas cuantas.

Latimer se levantó a duras penas, apoyándose en el árbol.

—Te pones muy interesante cuando te enfadas, viejo amigo —le dijo—. Pero tendrás que disculparme porque tengo que encontrar a mi esposa.

Hunter, Ross y *sir* Edmund Winthrop aparecieron con el pelo alborotado por la carrera y mirando a su alrededor, sin duda esperando ver a los atacantes.

—Maldición —dijo Adam, y dio una patada al hombre que yacía en el suelo—. Es uno de los tipos que asaltó el carruaje. El más delgado, el que se abalanzó sobre mí.

—Sí —dijo Latimer—. Y el otro metió a Jenny en un saco y se la llevó. Me había dado un golpe en la cabeza, pero ahora no hay tiempo de explicaciones. Me voy a un prostíbulo propiedad de Morley Bucket. Creo que encontraré a Jenny allí.

—¿Serían capaces de llevar a Jenny a un sitio como ése? —preguntó Ross, indignado—. ¿A qué estamos esperando?

—A que yo recobre el aliento —dijo Latimer—, y a que mi corazón vuelva a latir. Voy a matar a alguien por lo que le han hecho a Jenny. Escuchad, no podemos ir todos a esa casa, y siempre existe la posibilidad de que esté equivocado y no la hayan llevado allí. Pero la encontraremos. Iré a ver a Bucket solo. Quiero que los demás os separéis y la busquéis por otro lado. Hunter, ¿podría persuadirte de que buscaras en los lugares que estimes convenientes? —miró a Hunter a los ojos y supo que los dos estaban pensando en los establecimientos que habían frecuentado juntos cuando eran solteros y tenían demasiado tiempo de ocio entre las manos... y en otras partes de su anatomía.

—Sí —dijo Hunter, y partió enseguida.

Latimer dudaba en dar órdenes a Ross, vizconde Kilrood, pero el hombre resolvió el problema diciendo:

—Conozco a uno o dos rufianes que estarían dispuestos a proporcionarnos información útil por unas monedas. ¿Qué os parece?

—Excelente —dijo Latimer, y Ross se alejó corriendo enseguida, en dirección a las callejas del lado opuesto de Tapwell House.

—Voy a ir contigo —le dijo Adam a Latimer—. Puede que necesites que te salven de ti mismo.

Latimer sabía muy bien que Adam también era partidario de buscar a Jenny en el prostíbulo de Bucket y que quería participar en la venganza.

—*Sir* Edmund —dijo Latimer—. Sería conveniente que volviera con *lady* Hester y mantuviera la calma en el número 7. Sé que la tarea de tranquilizar a las mujeres no es envidiable, pero ahora mismo necesitan a un hombre a su lado.

Winthrop frunció el ceño, como si estuviera meditando si debía aceptar instrucciones de un mero comerciante. Después, dijo:

—Tiene razón, iré enseguida —y giró sobre sus talones para volver sobre sus pasos.

—Vamos —Latimer echó a andar a la velocidad a la que permitían sus maltrechas piernas—. A la catedral de Saint Paul.

—Sé adónde vamos —dijo Adam, y si Latimer no estuviera temeroso por su esposa y destrozado físicamente, se habría reído.

Salieron del parque de High Street y siguieron andando, buscando un carruaje.

—Preferiría dos caballos veloces —dijo Latimer—, pero no tenemos tiempo para ir a los establos.

—¿Por qué diablos no se me ocurrió traerlos a mí? —dijo Adam—. No sé si te lo han contado, pero el cochero y los lacayos de *lady* Hester recibieron una buena paliza. Ha ordenado que guarden cama en las habitaciones de los criados y los están tratando a cuerpo de rey.

—Me alegro —Latimer escuchaba a medias—. ¿Ves lo que yo veo? Allí. Rápido, antes de que lo perdamos de vista.

Adam agarró a Latimer del brazo y hundió los dedos en su carne.

—Que me aspen si lo entiendo. Winthrop adentrándose en las praderas de la parte posterior de Mayfair Square. Bueno, supongo que es una manera de llegar al número 7.

—No es la manera que emplearía un hombre como *sir* Edmund. Dudo que haya estado nunca en las caballerizas.

Vamos —Latimer se echó a correr—. Sígueme, Adam, aquí hay algo raro y podríamos perderlo de vista si no andamos con ojo.

—¿Y volverlo a encontrar en el salón de baile del número 7? —protestó Adam, mientras corría junto a Latimer y esquivaba a los transeúntes sobre las aceras mojadas—. No conoces sus costumbres. Es posible que siempre vaya por ahí.

—¿Para acceder a la casa de sus vecinos, o incluso a la suya, por las cocinas? Lo dudo.

El gris denso de la tarde se había reducido a una lúgubre penumbra. Y seguía lloviendo. En las praderas, la estrecha senda de adoquines estaba resbaladiza y tuvieron que aminorar el paso por temor a hacer demasiado ruido o a caerse.

—Pégate a la valla —dijo Latimer—. Junto a los establos llamaremos más la atención —la distancia entre los jardines posteriores de las casas y los establos ante los que se encontraban era corta, pero la curva de la valla los resguardaba un poco.

Latimer no tuvo tiempo de avisar a Adam; estiró el brazo y lo empujó hacia las ramas crecidas de un lilo.

—Ha entrado en un jardín —susurró Latimer—. La siguiente casa más abajo. Maldita sea, no sé qué número es, pero el número 7 está por otro lado.

Los dos se agazaparon detrás del arbusto con los sombreros en las manos y miraron por encima de la valla. Winthrop caminaba a paso rápido por una senda de ladrillos hacia la puerta trasera de una casa.

—Es su casa —dijo Adam, y suspiró—. Va a pasarse por ahí antes de reunirse con las damas. Hemos perdido el tiempo.

—Espera. ¿Qué está haciendo Evans en el número 23 y abriéndole la puerta a Winthrop como si fueran viejos amigos?

—Fue *sir* Edmund quien recomendó a Evans a *lady* Hester —le recordó Adam.

Mientras los observaban, *sir* Edmund dio una palmadita a Evans en la espalda y dejó que el criado rubio lo agarrara del codo y lo condujera al interior de la casa. Los dos estaban riendo.

—Que yo sepa —dijo Latimer—, *sir* Edmund *buscó* a Evans para *lady* Hester. Se suponía que no se conocían.

—Qué raro —dijo Adam—. Pero no tiene nada que ver con nuestro problema.

—¡Dios mío! —exclamó Latimer—. Sabía que íbamos por buen camino. Tenía la sensación de que alguien me guiaba. Mira eso, en el brazo de Evans.

—¿Qué es? —Adam se inclinó hacia delante para ver mejor—. ¿Una capa?

—La capa de Jenny, si no me equivoco. La que llevaba puesta cuando la raptaron.

Os habla Spivey.

No me entretengáis porque me necesitan en otra parte. Pero cuando alberguéis pensamientos poco amables sobre mí, recordad que yo también sé lo que está bien y lo que está mal, y que soy capaz de dejar a un lado mi propio bien, aunque sea más importante, para luchar en el bando de la justicia. No puedo deslizarme por ahí y quedarme de brazos cruzados viendo cómo una dulce joven esposa cae en manos de unos viles rufianes.

Ni se os ocurra pensar que me he vuelto blando. Primero debía cumplir con mi deber y guiar a Latimer, pero no tardará en llegar el momento de ocuparme del embrollo que tengo entre manos. Soy un ángel en ciernes acorralado.

Malditos sean estos humanos.

La puerta posterior del número 23 no tenía echada la llave. Latimer y Adam entraron y atravesaron unas cocinas sombrías y desiertas que no parecían estar en uso. Se movían con cautela, esperando encontrarse con criados de un momento a otro.

No se oyó ni se movió nada hasta que no subieron las escaleras del sótano y llegaron a un vestíbulo sombrío revestido con paneles. Una mujer vestida de rojo se encontraba de pie, apoyada en la pared. Su rostro, aunque hinchado por el llanto, era precioso. Vio a Latimer antes de que éste pudiera retroceder y se acercó a él manteniendo las palmas sobre los paneles, como si le costara trabajo mantenerse en pie. Cuando los alcanzó, apoyó el rostro en las manos.

—¿Quién es usted? —preguntó Latimer.

—Myrtle —sonrió, como si le hiciera gracia—. La sobrina de la difunta esposa de *sir* Edmund.

Adam dio un codazo a Latimer y dijo:

—*Lady* Hester la ha mencionado en alguna ocasión. Parece malherida.

Latimer reparó en lo sinuoso que era el cuerpo de la mujer, en lo grandes que eran sus senos para su corta estatura. También reconoció la voz.

—Y es la mujer de gris —le dijo—, la que intentó convencerme de que llevara a Jenny muy lejos, tan lejos como fuera posible.

—Iba a ocupar mi lugar —dijo la mujer—. No quería que lo hiciera, después de lo mucho que he trabajado para Bucket y *sir* Edmund. Están en deuda conmigo, no con ella.

—Está hablando de mi esposa —repuso Latimer, que intentaba reprimir la furia—. No está disponible para ningún hombre salvo para su marido. ¿Se encuentra aquí, en esta casa?

—Sí. Y si quiere recuperar a su *esposa* antes de que otro la haga suya, será mejor que se dé prisa. Puede que ya sea demasiado tarde. En ese caso, nunca saldrá de esta casa, porque la encerrarán aquí.

Latimer la apartó de la pared.

—Llévame a donde está —la zarandeó—. Sin rodeos.

La mujer derramaba lágrimas como si estuviera sufriendo, pero se desasió de Latimer y echó a andar escaleras arriba.

—No represento ningún peligro para usted —dijo, casi sin resuello—. Intenté ayudarla a escapar pero Bucket me sorprendió... y me castigó. Si lo llevo junto a su esposa, ¿se ocupará de que mi pena no sea muy severa?

—No es momento de negociar —iban por el tercer tramo de escaleras—. Dese prisa.

—No habrá otro momento para negociar —replicó la mujer—. Ese amable *sir* Hunter es amigo suyo. Pídale que me lo arregle.

En lo alto de la escalera había una puerta y una pared acolchadas. Latimer volvió la cabeza hacia Adam y vio el recelo que debía de reflejarse en su propia mirada.

—¿Están ahí dentro? —preguntó Latimer, y Myrtle asintió—. Espérenos abajo. Hablaremos después.

Con Adam detrás de él, entró en la extraña y ruidosa habitación atestada de relojes. Pero fue a Jenny, más que los relojes, lo que vio. Y ella lo vio pero no dijo nada y movió la cabeza, como si le advirtiera que debía irse.

Tenía el vestido rasgado desde el cuello hasta el dobladillo de la falda y se lo cerraba con las manos. Las enaguas y otras prendas interiores estaban apiladas en el suelo y una pierna desnuda aparecía entre un desgarrón de la falda. Gruesas sartas de cuentas de jade talladas colgaban de su cuello. Latimer estaba perplejo, pero casi enloqueció al verle la melena suelta sobre los hombros. Abría y cerraba los puños mientras evaluaba el resto de la escena.

Bucket estaba tumbado boca abajo sobre el suelo y *sir* Edmund lo tenía inmovilizado con una bota sobre la espalda mientras le apuntaba a la cabeza con una pistola. Los relojes armaban tanto estrépito que habían camuflado la aparición de Latimer y de Adam. No había ni rastro de Evans.

—Deme el dinero y me marcharé —gemía Bucket—. No me volverá a ver.

—¿Dinero? —rugió *sir* Edmund—. Le has puesto las manos encima. Te dije que no la tocaras. No me sacarás ni un penique.

Latimer puso un pie en la habitación y le hizo una seña a Jenny para que se apartara. Ella abrió la boca pero no se movió.

—¡No la he tocado! —gritó Bucket—. No le he puesto un dedo encima.

—Entonces, ¿el vestido se rasgó solo y ella se quitó las enaguas porque quiso? Debías traerla aquí y dejarme a mí el resto.

—Sólo intentaba prepararla para usted. Dijo que quería verla vestida sólo con joyas y me enseñó el jade.

—Y tú la desnudaste —dijo sir Edmund con voz ahogada—. Me has robado ese placer. *Mi* placer —levantó el pie y lo hundió de nuevo en la espalda de Bucket. Éste gritó de dolor.

—Dame tu pistola —le dijo Latimer a Adam al oído.

—Estaba en el banquete cuando tuvimos que salir corriendo. Pensé que no estaría muy bien visto asistir armado a tu fiesta. ¿No te parece?

Latimer no estaba de humor para bromas. Agarró a Adam de la solapa... y *sir* Edmund los vio. El hombre apuntó a la cabeza de Latimer con su pistola.

—¡No! —gritó Jenny, y se arrojó sobre la espalda de *sir* Edmund. Mientras éste perdía el equilibrio, Morley Bucket se incorporó, agarró la bota con que lo había estado pisando y derribó a Winthrop.

Latimer corrió a hacerse con el arma, pero Bucket llegó antes. La cordura había desaparecido de su mirada; estaba ciego de ira. Con el cañón de la pistola hundido en la garganta de Winthrop, lo levantó y lo condujo al fondo de la habitación. Bucket enseñó los dientes a Winthrop y lo atizó en la cabeza con el arma.

—Morley —dijo Latimer en voz alta—. Estamos contigo, vamos a ayudarte —no se atrevía a intentar detenerlo por temor a que disparara. Jenny se acercó a él con paso tambaleante y Latimer la apretó contra su costado—. Mi valiente esposa —murmuró—. Por favor, baja y refúgiate en el número 7. Hay una mujer en la casa vestida de rojo. Déjala tranquila y ella no te molestará. Corre, ve —la soltó y, con Adam a su lado, avanzaron hacia Bucket y Winthrop.

Bucket balbucía frases sin sentido. *Sir* Edmund gemía, con la cabeza y el rostro ensangrentado.

—¡Bucket! —bramó Adam de improviso—. Va a... Latimer, ¡hay que impedírselo!

Demasiado tarde. Con una fuerza prodigiosa, Bucket embutió a su víctima en los engranajes de un enorme reloj. Un reloj chino, posiblemente del siglo catorce, diseñado para recordar a los monjes la meditación de cada hora.

El pelo de *sir* Edmund quedó atrapado en los engranajes y el hombre chilló. Abría los ojos cada vez más mientras trataba en vano de agarrarse a la estructura de hierro del reloj. Sin necesidad de hablar, Latimer y Adam se separaron y se acercaron a Bucket uno por cada lado. El cañón de su pistola oscilaba entre ellos y Winthrop, pero cada vez se movía más despacio.

Con la mano que tenía libre, Bucket empujó de nuevo a Winthrop. A éste se le engancharon los talones en la estructura inferior del reloj y cayó hacia atrás, sobre un bloque de granito. Con un movimiento rápido, Bucket enroscó una cadena del reloj en torno al cuello de Winthrop y Latimer vio cómo el hombre, ahogándose y con el rostro amoratado, era izado hasta una altura en que un martillo esgrimido por una figura de bronce de cuatro brazos le golpeaba la sien mecánicamente. En la cabeza se le abrió un agujero oscuro y profundo. Los brazos de Winthrop cayeron a los costados y se quedó colgando de la cadena que lo ahorcaba. El hombre de bronce seguía clavándole el martillo en el cráneo ensangrentado.

Latimer se arrojó sobre Bucket y lo derribó. Fue Jenny, todavía cerrándose el vestido con la mano, quien se hizo con la pistola.

—Latimer te dijo que te fueras —la regañó Adam, que estaba ayudando a su amigo a inmovilizar al hombre en el suelo.

—Y no me fui, gracias —replicó Jenny, mientras sostenía la pistola y observaba a Winthrop con impotencia—. Tengo un marido a quien cuidar. Me temo que *sir* Edmund nos ha dejado. Está estrangulado, entre otras cosas.

Latimer estaba ocupado con Bucket, pero se maravilló del valor de Jenny y del espíritu práctico con que afrontaba aquella muerte tan grotesca.

Por fin, redujeron a Bucket.

—El señor Bucket merece morir —dijo Myrtle, que entraba en aquellos momentos en la habitación. Se acercó a Adam—. ¿Lo ve? —señaló un espacio en la estantería donde un cuadrado limpio entre el polvo indicaba que habían retirado de allí un reloj. Junto al cuadrado se encontraba un artefacto idéntico al que Jenny y Latimer habían recibido como «regalo».

—Entiendo —dijo Adam—. Aquí está la pareja de ese condenado reloj, Latimer.

—Mátennos a los dos, se lo ruego —dijo Myrtle—. Sería un acto de piedad.

—¡Puaj! —exclamó Jenny—. ¡Está mal de la cabeza!

Con calma, la mujer se sentó en el suelo junto a Bucket y esperó. No volvió a decir palabra.

35

—¿Seguro que no estás demasiado cansado para seguir callejeando? —le preguntó Jenny a Latimer.
—Ese vestido te queda perfecto. Pero sabía que sería así.
—No cambies de tema —lo regañó Jenny.
Latimer sonrió y dijo:
—Nunca he estado menos cansado que en estos momentos.
—Ni yo —reconoció Jenny—. ¿Crees que soy rara porque lo que he visto no me ha afectado mucho?
—Creo que has vivido experiencias muy intensas en tu corta vida, y que has tenido que aprender a acorazarte contra muchos horrores. De no ser así, dudo que hubieras sobrevivido... al menos, como la mujer amable y optimista que eres. Doy gracias porque no estés desmayada en un rincón y podamos obtener cierto placer el día de nuestra boda.

Estaban sentados en el salón de baile del número 7, que estaba desierto porque hasta los criados habían recibido permiso para retirarse. A pesar de los intentos de dejarlos en su apartamento, Jenny y Latimer habían alegado que deseaban quedarse despiertos, solos, y contemplar su primer amanecer como marido y mujer.

El vestido en cuestión estaba hecho de seda verde oscura. Los bordes de los profundos pliegues horizontales del corpiño estaban adornados con encajes dorados, a juego con los del borde de la falda.

—¿Cómo supiste de qué talla encargarlo? —preguntó Jenny. Llevaba manoletinas doradas y se había engarzado en el pelo pensamientos dorados.

—Le di a una modista el vestido que te pusiste para la cena en casa de Finch, y le pedí que copiara la talla. Ingenioso, ¿verdad?

Los dos rieron, pero Jenny percibía la tensión que había entre ellos, la mejor tensión posible.

—*Lady* Hester es una mujer fuerte —comentó Jenny, sólo para dar conversación—. Pero ha sufrido un duro golpe y le costará un tiempo recuperarse.

—Sí —dijo Latimer—. Pero su enojo por lo que le hizo *sir* Edmund la ayudará. Persimmon dijo que Winthrop te veía entrar y salir de esta casa cuando formabas parte del club de Sibyl. Te deseaba y te ha estado observando desde entonces... mientras urdía planes para hacerte suya. Entabló amistad con *lady* Hester porque quería saber dónde estaba yo en todo momento hasta que Bucket pudiera enviarte a él. No quería mancharse las manos secuestrándote él mismo; eso habría echado a perder su fantasía de que lo aguardabas por propia voluntad entre sus amados relojes. ¡Qué sorprendido debió de quedarse cuando te llevé a ver a *lady* Hester aquella noche!

Jenny se miró los anillos del dedo y movió la cabeza.

—Nunca olvidaré el puñetazo que le diste a Evans al entrar por la puerta. ¿Lo puedes creer? Había vuelto para comportarse como si tal cosa cuando nos había estado espiando a los dos y ayudando a *sir* Edmund.

—Evans está ahora donde debe estar —dijo Latimer—. Tendremos que cumplir ciertas formalidades en los próximos días, pero no pensemos en eso ahora. Entonces, ¿dejarás que te lleve a dar un paseo en coche? ¿Qué podría ser más romántico que unos recién casados corriendo al atardecer en pos del alba? El comienzo perfecto de una luna de miel.

Jenny se estremeció de deleite al pensarlo.

—Sí, quiero salir.

La madrugada conservaba el frío nocturno, y caía una fuerte llovizna. Latimer había envuelto a Jenny en la capa de plumón de cisne que Finch le había regalado antes de volver al número 8 con Ross, y la resguardó con un paraguas hasta que entraron en su carruaje, que aguardaba junto a la acera.

—Hay un guarda armado detrás, y el cochero también lleva pistola. Quería que te sintieras segura.

—Siempre me siento segura contigo —dijo Jenny desde su asiento, frente a él.

—¿Incluso cuando tienes que ayudarme a reducir a criminales? Entonces, eres una insensata, querida.

El carruaje se puso en marcha y los cascos de los caballos empezaron a repicar sobre los adoquines. Jenny miró por la ventanilla pero apenas se distinguían las siluetas de los edificios.

—Pensé que nos merecíamos un trayecto nupcial de un par de horas —dijo Latimer, y sus dientes brillaron a la leve luz de los faroles del carruaje—. Lo preparamos todo con tanta precipitación que no pudimos organizar un festejo más espléndido, pero pronto lo celebraremos por todo lo alto.

Jenny jamás había imaginado tanta dicha en su vida.

—Sólo quiero estar contigo. Dondequiera que tú estés, es un lugar maravilloso.

—Dondequiera que tú estés es donde yo debo estar. Te había tomado por una jovencita recatada, ¿sabes? Tímida y necesitada de mi auxilio.

—Entonces, estabas equivocado —Jenny elevó el mentón—. Puede que haya sido tímida; y todavía lo soy en cierto sentido. Me has ayudado mucho, pero no necesitaba que ningún hombre me rescatara.

—Eso ya lo veo —dijo, y el tono de su voz desató un estremecimiento de placer por la espalda de Jenny. Latimer siguió hablando—. También pensé que tardaría mucho tiempo en interesarte en... en los placeres de la carne, pero...

—Te equivocaste otra vez —concluyó Jenny, sosteniendo su mirada con coraje—. Lo he aprendido todo muy deprisa. Creo que nací para esas cosas.

—Sin duda —la supuesta tos de Latimer no era más que una carcajada disimulada—. Has nacido para amar, desde luego. Pero debo discrepar en una cosa: no lo has aprendido todo, querida Jenny. Hay muchas más cosas, y yo soy el hombre que va a enseñarte los aspectos más sutiles.

—¿Ahora? —Jenny se estremeció por dentro, y aún más cuando Latimer le levantó las piernas y, con los pies de Jenny sobre las rodillas, la descalzó. Dudaba que él quisiera hacer cosas en aquel carruaje que debían hacerse en privado.

—¿Te pongo nerviosa? —preguntó, mientras le acariciaba despacio los pies y los tobillos e iba deslizando las manos poco a poco por entre sus faldas—. Créeme, Jenny. Disfrutaremos de nuestro pequeño paseo.

Jenny frunció el ceño. Estaba demasiado juguetón para que se pudiera fiar de él.

—Podríamos haber visto el amanecer desde el número 7 —reflexionó—. Desde la cama, con las cortinas abiertas.

—Una idea tentadora. Ése será el plan para mañana por la noche. ¿Te das cuenta de lo que me haces simplemente hablando? —colocó uno de sus pies sobre él. Jenny se sobresaltó y se acaloró al comprobar lo mucho que se había endurecido su virilidad.

—Estamos en un carruaje —susurró Jenny—. Con un hombre en cada extremo, y sólo nos separan unos cristales de los transeúntes.

—Pero no nos interrumpirá nadie —respondió Latimer, y cubrió las ventanillas con gesto brusco—. Siéntate en mi regazo.

—¿Dónde estamos? —preguntó.

—¿Acaso importa?

No. Jenny puso los pies en el suelo y se inclinó hacia delante sobre el asiento. Latimer fue a su encuentro en los confines del carruaje y Jenny contempló cómo descendían sus gruesas pestañas negras a medida que acercaba su boca a la de ella. Sin tocarla de ningún otro modo, la cortejó con los labios, mordisqueando piel sensible y abriéndole la boca con suavidad, jugando con la punta de su lengua y tomándola en su boca.

Jenny se estremeció. Sentía hormigueos. Entrelazó las manos con fuerza para no echar a perder el momento alargando una mano hacia él. ¡Ay, y cómo deseaba abrazarlo, sentir su piel desnuda, acariciar su pecho y vientre, y besar todo lo que tocara...! Todo.

El aliento de Latimer era cálido y dulce. Abandonó los labios henchidos de Jenny y la besó en el cuello, y ella apretó su cuerpo contra el de él. Jenny abrió los ojos para ver el arco negro de su ceja, el pómulo y la mandíbula angulosos, el pelo grueso rizándose junto al cuello. Y movía la cabeza muy despacio mientras la saboreaba.

La debilitaba y la apremiaba al mismo tiempo. Una vez más, Latimer regresó a sus labios, y sus besos se tornaron intensos. Se apartó y abrió los ojos... y él y Jenny se miraron. Jenny vio amor en su mirada, pero también un deseo tan ferviente que se sintió desnuda, expuesta.

Latimer sonrió débilmente y la asió de la cintura. La levantó para sentarla sobre su regazo y la acarició por debajo del mentón con la mejilla antes de deslizar la lengua por las curvas que sobresalían por encima del escote del vestido. Jenny se estremeció y se aferró a él, le rodeó la cabeza con un brazo y lo apretó contra ella.

—Jenny —murmuró—. Voy a confiar en que me quieras cuando averigües lo malo que soy.

—¿Malo? —elevó la barbilla y lo sorprendió sonriendo de forma burlona.

—Malo —repitió. Elevó la mano que tenía en la cintura de Jenny y deslizó los dedos entre dos de los pliegues del corpiño. Cuando Jenny profirió una exclamación, su sonrisa se intensificó–. ¿Ves lo malo que soy? Algunos podrían decir que me he esforzado por ser así.

–Jamás –dijo Jenny, y profirió un gritito al sentir aire sobre sus senos.

–¿Seguro?

El vestido estaba hecho con ingenio. Entre los dos pliegues que atravesaban sus pezones, la seda se abría. Jenny comprendió entonces las instrucciones escritas, supuestamente de la modista, de que no se pusiera cubrecorsé para no estropear el talle del vestido.

–*Latimer* –le dijo, pero apenas podía reprimir su excitación.

–¿Sí, cariño?

Bueno, en aquel juego enloquecedor podía participar más de una persona.

–Nada –dijo, mientras se enderezaba el vestido. Por encima de su cabeza había un asa diseñada para que los caballeros se mantuvieran en equilibrio mientras se disponían a apearse del carruaje. Jenny descubrió que, poniéndose de puntillas, podía colgarse del asa y obtener el resultado que deseaba. El corpiño se abrió y notó que sus senos desnudos quedaban libres para que su astuto marido pudiera contemplar una vista inesperada. Dio vueltas, para mostrarse desde todos los ángulos, y Latimer se mordió un nudillo e hizo ademán de levantarse–. Quédate ahí, Latimer –le dijo–. He tenido un día agotador y necesito sentirme libre. Me convendría desnudarme por completo y estirarme.

Latimer se recostó en el respaldo de su asiento y Jenny reparó en la agitación con la que respiraba.

–Quizá quieras quitarte la ropa tú también –dijo, con la mirada clavada en el bulto de su entrepierna–. Pareces necesitar un poco de libertad.

–Vaya granuja estás hecha. Crees que torturarme es un castigo, ¿verdad? Pues sigue, sólo conseguirás crear tu propio destino. No sabrás el momento exacto, pero te haré mía como nunca habías soñado ser poseída.

El aplomo y osadía de Jenny flaquearon un poco, y habló en voz queda.

—Bueno, por si quieres saberlo, no he tenido mucha experiencia en ser... poseída, como tú lo llamas. Pero soy una alumna aplicada y no te costará trabajo instruirme.

Latimer gimió. Con un movimiento rápido, elevó las manos y tiró de sus pezones como si fueran fresas maduras en el fresal. Los tomó entre los nudillos y deslizó los pulgares por las puntas endurecidas. Sólo por pura fuerza de voluntad logró Jenny mantenerse agarrada al asa del techo del carruaje.

—Sabía que lo había diseñado bien —murmuró Latimer, y sacó los senos por completo del vestido—. Merecen ser admirados y disfrutados por mí —lamió con vigor cada pezón, los acarició con la lengua y, a continuación, abandonó las puntas agonizantes para apretarle los senos entre sí, acariciarlos con la mejilla y besarlos como le placía. Abrió la boca para tomar un seno, deslizó las manos por la parte posterior de sus piernas, le apartó las braguitas y le estrujó las nalgas con las manos.

—No puedo seguir así —dijo Jenny, retorciéndose—. Me volveré loca.

—Bella y loca —dijo Latimer, y la soltó para desabrocharse la ropa—. Pero no te muevas, por favor. Enseguida te ayudo a ponerte cómoda.

Se desnudó hasta la cintura y Jenny vio brillar la piel de sus fuertes hombros y sólido pecho. Quería sentir su vello viril entre los senos.

—Corre —dijo Jenny—. Haz algo enseguida, por favor.

Latimer le dirigió una sonrisa perversa que le marcó los hoyuelos de las mejillas.

—Te gustaría, ¿verdad? —se abrió los pantalones y Jenny estuvo a punto de desmayarse de excitación al ver su erección... e imaginar lo que sentiría con él dentro.

—Hay muy poco espacio para tumbarse —dijo Jenny—. Quizá deberíamos volver a Mayfair Square.

—¿No me crees capaz de resolver ese contratiempo? —se puso en pie y le acarició los pezones con la lengua mientras se erguía. Jenny soltó el asa, pero Latimer volvió a ponerle las manos donde estaban—. Hazme caso. Necesitarás toda la ayuda que tengas al alcance si no quieres caerte. Agárrate fuerte, amor mío.

Latimer le levantó las faldas y desató el cordel de sus braguitas. Tiró de ellas y dejó que resbalaran hasta los tobillos de Jenny, que las apartó con el pie. Después, Latimer la levantó por los muslos y puso las piernas de Jenny en torno a su cintura.

—Cruza los tobillos —le pidió, y ella obedeció. El coche se balanceó con fuerza y Latimer los mantuvo en equilibrio a los dos—. ¿Lista? —preguntó y, sin esperar una respuesta, arqueó el cuerpo hacia arriba y la penetró.

—¡Latimer! —chilló Jenny—, no puedo sostenerme aquí mientras tú... ¡No puedo!

—Te ayudaré.

—Pero no salgas de mí —le pidió. Latimer ya no bromeaba.

—Agárrate a mis hombros —le dijo, y fue él quien se aferró al asa—, y veamos lo fuerte que eres.

Con los pies en lo que había sido el asiento de Jenny, Latimer se elevó por debajo de ella y Jenny lo vio entrando y saliendo de su cuerpo.

—Sería más fácil para ti si... Oh, Latimer. Oh, oh...

Las caderas de Latimer marcaban el ritmo de las embestidas y cuando Jenny cerraba los ojos y se concentraba en recibirlo, veía negrura surcada por una luz brillante. Sus músculos se cerraron en torno a él y Latimer jadeó, gimiendo junto a la garganta de ella, pero no dejó de moverse. La oleada de ansia comenzó y Jenny notaba cómo sus contracciones internas lo estrujaban. Latimer la penetró con más fuerza y el placer de Jenny estalló en oleadas, que fueron seguidas de inmediato por el cálido torrente de Latimer dentro de su cuerpo.

Allí donde lo tocaba estaba resbaladizo. Jenny estaba ardiendo y no quería pensar en el ridículo que harían si alguien los veía.

—Quiero estar desnuda contigo.

Tras sentar a Jenny sobre su capa de plumón de cisne, Latimer no tardó en concederle su deseo retirándole hasta la última prenda.

—No tendrás frío —dijo, de nuevo sonriendo. Con las persianillas cubriendo las ventanas, era imposible ver los cristales, pero Jenny sabía que estarían empañadas por el vaho que estaban generando—. Eres tan hermosa... —dijo Latimer con admiración en la voz. Se había quitado las botas y los pantalones y Jenny se maravilló de su figura. Los muslos, separados como los tenía para sostenerse en pie, estaban contraídos y se hallaba en condiciones de hacer otra vez el amor.

—¿No se preguntarán lo que estamos haciendo aquí dentro durante tanto tiempo? —preguntó Jenny, e indicó con la cabeza a los hombres que los custodiaban.

Latimer le acarició los senos, acercó la punta de su virilidad a uno, luego a otro, y repitió el proceso.

—Me sorprendería que no lo adivinaran.

Jenny se mordió el labio; Latimer estaba otra vez dándole la vuelta a sus comentarios. Arqueó la espalda y provocó un contacto más fuerte con su miembro erecto. Latimer profirió un gemido. La levantó en brazos, la sentó a horcajadas sobre sus muslos, de espaldas a él, y la empujó con suavidad para que se inclinara sobre las rodillas. Entonces, la penetró de nuevo, con más ímpetu aún que la primera vez. Primero la sujetó por las caderas; después afianzó su postura cubriéndole los senos con las manos, y con cada embestida le levantaba los pies del suelo. A Jenny empezaron a deshacérsele las trenzas y sus suaves cabellos resbalaron hacia sus hombros.

No tardaron en experimentar la espiral de sensaciones,

que se extinguió a medida que las penetraciones de Latimer se ralentizaban.

Jenny permaneció como estaba, con la cabeza inclinada hacia delante, luchando por normalizar su respiración. Latimer apoyó su rostro en la espalda de ella.

Transcurrieron unos minutos en los que Jenny permaneció en una nebulosa, como si la hubieran drogado. Latimer se recostó en el respaldo del asiento, pero mantuvo las manos en los glúteos de Jenny y la acariciaba con suavidad.

El letargo pasó, pero Jenny no se lo hizo saber hasta que estuvo lista para darse la vuelta y ponerse de rodillas entre los muslos de él. Se maravilló de la forma en que Latimer reaccionaba a sus labios. ¿Sería posible que los hombres pudieran hacer aquello una y otra vez, sin parar? Posiblemente, porque ella, desde luego, sí que podía.

Con los dedos en los cabellos de Jenny, Latimer movía las caderas hacia delante y hacia atrás, pero dejó que Jenny marcara el ritmo y lo condujera a un clímax explosivo. Después, Jenny le besó el vientre y se incorporó para enterrar el rostro en el vello de su pecho.

—Siempre debemos quedarnos empatados —dijo Latimer con voz grave y cálida—. Esto debería servir.

Una vez más, la levantó y la sentó a horcajadas sobre su regazo, de espaldas a él, para luego inclinarla hacia atrás y dejarla boca abajo. Jenny sabía cuál era la intención de Latimer, y disfrutó de la expectación. Cuando cerró su boca en torno a ella, se sintió feliz. Algunas personas, pensó, considerarían excesivo su comportamiento, pero no tenía ninguna duda de que Latimer procedería de la misma manera siempre que pudiera, y pretendía decirle que estaba más que dispuesta a complacerlo.

—¡Ay! —gimió—. Latimer, no quiero parar nunca.

Se produjo una levísima pausa en las caricias de su lengua, pero sólo un instante antes de que la llevara más allá del límite una vez más. Forcejearon para mantenerse abrazados, desnudos y sudorosos, sobre el pequeño asiento. Latimer la acariciaba sin cesar, y ella a él también.

La cadena de flores doradas se desprendió de los cabellos de Jenny y Latimer la atrapó.

—Es bonita —dijo, y la sostuvo en alto para admirarla a la tenue luz. Sujetándola por un extremo, la hizo oscilar sobre sus senos y rió cuando ella se retorció e intentó, sin éxito, arrebatársela.

Introdujo deprisa una mano entre los muslos de Jenny y por debajo de sus glúteos, y deslizó el cálido oro por la carne tierna e inflamada por el sexo compartido.

—Ya basta, Latimer —dijo Jenny mientras reía e intentaba apoderarse de la cadena. Latimer era demasiado fuerte, y demasiado hábil en el arte de eludir cualquier intento de frustrar sus planes. Despacio, hizo girar las pequeñas flores doradas, y Jenny era incapaz de mantener los glúteos sobre las rodillas de él. Daba botes y jadeaba, y no volvió a intentar detenerlo. Latimer daba vueltas a las flores entre los pliegues de su cuerpo y ella cruzó las piernas para profundizar la sensación, y se inclinó hacia delante, dando sacudidas de placer. Y cuando Latimer logró su objetivo y los espasmos le arrebataron el control, cayó hacia atrás sobre el brazo de él, exhausta.

—Creo que te ha gustado —susurró.

—Sí —balbució Jenny, y se dio la vuelta hacia él y le acarició el vientre. Ya estaba tomando su miembro en una mano cuando reparó en la creciente claridad—. Creo que deberíamos vestirnos. Va a amanecer, veo la luz por las persianillas.

—No puede ser —dijo Latimer, y se quedó inmóvil, contemplando con fijeza la ventana. Pero así era.

La tarea de vestirse habría resultado más fácil si hubieran dispuesto de más espacio, y si no se hubiesen entorpecido el uno al otro.

—Espero que no nos vean de regreso a nuestras habitaciones —dijo Jenny—. Creo que una persona experimentada adivinaría lo que ha estado haciendo, señor More.

Con las manos en las caderas, Latimer contempló cómo Jenny se ponía las manoletinas doradas y se ajustaba su nueva capa sobre los hombros.

—Y no hay duda que la señora More —repuso— ha tenido a su marido entre las piernas... y más de una vez.

Jenny le dio una palmada en el hombro, pero lo único que obtuvo a cambio fue un beso devastador. Con mano vacilante levantó una persianilla y profirió una exclamación.

—Nos hemos perdido el amanecer. El sol ya ha salido.

Latimer la rodeó con los brazos y juntos contemplaron el nuevo día.

Jenny percibía la desgana de su marido cuando dio un golpe en el techo, indicando que deseaba regresar a Mayfair Square.

—Con suerte, podremos estar en la cama antes de que se levante nadie —dijo Jenny. Latimer apoyó la cabeza en su hombro y dijo:

—Acabarás conmigo. Eres insaciable.

Antes de que pudiera ocurrírsele una respuesta ingeniosa, el coche se detuvo delante del número 7 y un cochero impertérrito abrió la puerta y bajó la escalerilla. Sostuvo la mano de Jenny y la ayudó a descender a la senda de baldosas. Latimer se reunió con ella y juntos subieron los peldaños de la entrada.

La puerta se abrió de par en par y ambos se detuvieron en seco al ver a Larch Lumpit en el umbral.

—Buenas noticias, buenas noticias —gorjeó Lumpit—. ¡Tantas buenas noticias...! Ese excelente muchacho, Toby, va a ser adoptado por *lady* Hester, al igual que Birdie, y los dos serán educados a la vez —miró con atención primero a Latimer y después a Jenny—. Vaya, tenéis aspecto de necesitar un buen descanso. Pero debo terminar. Latimer, tu padre ha escrito. ¡Qué hombre más adorable! Te recibirá en Cornualles y podrás llevar a tu esposa contigo. Y para reducir el número de visitas que perturbarían su ajetreada vida, Finch, la vizcondesa, acompañada del vizconde, por supuesto, podrá llevar a sus hijos para que los conozca al mismo tiempo.

Latimer se había quedado sin habla.

—¿Es que ha leído el correo del señor More? —preguntó Jenny.

—Tuve que hacerlo —dijo Lumpit—. Podría haber sido una noticia terrible, y como soy sacerdote y estoy acostumbrado a guardar secretos, consideré mi deber ver lo que el señor More, padre, había escrito. Por fortuna, parece encontrarse muy bien e incluso menciona que sus minas de arcilla china van viento en popa. Se lo conté al servicio y se quedaron muy impresionados.

Latimer pasó un brazo por la cintura de Jenny y la condujo al interior de la casa. Sin dejar de mover la cabeza, dijo:

—Hay que hacer concesiones, querida, muchas concesiones —Jenny se puso de puntillas para darle un beso en la mejilla y deslizó una mano dentro de su camisa. Latimer no hizo intento alguno de retirársela—. Entonces, buenas noches, Lumpit. Ten la amabilidad de meter la carta de mi padre por debajo de nuestra puerta y, si tienes ocasión, asegúrate de que no nos molesten durante muchas horas.

Una pequeña nube ensombreció la expresión luminosa de Lumpit.

—Sí, claro... Sí. Os dejaré marchar, pero antes debo deciros una última cosa.

Jenny suspiró.

—Como podréis imaginar, *milady* está muy abatida. Me ha confesado que se sentía sola antes de que *sir* Edmund entrara en su vida. Y, una vez más, son tan pocas las personas que pueden estar cerca para hablar con ella si siente la necesidad... Pero eso ya no será un problema.

Latimer y Jenny se detuvieron delante del 7A. Latimer dijo:

—¿Qué quieres decir con eso?

Lumpit rió con placer.

—Pensaba que lo adivinaríais. Voy a mudarme al 7B, donde podré estar disponible para consolar a *lady* Hester a cualquier hora del día y de la noche. Jenny, también me erijo en tu consejero espiritual. No, por favor, no me lo agradezcas. Ver cómo se abre tu alma, blanca y pura, será toda la recompensa que necesito. Cómo no, tú también puedes hablar conmigo, Latimer, siempre que quieras. Os veré en el desayuno —al ver la mueca agresiva de Latimer se mostró sorprendido—. O en el almuerzo, o en la cena, o cuando sea. Cuando hayáis finalizado vuestro descanso.

Epílogo

Número 7 de Mayfair Square, Londres
Septiembre de 1825

Compañeros de viaje... y de sufrimiento:

¿Por qué he tardado tanto en percatarme de que os regocijáis de mi ira y disfrutáis con mis afanes? Posiblemente porque mi arraigado sentido del honor no me permite ver la mezquindad en los demás. Esto último es difícil de creer dado el trato cruel que he recibido en manos de esa escritora sin escrúpulos.

Por fin he visto la luz y vais a lamentar vuestra estupidez.

Por cierto, dado que eludo eludir la verdad, debo decir que todos esos retozos en el carruaje me resultan muy estimulantes. A fin de cuentas, están casados. ¿Por qué no me iba a parecer bien su pasión?

¿Cómo? ¿Que soy un viejo verde, decís? No malgastaré saliva con una respuesta que no sea la evidente: no comprendéis lo importante que es para una persona mantenerse en su lugar... en especial, cuando ese lugar es tan humilde como el vuestro.

¡Ajá! No puedo contenerme ni un segundo más, os lo diré. Tantas preocupaciones y molestias, tantos desvelos, ¿para qué? Para nada. Pensadlo, si podéis. Tenéis dos manos, empezad a contar con los dedos. Ay, la solución a mi desventura es obvia, y siempre lo habría sido si no hubiera estado agotándome buscándola en la dirección equivocada.

¿Eh? ¿Que lo que digo son desvaríos? ¿Es eso lo que habéis dicho? Muy bonito.

Escuchad, amigos bienintencionados... y demás. ¿Cuántas personas puede albergar una casa? Concentraos. La respuesta es: menos de los que esos advenedizos intentan acoplar en el número 7.

Tanto tiempo y esfuerzos desperdiciados cuando el verdadero remedio es dejar que Hester y su variopinta colección de protegidos hagan el trabajo por mí. La casa está desbordada, os juro que ya veo las paredes resquebrajándose. Bueno, era una exageración, pero creo que entendéis adónde quiero ir a parar.

«Dejadlos solos y vendrán...». Diantre, me he equivocado de rima. «Dejadlos solos y se matarán...». ¡Tralará!

Estaré vigilando. No lloréis. El que algo quiere, algo le cuesta. Las desgracias nunca vienen solas. Vais a seguir creciendo igual de bien, y lo haréis sufriendo.

Un último deseo para vosotros. Que os veáis obligados a ver esa tragedia malograda, *El sueño de una noche de verano*, de nuestro Will, muchas veces. Vaya, por ahí viene otra vez, y con el puño levantado, nada menos.

Spivey

Títulos publicados en Top Novel

Bajo sospecha — ALEX KAVA
La conveniencia de amar — CANDACE CAMP
Lecciones privadas — LINDA HOWARD
Con los brazos abiertos — NORA ROBERTS
Retrato de un crimen — HEATHER GRAHAM
La misión mas dulce — LINDA HOWARD
¿Por qué a Jane...? — ERICA SPINDLER
Atrapado por sus besos — STEPHANIE LAURENS
Corazones heridos — DIANA PALMER
Sin aliento — ALEX KAVA
La noche del mirlo — HEATHER GRAHAM
Escándalo — CANDACE CAMP
Placeres furtivos — LINDA HOWARD
Fruta prohibida — ERICA SPINDLER
Escándalo y pasión — STEPHANIE LAURENS
Juego sin nombre - NORA ROBERTS

www.ingramcontent.com/pod-product-compliance
Lightning Source LLC
LaVergne TN
LVHW030340070526
838199LV00067B/6370